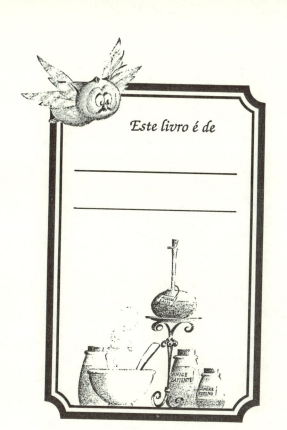

Este livro é de

_____

_____

Moony Witcher
NINA
e o Olho Secreto de Atlântida

Tradução
Therezinha Monteiro Deutsch

CIP-Brasil. Catalogação-na-fonte
Sindicato Nacional dos Editores de Livros, RJ.

W777n   Witcher, Moony
         Nina e o olho secreto de Atlântida/Moony Witcher;
         tradução de Therezinha Monteiro Deutsch. – Rio de
         Janeiro: Best*Seller*, 2007.

         Tradução de: Nina e l'occhio segreto di Atlantide
         ISBN 978-85-7684-208-8

         1. Literatura infanto-juvenil. I. Deutsch, There-
         zinha Monteiro. II. Título.

07-3806   CDD – 028.5
                                             CDU – -87.5

A todas as crianças
que voam sobre baleias e
nadam com as andorinhas para a Liberdade.

Título original italiano
NINA E L'OCCHIO SEGRETO DI ATLANTIDE

Copyright © 2005 by Giunti Editore S.p.A., Firenze-Milano
Copyright da tradução © 2007 by Editora Best Seller Ltda.

Ilustrações: Ilaria Matteini
Editoração eletrônica: DFL
Adaptação de capa e ilustrações: Studio Creamcrackers

Todos os direitos reservados. Proibida a reprodução,
no todo ou em parte, sem autorização prévia por escrito da editora,
sejam quais forem os meios empregados.

Direitos exclusivos de publicação em língua portuguesa para o Brasil
adquiridos pela
EDITORA BEST SELLER LTDA.
Rua Argentina, 171, parte, São Cristóvão
Rio de Janeiro, RJ CEP 20921-380

Impresso no Brasil

ISBN 978-85-7684-208-8

Capítulo 1
A morte de LSL e o ataúde de Andora

Naquela gélida manhã do fim de fevereiro até o ar parecia cheirar mal. A misteriosa explosão que havia acontecido na Ilha Clemente na noite anterior criara um milhão de problemas. Os cidadãos se haviam levantado cedo e, com as lembranças da fantástica celebração do carnaval na Praça San Marco ainda muito vívidas, andavam pelas ruas e pracinhas cobrindo a boca e o nariz com cachecóis ou lenços, tentando não respirar o gás que envolvera Veneza. Perguntavam-se uns aos outros o que havia acontecido na ilha desabitada, mas ninguém ainda sabia a verdade.

As crianças tinham ido à escola, como sempre, embora tossissem bastante. Uma tosse que havia restado como lembrança insistente daquela noitada. Apenas os quatro amigos de Nina De Nobili, neta do grande alquimista russo Michajl Mesinskj, tinham um estranho sorriso estampado no rosto.

Dodô, Cesco, Roxy e Flor eram os únicos alunos a não se preocupar com a explosão acontecida na laguna e que, aliás, havia representado o fim da encrenca em que estavam envolvidos. A boneca de cera igualzinha a Nina explodira de repente, revelando-se uma armadilha mortal para o conde Karkon Ca'd'Oro e o prefeito LSL. Fora uma grande vitória dos jovens alquimistas contra o Mal e eles não viam a hora de festejar o acontecimento.

Na Vila Espásia as janelas do quarto de Nina estavam inteiramente abertas, apesar do frio, e Ljuba cantarolava melodias russas enquanto passava o aspirador de pó no tapete, sem ligar a mínima para o mau cheiro que acompanhava o vento vindo da laguna. Mas suas tarefas domésticas foram bruscamente interrompidas pela chegada do professor José.

— *Hola*, onde a Nina está? — perguntou o professor espanhol.

O aspecto dele não era nada tranqüilizador: olhos cansados, vermelhos, cabelos despenteados. Dava a impressão de não ter dormido naquela noite.

— Bom dia, professor. Nina está lá embaixo, estudando, e pediu para não ser interrompida — respondeu educadamente a governanta russa, desligando o aspirador.

— Estudando? Sozinha? Estou aqui especialmente para isso! — ele resmungou, irritado.

— É que o senhor ainda não está bom e nós... Parece que hoje está pior ainda! Vá para o pavilhão, deite-se e descanse. Vou preparar uma boa sopa para o senhor almoçar.

Ljuba imaginava ter dito a coisa certa, porém o professor reagiu mal. Saiu do quarto batendo a porta azul, desceu rapidamente a escadaria em caracol, atravessou a Sala da Lareira e entrou na Sala do Doge. Bateu com insistência à porta secreta do laboratório da Vila.

— Nina, sei que você está aí! Abra! — gritou. — Preciso falar com você, é urgente!

Mas a porta permaneceu fechada. Em compensação, chegaram Adônis, latindo, e Platão, que saltou em cima da mesinha, fazendo o abajur verde balançar.

— Fora daqui, animais estúpidos! — berrou o professor, cada vez mais zangado.

O enorme cão negro rosnou, exibindo os dentes agudos, e o gato arqueou as costas, eriçou os pêlos vermelhos e se preparou para atacar José.

Os dois animais não esperavam uma reação tão grosseira do professor espanhol, que sempre se havia mostrado muito bem-educado e gentil. Mas ele não era mais o mesmo desde que Nina e seus amigos o haviam libertado da nojenta película roxa em que Karkon o envolvera para matá-lo. No entanto, o Pomodeus, fruto alquímico criado por Nina, mais o Cichorium encontrado na Floresta Maia haviam funcionado muito bem. Talvez José ainda estivesse perturbado, em estado de choque, por isso a netinha do professor Misha o tinha deixado sossegado por alguns dias.

O professor espanhol perdeu a paciência por não obter resposta alguma e saiu da sala, ajeitando nervosamente a capa e o chapéu. Ljuba inclinou-se sobre a balaustrada da escadaria em caracol e pediu:

— Espere, professor! Não vá embora...

Mas ele não deu a mínima e saiu da Vila resmungando. Bateu o portão com força.

Nina não havia aberto a porta para José por um motivo muito simples: estava no Acqueus Profundis com Max-10pl.

— Conseguimos! Karkon e LSL morreram. Preciso avisar Etérea imediatamente. Max, querido, falta apenas o Quarto Arcano e os pensamentos das crianças estarão de novo livres. Tenho certeza de que tudo será mais fácil agora que aqueles dois não estão mais aqui.

A garota estava animadíssima com a idéia de não precisar mais lutar, no entanto... seu amigo de metal estava mais animado ainda.

— Xim, xim, entendo a xua alegria. Max eu extava explicando que o alarme dixparou de repente ontem à noite e não xei o que aconteceu — disse Max, indicando o painel elétrico do Acqueus Profundis.

— Por que tanta agitação por causa do sistema de alarme? Será que você não entende? — rebateu Nina, impaciente. — Logo Xorax estará a salvo!

— Antex de cantar vitória precixamos ver xe tudo extá em ordem — replicou o andróide, que não conseguia imobilizar as orelhas em forma de sino, tão nervoso estava. — Xe extamos em xegurança...

— Está bem, mostre-me o painel elétrico. Mas quero falar com Etérea, é urgente.

Nina foi para a frente do painel e Max lhe explicou que as luzes vermelhas se haviam acendido de repente, indicando que alguém ou alguma coisa se aproximava da vidraça do laboratório.

— Deve ter sido efeito da explosão — deduziu Nina. — O estrondo pode ter provocado um deslocamento de ar e provavelmente uma grande onda no fundo da laguna. A Ilha Clemente fica mais ou menos perto daqui. Francamente, isso não me preocupa. Acalme-se, Max.

O bom andróide sentou-se num banquinho e levou as mãos à cabeça brilhante:

— Voxê não entende nada! Xe o painel elétrico não funxionar, não poxxo ativar o computador para voxê entrar em contato com Etérea.

Essa explicação fez Nina estremecer.

— Então, é preciso consertá-lo logo! — disse, ansiosa.

— É exatamente o que quero fazer. Talvez eu exteja mexmo anxioxo demaix. Max, primeiro, vou comer — declarou enquanto abria o vidro de geléia de morango.

Nina sorriu, deu-lhe um beijo na testa metálica e animou-o:

— Isso, coma, coma. Sossegue, você vai consertar o painel. Posso falar com Etérea hoje à tarde. Assim meus amigos chegam e vamos dar juntos a notícia a ela. Tudo bem?

— Poxitivo! — concordou Max, engolindo duas colheradas de geléia.

A pequena alquimista saiu do Acqueus Profundis, entrou no trole veloz, percorreu o túnel e voltou a entrar no laboratório da Vila pelo alçapão. Já que não pudera dar a notícia fantástica a Etérea e ao avô, iria dá-la ao Systema Magicum Universi. Apoiou a mão com a estrela vermelha sobre o enorme Livro Falante, porém a capa não se ergueu.

Tentou de novo. Nada. O Livro não se abria.

CAP. 1 - A morte de LSL e o ataúde de Andora

Nina deu um passou para trás, franziu a testa e, preocupada, empunhou o Taldom Lux, apertou-o contra o peito e murmurou:

— O que está acontecendo? O Livro não quer falar!

Sentada no banquinho alto, com os cotovelos apoiados na bancada de experiências, olhou ao redor. Tudo estava no seu devido lugar: vidros, ampolas, provetas, alambiques, colheres e espumadeiras de cobre. Tudo se encontrava intacto. A mistura de ouro e safira fervia no caldeirão pendurado sobre o fogo da lareira, que se mantinha sempre aceso. Incrédula, perplexa, ficou olhando para o Systema Magicum Universi em busca de uma resposta. O relógio marcava 10:36:07. Aquela manhã de fevereiro, que se iniciara com tanto entusiasmo, prometia não continuar muito bem...

Lá fora, no Canal da Giudecca, três barcos enormes dos bombeiros voltavam do socorro que tinham ido prestar na laguna. Nem mesmo o comandante, que era esperado no Auditório Principal dos Tribunais de Veneza pelas autoridades judiciárias e pelos conselheiros municipais, tinha condições de explicar o que havia acontecido na Ilha Clemente. Quando ele entrou, todos se calaram, a fim de escutá-lo com atenção.

— Pelo que sabemos, aquela ilha era desabitada e provavelmente a explosão ocorreu por motivos acidentais. Talvez um escape de gás de uma antiga tubulação degradada pelo tempo. Por sorte, não houve vítimas — declarou e acrescentou detalhes que pareceram absolutamente irrelevantes. — No interior de uma estranhíssima construção de ônix negra, encontramos apenas uma enorme quantidade de plumas chamuscadas e alguns ossos. Deve tratar-se de algum animal que vivia na ilha. Nada de importante.

Os juízes abriram os braços, enquanto os dez conselheiros vestidos de roxo permaneceram impassíveis e em silêncio.

O incêndio na Ilha Clemente parecia mesmo um mistério, porém os seguidores de Loris Sibilo Loredan mentiam despudoradamente. Conheciam aquele refúgio estranho e maldito, sabiam muito bem que a estátua do Leão Alado fora encontrada lá.

Nada disseram. Tinham de manter segredo e obedecer às ordens dadas pelo conde Karkon. E outra coisa: já tinha havido acontecimentos mágicos em demasia!

O mais idoso dos conselheiros municipais clareou a voz e tomou a palavra:

— O prefeito LSL ainda não está bem, mas logo, em pouquíssimo tempo, aliás, voltará para o Palácio Municipal. Não se preocupem. Com certeza o conde Karkon irá nos acudir e nos ajudar a compreender o que anda acontecendo em nossa cidade. Vocês vão ver, então, que há uma explicação também para o misterioso incêndio na Ilha Clemente.

Juízes e bombeiros ficaram boquiabertos e os dez conselheiros se ergueram ao mesmo tempo, saindo em seguida do tribunal. Dois deles se encaminharam a passos rápidos para o Edifício Ca'd'Oro: não viam a hora de saber a verdade e de verificar se LSL estava mesmo pronto para voltar à Prefeitura. Quem iria imaginar que algo grave poderia acontecer ao prefeito e ao conde?

Tocaram a campainha várias vezes, bateram à porta, mas ninguém atendeu. O edifício parecia deserto.

Quer dizer que Veneza estava sob o poder da Magia?

Essa dúvida atormentava os conselheiros, que não sabiam a resposta. Giraram sobre os calcanhares e foram para a Prefeitura.

De repente, com o canto dos olhos, viram um personagem esquisito entrar rapidamente no edifício de Karkon. Voltaram correndo, gritando ao desconhecido que parasse, mas o portão se fechou inexoravelmente, deixando-os com um nariz deste tamanho! Um dos dois ergueu os olhos e viu três janelas se iluminarem de repente. Quer dizer que havia gente no Edifício Ca'd'Oro! Por que não tinham aberto o portão para eles? E quem era aquele indivíduo estranho que havia conseguido entrar?

Os dois acompanhantes do marquês Loris Sibilo Loredan entreolharam-se, pálidos de susto, e decidiram telefonar, esperando que o conde acedesse em dar-lhes uma explicação plausível.

Às cinco horas daquela tarde, os amigos de Nina chegaram à Vila e foram se juntar a ela na Sala do Doge. Ela estava sentada no chão, no meio de um monte de livros.

— O que está fazendo? — perguntou Cesco.

— Procurando um "porquê" — foi a resposta seca da garota, que nem sequer ergueu a cabeça.

— Um "porquê"? — ecoaram os quatro em coro.

— É. Estou querendo entender por que o Systema Magicum Universi não fala mais — explicou, preocupada. — Talvez a resposta esteja num destes livros de alquimia.

— Como não fala mais? Justamente agora que derrotamos Karkon?! — a reação de Roxy foi enérgica, como de costume.

— Pois é. Talvez haja alguma coisa que não saibamos... Mas a estrela na minha mão permanece vermelha, portanto não há qualquer perigo à vista.

Nina mostrou o sinal de nascença alquímico aos amigos, que sentaram-se a seu lado e passaram a folhear os livros.

— Va... va... vamos fa... fa... falar com Max — sugeriu Dodô.

Mas Nina logo o desanimou, contando que o andróide estava nervoso por causa do alarme disparado no Acqueus Profundis.

— Alarme? Então há mesmo alguma coisa errada! — comentou Flor, abrindo um livro enorme, empoeirado, de Tadino de Giorgis, chamado *Dolus*. — Interessante... Este livro fala de enganos, de embustes... — murmurou, ajeitando os cabelos curtos e negros.

Ao chegar à página 35, deparou com algo muito esquisito: a folha inteira era ocupada por uma letra do alfabeto da Sexta Lua: o D.

— D de *Dolus*, que em latim quer dizer embuste, crime — discursou Flor imediatamente, exibindo sua cultura.

Assim que ela terminou de falar, a letra de prata soltou-se da folha e voou para a porta do laboratório. Nina se ergueu de um salto, sem perder de vista o grande D que flutuava no ar. Em seguida, pegou a Esfera de Vidro de um bolso e colocou-a na cavidade da porta, que se abriu. Os cinco entraram e a letra D se apoiou na capa do Systema Magicum Universi. Então, Nina colocou sobre ele a mão com a estrela: o Livro se abriu e falou. O grande D penetrou na folha líquida e uma luz verde espalhou-se pela sala.

— Livro, o que está acontecendo? — perguntou, temerosa, a menina da Sexta Lua.

*A fraude está diante dos olhos de vocês todos,
não banquem os bobos.
Só com o Antimônio
É possível ver o Demônio.*

— Antimônio? — repetiu Nina.

*O Alquitarô Ram Activia o guarda no cetro de cristal,
protegendo-o, assim, de todo e qualquer mal.
Só Antimônio o conhecimento perfeito pode dar
e isto é uma coisa que muito os irá ajudar.*

— Ram Activia foi derrotado por Nol Avarus quando seqüestrou a boneca explosiva idêntica a mim, durante a festa de carnaval na Praça San Marco — respondeu a pequena alquimista, nervosa. — Não sei onde foi parar o cetro de cristal.

A folha líquida se encrespou e, segundos depois, o cetro de Ram Activia emergiu e se lançou no ar. Nina apanhou-o num gesto ágil. Era luminoso e transparente. Dentro dele estava o Antimônio.

Derrame-o no caldeirão com safira e ouro por um tempo, depois de três minutos e quatro segundos digam ao mesmo tempo:
"A fraude queremos desvendar:
a verdade não se pode calar."

Os cinco amigos fizeram imediatamente o que o Livro mandou e, depois que a mistura no caldeirão ferveu por três minutos e quatro segundos, gritaram juntos:

— A fraude queremos desvendar: a verdade não se pode calar!

Um lençol branco saiu do caldeirão, voou até meia altura e ficou magicamente esticado no meio da sala como uma enorme tela.

A luz no laboratório se tornou azulada e no lençol surgiram imagens inquietadoras.

Era um filme.

Com os olhos arregalados, os garotos viram o que havia acontecido na Ilha Clemente na noite da explosão.

A primeira cena se desenvolvia na oitava sala da casa de ônix negro. LSL, ainda com o aspecto da Serpente de Plumas, estava sentado no antigo trono de madeira. Diante dele apareceu Nol Avarus, o Alquitarô Maligno que havia derrotado Ram Activia na festa de carnaval.

CAP. 1 - A morte de LSL e o ataúde de Andora

O velho corcunda segurava a boneca de cera idêntica a Nina. Atrás dele, perto da porta, achavam-se Karkon, Visciolo, Alvise e Barbessa. Acreditando que se tratava mesmo de Nina, a Serpente de Plumas se ergueu e fixou os olhos na boneca de cera para lançar-lhe um segundo olhar. Num instante a maldição se transformou num estrondo. Karkon emitiu um sinal, parecendo querer bloquear a ação da Serpente, porque percebera que era uma boneca, e não Nina. Porém, o olhar já havia sido lançado; um gás poderoso saiu dos olhos de LSL e penetrou na boneca, fazendo-a explodir. As paredes da sala desabaram e uma espessa fumaça amarela subiu para o céu.

O grupinho assistia estarrecido à cena que se desenrolava no lençol e viu claramente que no chão da oitava sala restavam apenas pedaços de LSL, plumas de prata e alguns ossos. Não havia nem sinal de Nol Avarus: onde ele se encontrava havia apenas um montículo de cinzas.

Nina ia comemorar, mas, na penumbra, Cesco a fez calar-se.

No lençol apareceu a cena seguinte, que mostrou Karkon e seus seguidores imersos na água da laguna. Ao redor deles flutuavam quatro pobres objetos falantes de LSL: o vaso de Quandômio Flurissante, o pequeno tanque de Tarto Amarelo, a xícara com Sália Nana e a garrafa de Vintabro Verde.

O conde se agitava, movimentando a capa roxa, enquanto Visciolo e os dois andróides ofegavam, tentando se manter na superfície. Em seguida, viu-se com nitidez que Karkon empunhava o Pandemon Mortalis e a ponta da espada maléfica soltou um relâmpago de fogo. O impacto da descarga elétrica na água salgada da laguna criou uma bola enorme de oxigênio, dentro da qual os quatro inimigos da pequena alquimista encontraram a salvação, enquanto os pobres objetos falantes continuaram sendo jogados de um lado para outro pelas ondas.

O filme mal havia terminado e o lençol dobrou-se bruscamente, mergulhando de volta no caldeirão. As luzes do laboratório tornaram a se acender, deixando Nina e os amigos de boca aberta.

— Vivo! Karkon está vivo! — exclamou ela, apoiando-se na bancada de experiências.

— Ele nos derrotou mais uma vez! — comentou Cesco, ajeitando os óculos. — É uma loucura!

— Então, ele virá nos pegar! — exclamou Roxy, com os punhos cerrados e olhando para Nina.

— Es... es... estou com me... me... medo — gaguejava Dodô, que estava sentado em seu lugar de sempre, junto à Pirâmide de Dentes de Dragão, e mantinha os olhos fixos no piso.

— Pensei que o havíamos eliminado para sempre. Agora entendo por que o alarme do Acqueus Profundis disparou: Karkon deve ter se aproximado da parede de vidro quando estava na bola de oxigênio.

Nem havia acabado de falar e os quatro amigos olharam para ela, pálidos. Todos pensavam a mesma coisa: será que Karkon havia descoberto o laboratório no fundo da laguna?

Sem perder um segundo sequer, desceram pelo alçapão e correram para junto de Max, que estava ocupadíssimo. Com pinças, martelos e instrumentos de raios laser, consertava o painel elétrico. Quando Nina lhe contou que Karkon havia escapado vivo, as orelhas em forma de sino do bom andróide giraram loucamente, ele arregalou os olhos, abriu as mãos e... tudo que segurava caiu no chão, fazendo um barulho danado.

— Ele nox enganou. E vai ver que dexcobriu o Acqueus Profundix — acrescentou, cambaleando.

— Tomara que não. Precisamos reativar o sistema de alarme — disse Cesco, olhando para a tela enorme e o computador, que estavam apagados.

Com o peito apertado, os cinco jovens ajudaram Max-10pl e procuraram a solução do problema por quase duas semanas. Flor e Roxy estudaram os códigos para a reativação do sistema de alarme, enquanto Cesco, Dodô e Max verificavam a rede inteira de fios elétricos. Nina tentara pedir ajuda ao Systema Magicum Universi, mas o Livro deixara de falar outra vez.

Não havia como entrar em contato com a Sexta Lua e a jovem alquimista tinha caído em depressão.

Não recebia mais cartas do vovô, não conversava mais com Etérea.

A missão para salvar Xorax parecia estar se tornando cada vez mais complicada e impossível. Nina havia tentado falar com o professor José para pedir-lhe um conselho, mas acabara desistindo.

— Esquece. Karkon é forte e esperto demais. Não tenho como ajudá-la. Há dias venho lhe dizendo que pare com essa história!

José repetira isso tantas vezes que, contrariada também com os resmungos dele, ela havia deixado de ir visitá-lo no pavilhão da Vila, deixando-o em paz com seus alfarrábios.

Na Prefeitura também reinava grande agitação: há muito tempo Karkon e LSL não davam sinal de vida e os conselheiros municipais estavam às voltas com numerosos problemas. No entanto, no dia 21 de março, o primeiro dia de Primavera, um dos conselheiros de manto roxo recebeu um telefonema. Era Karkon Ca'd'Oro!

— Dois de vocês venham para cá, imediatamente. Tenho um comunicado a fazer!

O telefonema foi quase telegráfico e em menos de meia hora dois conselheiros municipais bateram à porta do Edifício Karkon.

O conde os recebeu na Sala dos Planetas, na presença de Alvise, Barbessa e Visciolo. No chão, junto às paredes, havia pelo menos quarenta velas negras acesas e no meio da sala erguia-se um estranho objeto retangular coberto com um pano roxo.

O ambiente era tétrico e não se ouvia sequer o vôo de uma mosca.

— Prezado conde, é um prazer tornar a vê-lo. Por que desapareceu por tanto tempo? Tínhamos urgência absoluta em falar com o senhor. Aconteceu um desastre na Ilha Clemente e...

O conselheiro que se adiantara primeiro para falar não chegou a concluir a frase porque o pérfido Karkon o interrompeu com voz grave:

— Já sei de tudo. Nestas duas semanas tive coisas muitíssimo importantes a fazer.

— E o prefeito? Onde e como ele está? — perguntaram os dois conselheiros, alarmados.

— Morreu — respondeu Karkon com frieza.

— MORREU?! Quando?

Os dois levaram as mãos à cabeça, olhando aterrorizados para o Magister Magicum.

— Aconteceu e pronto! — cortou o conde, que não podia contar o que de fato havia acontecido.

Os olhos do Mago Sinistro se fecharam até formar duas frestas quase imperceptíveis enquanto pensava no fim sem glória de LSL: despedaçado por uma estúpida boneca de cera! Como poderia dizer aos dois conselheiros que o prefeito era, na verdade, a Serpente de Plumas e que o gás produzido por seu olhar maléfico havia feito explodir uma boneca idêntica à jovem alquimista? Simples assim. Revelar estas circunstâncias significava admitir que Loris Sibilo Loredan era o inventor do Alquitarô e que explodira graças a uma armadilha que ele mesmo criara: a magia para matar Nina! Se os venezianos viessem a saber disso, na certa iriam se rebelar.

E mais: ele próprio, Karkon, se arriscaria a ser processado e teria de explicar por que estava com o prefeito na Ilha Clemente.

Claro, os homens vestidos de roxo sabiam que LSL era um homem com poderes estranhos, mas não deveriam conhecer toda a repugnante verdade sobre Loris Sibilo Loredan. Enquanto Karkon estava absorto nesses pensamentos, um dos conselheiros deu um passo adiante e perguntou:

CAP. 1 - A morte de LSL e o ataúde de Andora

— Conde, o incêndio na Ilha Clemente tem a ver com a morte do prefeito?

— Cale essa boca! — gritou o conde.

Em seguida foi para o centro da sala, parou junto do estranho objeto coberto pelo pano roxo, pegou uma das pontas e retirou-o com um único puxão.

— UM ATAÚDE! — gritaram os conselheiros, cobrindo os olhos com as mãos.

— É. Um caixão de metal. Polido e esplendoroso. Olhem o que gravei na tampa — o conde esticou o braço esquerdo, o dedo indicador e apontou com a unha muito comprida as palavras gravadas a fogo:

LSL — *Marquês Loris Sibilo Loredan — Prefeito de Veneza.*

Os conselheiros empalideceram mais ainda.

— O que vamos fazer? O que dizer ao nosso povo?

— Tudo vai ficar bem. Vou assumir o lugar do marquês.

Assim dizendo, Karkon abriu o manto roxo, tirou um pergaminho de um bolso interno e leu em voz alta.

MINHA ÚLTIMA VONTADE

Eu, abaixo assinado marquês Loris Sibilo Loredan, em plena posse de minhas faculdades mentais, deixo o cargo de prefeito de Veneza para o conde Karkon Ca'd'Oro, que garantirá serenidade, liberdade e justiça.

Do assim disposto dou fé

LSL

— Mas este documento é legal? — perguntaram os conselheiros em tom de dúvida.

Ameaçador, Karkon se aproximou, brandiu o Pandemon Mortalis e berrou:

— Como ousam duvidar de mim? Cuidado com o que dizem e fazem. Fui claro?

O par recuou, abaixando as cabeças.

— Mandem imprimir milhares de obituários e espalhem-nos pela cidade. O funeral será dentro de dois dias. Todos os venezianos deverão comparecer.

— Perdoe-me, caro conde, mas podemos ver nosso pobre prefeito pela última vez? Podemos abrir o ataúde?

A pergunta do conselheiro quase fez o maléfico Karkon subir pela parede de tanta raiva.

— Você não entendeu nada! LSL morreu por uma causa justa. Que importância tem ver seu corpo? Não se pode nem mesmo contar a verdade sobre o falecimento dele! — e, erguendo os braços, encerrou: — Será que agora fui claro?

Os conselheiros acenaram com a cabeça que sim.

— Ótimo! — O conde chegava a babar de fúria. — E vocês acham que podemos revelar esse "segredo" ao povo veneziano?

Os conselheiros fizeram com a cabeça que não.

— Perfeito! Vejo que compreenderam. Portanto, é mais do que claro que devemos tirar proveito desta situação trágica. Diremos aos venezianos que LSL foi envenenado.

E, assim dizendo, Karkon sentou-se no ataúde, cruzou as pernas e fitou os rostos transtornados dos conselheiros.

— ENVENENADO? — gritaram com vozes esganiçadas.

A esta altura os seguidores do prefeito suavam frio.

— Positivo. Envenenado. Assassinado. E podem imaginar em quem vamos pôr a culpa... — sussurrou o conde alisando o cavanhaque.

— Nina De Nobilis? — indagaram os dois, depois de olhar as caras dos gêmeos e de Viscíolo, que sorriam.

— Isso mesmo. E é a verdade, só que não podemos dizer "COMO" ela o matou. Seria inconveniente. Podem crer! Aquela feiticeirinha e seus amigos vão pagar caro. O fim deles está próximo.

Karkon se pôs de pé, alisou o ataúde e, antes de se despedir dos conselheiros, fulminou-os com um olhar enquanto dizia:

— Prestem atenção: os obituários deverão estar afixados na cidade inteira amanhã cedo.

Assim que os dois saíram da Sala dos Planetas acompanhados por Viscíolo, o conde abriu o ataúde: claro que estava vazio!

A risada satânica elevou-se até o teto, enquanto Alvise e Barbessa exultavam pelo plano arquitetado por seu Mestre. É claro que o cadáver de LSL não poderia estar naquele ataúde, porque o prefeito havia sido cremado no incêndio: dele restavam apenas poucas plumas chamuscadas e alguns ossos, míseros restos encontrados pelo comandante dos bombeiros, que não tinha a menor idéia da importância do seu achado.

Mais uma vez o conde havia encenado uma de suas diabólicas farsas para pegar de jeito a menina da Sexta Lua, único obstáculo a seu plano: apoderar-se de Veneza e dos segredos de Xorax.

Poliu a inscrição com uma ponta da ampla capa roxa e piscou para os gêmeos:

— Não se percebe que por baixo destas letras há outras, não é?

— Não! — respondeu Alvise com orgulho. — Ninguém vai perceber que este ataúde conteve o corpo da nossa amada Andora!

Sim. Andora. O andróide karkoniano que havia cometido suicídio alguns meses antes. O ataúde fora recolhido pelo conde depois da explosão, quando, de dentro da bolha de oxigênio, tinha visto algo brilhando no fundo do mar. Com a ajuda dos dois gêmeos e de Visciolo, transportou o corpo de Andora para o Edifício Ca'd'Oro.

Durante vinte dias trabalhara sem cessar, com a intenção de ressuscitar o sofisticado andróide, por isso não havia permitido que os conselheiros entrassem, nem atendera ao telefone. Outra idéia diabólica havia sido concebida pela mente maligna de Karkon: ele não apenas havia consertado os circuitos e o microchip de Andora, como também apagara "Andora, andróide karkoniano" da tampa do caixão, gravando as iniciais de LSL.

Com aquele ataúde, ele conseguia resolver um sério problema: anunciar que LSL havia sido assassinado e organizar um grande funeral. Uma verdadeira ação malvada que visava mais uma vez ao centro da sua estratégia: eliminar Nina e os quatro jovens da Giudecca. Um plano perfeito.

Por outro lado, Nina não poderia desconfiar, nem por sonho, que o ataúde de Andora tinha ido parar nas mãos do conde. O filme exibido sobre o lençol, no laboratório, havia sido interrompido depois de mostrar que Karkon, os gêmeos e Visciolo estavam a salvo. Apenas isso.

Na manhã seguinte, assim como tinha acontecido com o "Decreto contra a magia", nas paredes de Veneza foram afixados milhares de obituários. Foi um verdadeiro choque para os venezianos, até porque no manifesto estava explícito que LSL havia sido envenenado!

Os juízes organizaram imediatamente um inquérito para descobrir quem havia matado Loris Sibilo Loredan e muita gente começou a achar que Veneza fora mesmo envolvida por um sortilégio.

Bem cedo, Visciolo havia levado um dos obituários para o conde, que, ao terminar de ler, esfregou as mãos e, com ar

CAP. 1 - A morte de LSL e o ataúde de Andora

A CIDADE ESTÁ DE LUTO

O respeitável e adorado Prefeito de Veneza,
marquês **LORIS SIBILO LOREDAN**
foi morto, **ENVENENADO!**
Pedimos a colaboração de todos os venezianos
para descobrir os culpados.
A cerimônia do funeral será realizada
amanhã às 11:30, na Basílica de San Marco.
O Conde Karkon Ca'd'Oro lerá um
importante documento escrito por LSL
pouco antes de morrer. Lojas,
escritórios e escolas permanecerão fechados.

Os dez Conselheiros Municipais

determinado, precipitou-se para a Enfermaria. Tinha algo muito importante a fazer.

Imersa na Banheira Regeneradora, jazia Andora, com os olhos fechados e o corpo imóvel.

Alvise e Barbessa trocavam o enésimo filtro da Acqua Vitae, uma substância alquímica criada para aquela ocasião. As partes mecânicas e os circuitos elétricos já estavam quase completos: faltava apenas o microchip zeroquilômetro que o conde deveria inserir no cérebro de sua andróide predileta.

Karkon virou a cabeça de Andora, raspou os cabelos pela raiz e, antes de começar a trepanar a caixa craniana, emoldurou com as mãos o rosto de sua criatura artificial. Então disse, quase com ternura:

— Não se preocupe, você será mais forte e mais inteligente do que antes. Não faz mal que a ligação com a verdadeira tia se haja interrompido, tenho outras missões para você.

Em seguida, pegou o trépano elétrico e iniciou a perfuração. Depois de duas horas, inseria no cérebro de Andora o microchip, composto por Selênio Poderoso (o último preparado alquímico inventado pelo conde) fixado com liga de Tensium e imerso em uma esfera cheia de Ômbio.

Tornou a parafusar a cabeça no pescoço do andróide, acomodou-o de novo na Banheira Regeneradora e se voltou para os gêmeos:

— Controlem a temperatura da Acqua Vitae e dentro de uma hora colham uma amostra de sangue: quero saber se o nível do Magma Sulfuroso está dentro do valor referência.

Alvise e Barbessa obedeceram sem piscar. Logo Andora estaria de pé.

Enquanto no Edifício Ca'd'Oro tudo corria às mil maravilhas, na Vila Espásia a situação estava feia. Carlo, o jardineiro, e o professor José entraram na cozinha de Ljuba e lhe comunicaram a morte de LSL.

— O quê? O prefeito morreu envenenado? — espantou-se a governanta russa e deixou cair ao chão uma tigela cheia de creme.

— Sim. É terrível. Não se sabe quem fez isso e todos que eram contra ele agora ficarão encrencados — comentou o professor espanhol, com uma careta.

— Não vai me dizer que vão atazanar Nina, os amigos dela e o senhor, professor! — afligiu-se Ljuba.

— Sei lá... Não sei nem mesmo o que pensar — respondeu José, colocando o chapéu de ponta em cima da mesa.

Ljuba tirou o avental sujo de creme, pegou a bandeja com o

café-da-manhã de Nina e subiu a escadaria em caracol murmurando:

— Não será um acordar agradável para a minha Ninotchka...

Quando a governante russa abriu as cortinas de veludo azul, deixando o sol entrar no pequeno quarto, Nina arregalou os olhos e sentou-se na cama. Assim que a doce Merengue lhe deu a notícia sobre o prefeito, a garota sentiu o sangue gelar. Vestiu calças compridas, uma malha de lã com listras e saiu do quarto como um raio, sem sequer experimentar um dos biscoitos que Ljuba acabara de fazer. Antes de entrar na Sala da Lareira, viu o professor no hall de entrada, parado e fitando-a em silêncio.

— Professor, vão perseguir o senhor de novo. Por favor, não saia de casa.

Nina estava muito preocupada também por ele.

— Minha querida *muñeca*, não tenho medo — respondeu ele, pondo o chapéu.

— Não tem, mesmo? — perguntou a pequena alquimista surpreendida.

— Não, mesmo. Não tenho medo do que já conheço — respondeu o professor espanhol, calmo.

— Em que sentido? — indagou ela, curiosa.

— Para mim já chega de conde Karkon. Conheço o poder que ele tem. E não é segredo algum que ele e LSL acusaram a mim e a Dodô de andarmos fazendo magia. Se seus auxiliares me prenderem de novo, agora sei o que fazer!

E assim dizendo, José abriu a porta e saiu, deixando Nina muda.

A menina da Sexta Lua não teve tempo para pensar no que o professor tinha dito e correu para o laboratório. Ofegante, apoiou a mão direita com a estrela sobre o Systema Magicum Universi e perguntou:

— Livro, responda-me, por favor. A situação se tornou gravíssima. Karkon está vivo e é muito perigoso. LSL morreu e dizem que foi envenenado. Você sabe que não é verdade. Mas todos os venezianos vão cair nessa armação. Não consigo entrar em contato com Etérea. O que devo fazer?

A capa com a gravação do Gugui de ouro se abriu lentamente, a folha líquida se iluminou e, afinal, o Livro respondeu:

Vá para junto de Max 10-pl e, quando chegar,
através da parede de vidro você deve olhar.
Uma coisa importante está agora desaparecida
e mais outras quatro correm perigo de vida.

— Uma coisa desapareceu e outras quatro precisam de mim? — perguntou Nina. — Mas que coisas são essas?

O Livro nada mais disse e a pequena alquimista quase entrou em pânico. Desceu rapidamente ao Acqueus Profundis e encontrou Max testando o sistema de alarme.

— Olá, Nina! Maix unx doix diax e tudo extará em ordem. Muitox dox inxtrumentox extão funcionando bem, max ainda precixo verificar a memória do computador — disse o andróide, todo alegre.

A jovem alquimista dirigiu-se à parede de vidro sem ouvir uma só palavra, abriu as grossas cortinas verdes e olhou o fundo do mar. Peixes, algas, pedras, areia... Nada viu de estranho. Mas, de repente, fixou os olhos num determinado ponto e gritou:

— Desapareceu!

Max voltou-se, assustado.

— O quê? O que dexapareceu?

— O ataúde de Andora não está mais ali — disse Nina, apoiando as mãos e o nariz no vidro.

— ANDORA? — perplexo, o andróide foi se colocar ao lado da neta do professor Misha.

— Foi Karkon, tenho certeza. — Nina estava desesperada. — Como não pensei nisso antes?

Max cambaleou, seus joelhos se dobraram e ele sentiu que desmaiava. Sentou-se no chão, com os olhos cheios de lágrimas.

— Andora... minha amada Andora — não parava de repetir.

Nina abraçou o amigo, tentando consolá-lo. Compreendia que aquele era um tremendo golpe para o coração de Max. A jovem alquimista observou de novo a profundeza marinha, imaginando que Karkon deveria ter reativado seu andróide e que isso representava um novo perigo. Andora conhecia perfeitamente o Acqueus Profundis, conhecia a existência de Max e estava a par de seus contatos com Etérea. Andora sabia demais!

Os pensamentos se atropelavam na cabeça de Nina, mas, de repente, viu algo que se movia entre as algas. Olhou melhor e...

— Por todos os chocolates do mundo! — gritou, assustando o amigo de metal. — Os objetos falantes! Olhe ali, Max! É o Quandômio Flurissante, a Sália Nana, o Tarto Amarelo e o Vintabro Verde! — Cada vez mais agitada, acrescentou: — Termos que ir buscá-los, não podemos deixá-los ali!

— Elex xão perigoxox? — perguntou Max, hesitante.

— Não, ao contrário. São alegres e simpáticos. LSL os utilizava para criar o Cumus Estraniante, mas agora que ele morreu não vai mais precisar deles — explicou a menina da Sexta Lua. — Falta o Vintabro Azul, mas ele não nos interessa.

Max ativou o braço mecânico, que, por uma escotilha no Acqueus Profundis, saiu, pegou os pobres objetos falantes, um de cada vez, e os levou para dentro. Pareciam estar no fim: tinham ficado no mar por vinte dias e parecia que não seria fácil fazê-los voltar à vida.

Nina pegou um trapo e os enxugou, um a um. O vaso Quandômio estava vazio: o pó rosado, finíssimo, se espalhara no fundo do mar; o pequeno tanque Tarto Amarelo já não tinha o sal transparente e a xícara de Sália Nana não continha mais os grãos luminosos. Apenas a garrafa de Vintabro Verde se achava intacta, com seu conteúdo alquímico.

Nina colocou-os perto da lareira para que se aquecessem um pouco, esperou que se reanimassem, porém nenhum deles falava. Depois de alguns minutos, o calor das chamas surtiu efeito; o tanquinho Tarto Amarelo começou a esticar as perninhas e a xícara Sália Nana se mexeu. Aproximando-se lentamente, a pequena alquimista perguntou:

— Como vocês estão?

— Bem... — respondeu Tarto Amarelo.

— Estou atordoada — declarou Sália Nana.

O vaso Quandômio começou a tremer e a garrafa de Vintabro Verde, a espirrar.

Max observou atentamente os estranhos objetos falantes, inclinou-se e pegou o tanquinho de Tarto Amarelo.

— Vocêx têm xorte — disse. — Nina decidiu xalvá-lox.

— Nina... Ah, sim! Agora estou reconhecendo você, menina. — O Vaso Quandômio lembrou-se de tudo. — Você foi à Ilha Clemente com seus amigos.

— Sim, e estou feliz por ter conhecido vocês. Mas preciso lhes contar uma coisa a meu respeito, que vocês não sabem...

A jovem alquimista sentou-se no chão, junto deles, e contou-lhes o que havia acontecido na Ilha Clemente e sobre o fim da Serpente de Plumas.

— Sei como vocês estão se sentindo, mas precisam me ajudar — acrescentou ao terminar.

E Nina perguntou aos quatro objetos falantes se na noite da explosão tinham visto Karkon se apoderar do ataúde de Andora. Os objetos responderam que sim, mas acalmaram a nova amiga dizendo-lhe que do lado de fora não se percebia a parede de vidro do Acqueus Profundis por causa das algas, que ocultavam perfeitamente o laboratório secreto. Então Karkon de nada sabia!

Nina e Max suspiraram aliviados, apesar de ainda ignorarem o que teria acontecido com Andora. Se Karkon tivesse conseguido reativá-la, na certa a teria convencido a revelar a existência do Acqueus Profundis.

Os objetos falantes adormeceram diante da lareira, deixando o andróide e a menina da Sexta Lua com seus problemas.

Também na escola a notícia do assassinato do prefeito causou celeuma e, é claro, os primeiros a serem vigiados foram Dodô, Cesco, Flor e Roxy, que já haviam sido acusados de comportamentos anômalos e de serem seguidores de Nina De Nobilis, considerada uma perigosa alquimista. O diretor reuniu todas as classes no Auditório Magno e anunciou aos estudantes que no dia seguinte a escola permaneceria fechada por luto oficial.

— Exijo, meus jovens, que se mostrem disciplinados durante o funeral do prefeito — exortou, lançando um gélido olhar aos quatro alunos da Giudecca.

Dodô começou a tremer e se agarrou à malha de Cesco, que permaneceu impassível.

De acordo com a opinião de Flor e Roxy, tinham que ir falar com Nina imediatamente: a coisa estava ficando feia para o lado deles.

À tarde, os cinco amigos se reuniram na Sala das Laranjeiras, diante de uma boa xícara de chá preparado por Merengue, e por fim puderam conversar.

— Nina, acha que devemos ir ao funeral? — indagou Flor, deliciando-se com um docinho.

— Claro! Estou louca de curiosidade para ver com que cara Karkon vai se apresentar diante dos venezianos — respondeu a garota, com os dentes cerrados.

Os quatro amigos se entreolharam rapidamente e Cesco se levantou.

— O que aconteceu?

Nina abaixou a cabeça e contou que o ataúde de Andora havia desaparecido. Assustada, Roxy engasgou com o chá, Flor uniu as mãos como se rezasse e Dodô ficou roxo.

— Vo... vo... vocês acham que fo... fo.. foi Karkon?

— É claro que foi ele — explodiu Nina, com os olhos azuis muito brilhantes e empunhando o Taldom Lux.

— Essa não! — exclamou Flor.

— Salvei os quatro objetos falantes. Lembram-se deles? — perguntou Nina. — Nós os vimos no filme.

— Ah, sim! Aqueles objetos engraçados da Ilha Clemente. Onde os encontrou? — Flor estava curiosa.

— No fundo do mar e agora estão a salvo, no Acqueus Profundis. Eles me deixam comovida — explicou a menina da Sexta Lua, sorrindo.

— Vai ficar com eles? — perguntou Roxy.

— Vou, sim. Não posso jogá-los na rua. Além disso, poderão ser úteis...

E Nina, que queria aliviar a tensão, continuou a falar sobre os objetos falantes. Foi Cesco quem levou o assunto de volta ao ataúde de Andora e ao funeral de LSL.

O rapazinho enfiou as mãos nos bolsos e disse, com ar decidido:

— Muito bem, o conde quer guerra. E iremos enfrentá-lo mais uma vez. Amanhã cedo vamos nos encontrar em frente à Basílica de San Marco. Poderemos descobrir muita coisa durante o funeral. Não podemos nos esconder, senão as suspeitas que já pesam em nossos ombros se tornarão certeza. E os guardas nos prenderiam sem hesitar nem sequer por um instante.

O que o jovem de óculos acabara de dizer era a absoluta verdade e os quatro pegaram cada qual seu Rubi da Amizade Duradoura para mostrá-los a Nina como prova de força.

— Vamos falar com o Livro. Talvez ele nos ajude.

Nina pegou a mão de Cesco, que a fitava com ternura.

CAP. 1 - A morte de LSL e o ataúde de Andora

Quando entraram na Sala do Doge, tiveram uma surpresa: junto à porta do laboratório se achava um livro redondo.

— Que formato mais esquisito! — comentou Nina ao pegá-lo.

— É... Eu nunca tinha visto um livro redondo — concordou Roxy tocando a capa encadernada em vermelho.

Limpidus, de Tadino De Giorgis, era o título.

O livro saltou das mãos de Nina e rodopiou no chão, depois parou de repente e se abriu. Os cinco se inclinaram sobre ele, olhando-o com atenção.

Na verdade, as páginas eram círculos de papel, as palavras se achavam escritas de fora para dentro, acompanhando a circunferência, formando uma espiral que terminava no centro. Era um pouco complicado ler aquele livro.

Cesco começou a ler uma frase, mas notou que as palavras não tinham sentido: *sadasor samirgál.*

Nina leu com atenção e verificou que todas as páginas eram idênticas e repetiam continuamente as duas palavras incompreensíveis.

— Sadasor samirgál? — Flor também tinha dificuldade para "traduzir" aquele idioma esquisito.

Assinalando cada uma das sílabas com a ponta do dedo indicador, Dodô leu as palavras ao contrário:

— "L-á-g-r-i-m-a-s r-o-s-a-d-a-s."

— Lágrimas rosadas! Grande Dodô! Muito bem! — exultante, Nina abraçou o amigo de cabelos vermelhos.

— Mas o que quer dizer? — perguntou Cesco, intrigado.

A menina da Sexta Lua abriu a porta do laboratório enquanto falava.

— Vamos perguntar ao Systema Magicum Universi.

Nem teve tempo de colocar a mão em cima da capa, o Livro se abriu sozinho, assim que ela se aproximou. Um facho de luz cor-de-rosa se projetou para cima: em poucos segundos, formaram-se pequenas gotas no teto. A folha líquida se encrespou e o Livro falou:

*As lágrimas rosadas vocês devem aparar
e por três minutos deixá-las repousar.
O precioso líquido para o funeral servirá:
no momento certo Nina o utilizará.*

— Sei, as lágrimas cor-de-rosa — assentiu a neta do vovô Misha. — Mas para que elas servem?

O Livro se fechou sem dar explicações. Nina olhou para os amigos, abriu os braços e comentou:

— Ultimamente o Systema Magicum Universi anda me enlouquecendo!

Dodô sorriu e pegou um vidro vazio da estante. Flor olhou para cima: eram lindas as gotas rosadas que tinham ficado suspensas no teto!

Enquanto isso, Cesco havia pegado um banco, subira nele e recolhia as lágrimas com uma concha de cobre, despejando-as no vidro. Nina abriu a caixa que continha as rolhas de Sobreiro Certis, pegou uma e tampou o vidro.

As lágrimas rosadas estavam prontas para o uso, embora nenhum dos jovens alquimistas soubesse para que elas serviam.

Enquanto isso, o Inimigo Número Um se achava ocupado com algo muito sério: mantinha uma conversa importante com um estranho personagem que há algum tempo freqüentava assiduamente sua residência.

— Pense bem. Posso fazer muito por você. Não se arrependerá — disse Karkon ao homem que o escutava, de pé no centro do Laboratório K. — Veja, meu caro jovem, tenho muito poder. Conheço os segredos da Alquimia das Trevas e ninguém jamais irá conseguir me derrotar. Aliás, você já deve saber isso. Sei que nosso primeiro encontro não foi nada agradável para você, mas deve se lembrar de que as circunstâncias não estavam a seu favor.

Karkon continuou falando com extrema calma até que seu interlocutor ergueu os olhos por um momento e assentiu.

— Lembro-me perfeitamente, meu caro conde. E não vou repetir meu erro: compreendi que a Alquimia das Trevas é o caminho certo.

Essas palavras tremendas foram ditas com firmeza.

— Venha, quero mostrar-lhe uma coisa — disse o Magister Magicum, levando o ignorante homem para a Enfermaria. — Olhe ali dentro — ordenou-lhe, indicando a Banheira Regeneradora.

O visitante empalideceu ao ver Andora pelada, imersa na Acqua Vita, e, transtornado pela emoção, pediu licença para sentar-se.

O conde se aproximou dele e sussurrou:

— Ela vai viver. Meu andróide preferido será mais forte do que nunca. Não tenha medo. Agora, vá. Não quero que fique aqui por muito tempo, poderia despertar suspeitas. Amanhã cedo nos veremos no funeral. Cuidado: mantenha-se a distância. Ninguém deve saber que falamos um com o outro.

O homem fez que sim com a cabeça e Karkon lhe entregou um vidro quadrado contendo um líquido denso e esverdeado, semelhante a azeite. Em seguida, abaixou ainda mais a voz para dizer:

— É Venenosia...

E explicou para onde o homem deveria levar a poção venenosa. Um lugar que seu visitante conhecia muito bem.

— Quando fizer o que lhe pedi, ficarei sabendo que posso confiar em você. Só então escutarei seus segredos e o ensinarei a produzir poções alquímicas novíssimas — concluiu Karkon e uma luz inquietadora iluminou seu rosto monstruoso.

Enquanto o estranho personagem, atemorizado, saía da Enfermaria, o andróide abriu um olho e fitou-o sem que ele percebesse.

Andora renascera. Estava viva!

Logo Karkon descobriria isso com imensa satisfação.

Capítulo 2
O desaparecimento de José

Às 11:30 da manhã seguinte, a Basílica de San Marco já estava repleta de gente: lá estavam os juízes e o presidente dos Tribunais, os dez conselheiros vestidos de roxo, todos os funcionários públicos, profissionais liberais, comerciantes, industriais e os estudantes venezianos acompanhados pelos professores.

Coroas de flores, buquês de rosas e de gladíolos forravam a igreja e esperavam-se em absoluto silêncio os despojos do prefeito.

O cortejo fúnebre chegou à igreja com alguns minutos de atraso. O caixão de metal, coberto pela bandeira de Veneza com o símbolo do Leão Alado, havia sido transportado sobre os ombros de seis guardas com fardas de gala. A procissão era liderada por Karkon, que tinha no rosto uma expressão seriíssima.

A homilia do padre da Basílica durou poucos minutos e a seguir, diante da multidão, o conde tomou a palavra. Elogiou a figura de Loris Sibilo Loredan, seus dotes humanos e a grande capacidade política demonstrada na gestão da prefeitura da cidade. Terminado o discurso, pegou o documento falso com a assinatura de LSL e leu. As pessoas começaram a murmurar.

— Sim, isso mesmo, meus caros cidadãos. O prefeito foi assassinado. Por envenenamento. O marquês me designou pessoalmente para substituí-lo e sinto-me feliz por ocupar temporariamente seu cargo. Em 3 de junho serão realizadas as eleições e vocês, *l-i-v-r-e-m-e-n-t-e*, escolherão o novo prefeito. — A voz de Karkon era profunda e convincente. —

Mas, agora, peço-lhes que colaborem. Precisam ajudar os juízes a descobrir quem matou LSL. Quem usou a Venenosia, um poderoso líquido mortal.

Nina e seus amigos se encontravam junto a uma das colunas da Praça San Marco e se entreolharam aturdidos ao ouvir aquilo.

Karkon se aproximou do ataúde e retirou a bandeira, mostrando a linda inscrição que fizera.

— Esse é o ataúde de Andora! — a voz de Nina ressoou como um trovão.

— Quem ousou me interromper? — gritou o conde, por sua vez.

Cesco tentou levar Nina embora, mas ela se desvencilhou e correu para o altar. Num bolso a menina tinha o vidrinho com as lágrimas rosadas; não sabia seiriam funcionar, mas estava disposta a usá-las.

Quando a viu, Karkon apontou-lhe um dedo acusador:

— Você? Como teve coragem de vir até aqui? Todos nós sabemos que odiava LSL. Você é uma bruxa! Você usa Magia! Você é um perigo para Veneza!

Dois guardas se adiantaram para deter a mocinha, que, desviando-se deles, tropeçou num degrau e caiu desastrosamente. Para salvar o vidrinho, tirou-o do bolso, mas ele lhe voou da mão como um projétil e se espatifou em cima da inscrição do ataúde de metal.

O líquido alquímico se espalhou num piscar de olhos e corroeu parte da inscrição feita por Karkon: o nome do prefeito desapareceu e outro surgiu em seu lugar: ANDORA.

Os estudantes começaram a rir, o povo vociferou contra o conde, enquanto guardas e conselheiros tentavam impedir

Nina e seus quatro amigos, que foram se esconder dentro de um dos confessionários.

Um dos conselheiros subiu num banco, derrubando o professor José, que, atônito, assistia à cena. O conselheiro começou a gritar tentando acalmar a multidão. Não conseguiu.

Os venezianos saíram da Basílica consternados e furiosos. O féretro foi de novo coberto com a bandeira de Veneza e os seis guardas, apressados e aos trambolhões, colocaram-no na maca fúnebre e o levaram para o cemitério, na Ilha de San Michele. Então muitos dos venezianos começaram a pensar que a morte do prefeito escondia uma verdade um bocado misteriosa. E, principalmente, ninguém entendia por que o nome de LSL havia sumido do esquife, aparecendo, em seu lugar, o de uma mulher: Andora. Nunca se ouvira falar nela por ali.

Os guardas e conselheiros intimaram todos a irem para suas casas e anunciaram que à tarde começariam a procurar o vidro de Venenosia.

Quando, por fim, a Basílica de San Marco ficou deserta, os cinco jovens alquimistas saíram nas pontas dos pés de dentro do confessionário. Dodô estava com uma forte crise de nervos. Roxy começou a sacudi-lo, depois segurou-o pelos ombros.

— Agora chega! Acabou-se. Não pegaram a gente. Pare de choramingar!

Nina se aproximou do amigo e envolveu-o num abraço afetuoso, depois se voltou, severa, para Roxy:

— Você não aprende, mesmo! Não entende quando alguém precisa de carinho.

A garota loira e severa ficou amuada. Flor virou-lhe as costas, dizendo:

— Bem-feito!

Quando saíram da Basílica, não viram uma alma viva. Correram para o cais, entraram no barco e foram direto para a Giudecca. Cada qual foi rápido para sua casa: o medo de que os guardas já tivessem um mandado de prisão para eles os fazia, mais do que nunca, desejar ficar ao lado dos pais.

Assim que Nina atravessou a ponte de ferro que dava na Vila, chamou pelo professor José; ele já devia ter voltado da cerimônia fúnebre. Mas no pavilhão não havia ninguém.

No chão, ao lado da cadeira de balanço, viu uns papéis meio queimados. Pegou-os. Apenas em um deles estava escrito alguma coisa, mas não dava para saber o que era por causa das marcas deixadas pelo fogo: "Ac..." e embaixo havia a assinatura do professor.

Guardou o pedaço de papel num bolso e olhou ao redor. Livros, cadernos, roupas e objetos pessoais, tudo estava em seu lugar. Esperou alguns minutos, mas o professor não chegou. Correu até a Vila. Perguntou a Carlo Bernotti e a Ljuba se o tinham visto e os dois responderam que não.

— Ele deve ter ido dar uma volta. Ficou muito perturbado com o funeral — explicou o jardineiro. — Aliás, há alguns dias ele tem saído sem dizer aonde vai e volta muito tarde.

A noite chegou logo e a menina da Sexta Lua foi para seu quarto sem jantar. Não tinha apetite. Sob o acolchoado azul-turquesa, com o gato Platão a seu lado, ronronando, olhava para o teto e pensava no que fazer. Se, por um lado, LSL havia sido eliminado, por outro Karkon se tornara mais forte do que nunca. Além de tudo, agora sentava-se na poltrona do prefeito! E ainda, havia a incógnita de Andora e a maldita pane no painel elétrico do Acqueus Profundis!

O sono a venceu depressa, embora os pensamentos continuassem a se agitar na sua cabecinha.

Às 8:00 da manhã a jovem alquimista foi acordada por Ljuba:

— Ninotchka, olhe o que chegou! — e a governanta a russa lhe entregou uma carta vinda de Moscou.

— Mamãe e papai escreveram para mim! — Nina estava eufórica. — Vamos ver o que eles contam.

Mockba, Centro de Pesquisas Ferk
Rua Dostoiewskij 16

Querida Nina

Como lhe dissemos, no momento nos preparamos para a missão espacial. Estamos muito preocupados porque há várias dificuldades. No entanto, para nós é uma honra levar a termo a pesquisa extraterrestre. O lançamento da nave está previsto para 30 de março, porém os técnicos e os cientistas do Ferk decidiram adiar a partida. Provavelmente a missão terá início em meados de abril.

Amamos muito você e prometemos que depois desta viagem espacial voltaremos para Veneza e ficaremos juntos para sempre.

Vamos tentar telefonar, mas, como você sabe, somos submetidos a um rígido controle e não podemos fazer contatos com parentes e amigos. São as regras do Ferk, que você conhece bem.

CAP. 2 - O desaparecimento de José

> *Aqui vai um beijo do tamanho do mundo!*
> *Dê nossos abraços a Ljuba, ao professor José e aos simpáticos amigos.*
>
> *Com muito amor,*
> *Mamãe e Papai*

Nina esfregou os olhos, que brilhavam, e Ljuba deu-lhe um beijo na testa.

— Eles vão voltar logo, você vai ver — confortou-a a meiga Merengue, acariciando-lhe os cabelos.

— Isso aí. E vamos ficar juntos para sempre — disse a garota, dobrando a carta e guardando-a num bolso. — Escreveram isso, portanto é verdade.

Ljuba afagou-lhe o rosto, depois saiu do quarto, seguida por Adônis e Platão. Nina vestiu calças compridas cor-de-mostarda e uma túnica de lã, em escandalosa cor-de-laranja. Olhou-se ao espelho e prometeu a si mesma que derrotaria Karkon. Agora estava pronta para descer ao Acqueus Profundis, onde Max concluía os reparos.

O vaso de Quandômio roncava beatificamente e o tanquinho de Tarto Amarelo andava pela sala, xeretando os sacos de pedras preciosas. Assim que a tímida xícara Sália Nana viu a garota, foi ao encontro dela.

— Oi, Sália! — cumprimentou Nina. — Descansou bem?

— Descansei! É gostoso estar aqui. Não há escorpiões nem cobras, como na Ilha San Clemente — e a xícara estremeceu.

A garrafa de Vintabro Verde bocejou e deu uma pequena cotovelada no vaso de Quandômio Flurissante, que acordou no ato.

— Oi, Nina! — disse, animado. — Em que podemos ajudá-la?

— Ajudar-me? — indagou, sorrindo, a jovem alquimista. — Vocês sabem consertar painéis elétricos?

— Painéis o quê? — perguntou Tarto Amarelo, erguendo uma das patinhas.

— Nada. Eu estava brincando — explicou a garota. — Sei que vocês serviam a Karkon apenas para fazer o Cumus Estraniante.

— Então, não podemos fazer nada por você? — perguntou Vintabro, triste.

— Não sei. Vou pensar e depois falo com vocês.

Nina voltou-se e foi para junto de Max, que terminava de apertar um parafuso.

— Pronto! Agora vou ligar o computador — anunciou, apertando um botão.

A tela gigantesca se iluminou e acenderam-se luzinhas verdes no sistema elétrico.

— Muito bem, Max! — exultou a menina da Sexta Lua. — Você conseguiu.

Os objetos falantes ficaram mudos, observando tudo com a maior curiosidade. Max sentou-se diante do computador e digitou rapidamente a mensagem que Nina ditou para enviar à Grande Madre Alquimista: "Sou Nina 5523312, preciso falar com você. É urgente. As coisas aqui vão mal."

A tela enorme tornou-se mais luminosa ainda e surgiu o rosto de Etérea:

Bom dia, Nina 5523312.
Já sei o que tem a me dizer.
Compreendo sua angústia, mas tenho certeza
de que a força da Alquimia da Luz irá guiá-la.
Não se esqueça da missão.
Xorax precisa da sua ajuda.

CAP. 2 - O desaparecimento de José

As coisas vão piorar,
mas só você terá a resistência
necessária para prosseguir.
Você pode vencer a luta contra Karkon.
Use os objetos falantes e peça conselho
ao Systema Magicum Universi.
Agora, pegue a pluma do Gugui e dentro da esfera
Você vai encontrar o Furaengano, uma agulha muito
  fina.
Não posso lhe dizer mais nada.

Etérea desapareceu e a tela ficou escura.

Nina olhou primeiro para Max, depois para os objetos falantes.

— Você deve puxá-los. Mas Etérea não disse como — o andróide cruzou os braços.

Quandômio se balançou:

— Confesso que jamais vi algo parecido em minha vida. É muito esquisita uma mulher de vidro que fala!

Nina aproximou-se deles, afagou-os e, em seguida, tirou a Pluma de Ouro do bolso maior numa das pernas da calça e esfregou-a rapidamente.

— Não se preocupem, nada de ruim vai lhes acontecer. Vou levá-los para outro laboratório.

Nina saiu. Max sentou-se num banquinho e ficou com o olhar perdido na profundeza marinha.

Quando se aproximou do Livro Falante, a jovem alquimista retirou os objetos falantes da grande caixa em que os havia colocado e depositou-os em cima da bancada de experiências. Em seguida, apoiou a mão sobre o Systema Magicum Universi e fez a seguinte pergunta:

— Livro, Etérea me disse para usar estes objetos falantes. Dá para você me ajudar?

Interessantes objetos que sabem falar, coisa que estou para ver.
Agora, com muita calma, vou lhe dizer o que você deve fazer.
Jogue o vaso Quandômio Flurissante
em mim, neste mesmo instante.

Nina pegou o vaso, que se rebelou, tentando escapar, e mergulhou-o na folha líquida, que o engoliu no ato.

Agora, pegue o pequeno tanque, delicadamente,
e o Tarto Amarelo jogue-o dentro de mim rapidamente.

Nina obedeceu, apesar de o tanquinho agitar as pequenas pernas gritando, em desespero. O Tarto Amarelo afundou no Livro.

Chegou a vez do Vintabro Verde, que é uma garrafa e tanto.
Não tenha medo, pois morder ela não morde, isso eu garanto.

A garrafa balançou, agitando o precioso líquido que continha, mas a menina da Sexta Lua jogou-a dentro do Livro sem hesitar.

A pequena Sália Nana ficou para o fim
e você ficará contente com essa xícara, sim.

A xícara tremia de medo. Ganhou um beijo de consolo e seguiu os companheiros para dentro da folha líquida.

Àquela altura, Nina olhava o Livro para ver o que aconteceria. Um a um os objetos emergiram e flutuaram na folha líquida. Nina pegou-os, ajeitou-os com cuidado sobre a Bancada de Experiências e observou as condições deles. Estavam bem? Na verdade, não tinham mudado nada, a não ser que permaneciam imóveis. O Livro falou de novo.

*Não toque neles: um bom descanso precisam ter
porque, você verá, logo terão muito a fazer.
Agora, pegue o Furaengano
e abra o livro sobre o Engano.
Em seguida e depressa volte aqui, sem temer,
para completar aquilo que deve acontecer.*

Nina saiu correndo do laboratório para a biblioteca, que ficava na Sala do Doge. Procurou de novo o livro *Dolus*, de Tadino De Giorgis, cujo tema era enganos, no qual Flor tinha encontrado o imenso D. Sem perda de tempo, levou-o para o laboratório, colocou-o em cima da bancada e pegou o Furaengano, a agulha sutil que Etérea lhe dera. Consultou o relógio: eram 10:45:08.

— Estou pronta, Livro — disse ela.

*Abra na página 430 e você vai encontrar
uma surpresa que deve imediatamente pegar.*

A menina da Sexta Lua folheou o livro de Tadino De Giorgis e chegou à página 430.

— Por todos os chocolates do mundo! É lindíssima! — exclamou diante de uma margarida de papel, que se ergueu do livro com as pétalas brancas e brilhantes.

*A Florgarida que você deve espetar bem
com esse delicado Furaengano que tem.*

— Espetá-la? — perguntou a mocinha, alarmada.

Faça-o agora e vai me agradecer.

Nina pegou a agulha e, com delicadeza, enfiou-a no centro da Florgarida. As pétalas de papel se multiplicaram sem conta, soltaram-se e passaram a flutuar, preenchendo todo o laboratório. O Livro falou de novo:

*Enfie o Furaengano na Grafite Roxa
e diga três vezes: "Florgarida Voa."
Por fim, a porta e depois as janelas abra,
com cuidado para não ser desastrada.
O vento morno e acariciante da primavera
Levará as pétalas a toda pessoa que as espera.*

A jovem alquimista sentia-se aturdida, mas obedeceu com exatidão às ordens do Systema Magicum Universi. Passou a agulha na Grafite Roxa, que conhecia bem, por tê-la usado muitas vezes para escrever os Números Bons contra os Numeromagos karkonianos. Depois se concentrou e gritou três vezes: "Florgarida Voa! Florgarida Voa! Florgarida Voa!"

O Furaengano escorregou de sua mão e começou a escrever em cada pétala que flutuava no ar uma mensagem curta:

"Levar para o túmulo de LSL."

Ao ler a mensagem, Nina ficou perplexa, enquanto o Furaengano escrevia rapidamente, passando sobre milhares e milhares de pétalas de papel. Por fim, a agulha aterrissou na bancada e a menina da Sexta Lua saiu do laboratório. Como na Sala do Doge não havia janelas, teria de levá-las para a Sala da Lareira e lá foi, acompanhada pela nuvem de pétalas.

Abriu as janelas e, assim que começou a soprar uma brisa suave, os pedaços de papel voaram para elas e saíram da sala, dirigindo-se para o céu. Para sua mensagem ser vista, uma pétala pousou no peitoril de cada uma das janelas de todas as casas de Veneza.

A jovem alquimista olhou para fora: por sorte ninguém havia assistido àquele espetáculo espantoso. Ljuba havia saído para fazer compras, com Adônis e Platão. Fechou a janela e voltou para o laboratório.

O Livro Falante continuava aberto e os objetos não davam sinal de vida.

— Livro, quando os cidadãos lerem o recado, irão para o cemitério? Para quê?

*O ataúde, sempre fechado,
de Andora não está ocupado.
Quando o povo da cidade todo tiver chegado,
o engano será imediatamente revelado.
Karkon tudo fará para a culpa você levar,
no entanto a Alquimia da Luz a irá ajudar.*

— Então, também devo ir para junto do túmulo de LSL? — perguntou ela, temerosa.

*Amanhã, bem cedo, lá você deverá estar
e junto com seus amigos muito atenta ficar.
Mas o Caput Beneficus deverá usar
para superar perigos que terá de enfrentar.*

— Caput Beneficus? — surpreendeu-se Nina. — O que é isso?

*Um capacete realmente genial
que a salvará da Alquimia do Mal.*

O Mercúrio Mutável vai lhe servir
para fraca e ansiosa você não se sentir.
Dez gramas é o indicado
Para um efeito prolongado.

— Mas só eu vou usar um Caput Beneficus? — perguntou a menina da Sexta Lua, preocupada com os amigos.

Apenas um você irá fazer,
porém cinco há de obter.

— Não entendo — disse a garota. — Explique melhor.

Pare de perguntar
E comece a trabalhar.
Os quatro aprendizes de alquimista vão ter
Cada qual seu capacete para se proteger.

O Systema Magicum Universi se fechou de repente e a Nina só restou trabalhar. Primeiro, começou a ler em voz alta a fórmula do Mercúrio Mutável, que estava anotada no Caderno Negro.

— Então, o Mercúrio Mutável é composto por Mercúrio Puro e Terra Verde da Sexta Lua... Esta forma altera os líquidos, tornando-os sólidos.

Procurou entre os vidros, frascos e caixas do laboratório. Encontrou a Terra Verde de Xorax em um recipiente de porcelana amarela; ao lado dela estava uma garrafa muito delicada e estreita contendo o Mercúrio Puro. Num instante despejou as duas substâncias no caldeirão com safira e ouro, ficou olhando para o relógio e mexeu a mistura por exatos dez minutos. O fogo da lareira abaixou e do caldeirão saíram duas asas amarelas que sustentavam um capacete transpa-

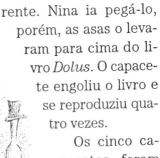

rente. Nina ia pegá-lo, porém, as asas o levaram para cima do livro *Dolus*. O capacete engoliu o livro e se reproduziu quatro vezes.

Os cinco capacetes foram colocados pelas asas sobre a bancada e só então elas voltaram para o caldeirão e as chamas da lareira voltaram a se avivar.

— Por todos os chocolates do mundo! — admirou-se Nina, afagando os capacetes.

O Systema Magicum Universi tornou a se abrir e a falar:

Os capacetes são transparentes
e seus amigos ficarão contentes.
Agora, o Furaengano na segunda gaveta você deve guardar
e outra oportunidade para utilizá-lo deverá esperar.

O Livro se fechou. Nina observou os capacetes e os objetos que ainda não haviam acordado.

De repente, sobre o Systema Magicum Universi formou-se uma pequena nuvem verde que a jovem alquimista apalpou com as mãos. Em cima dela havia um envelope!

Apressou-se em abri-lo. Uma carta do vovô.

CAP. 2 - O desaparecimento de José

Xorax, Mirabilis Fantasio,
Sala Azul das Grandes Consultas

SOBRE A CORAGEM

Moja djèvocka,

A conclusão se aproxima, não pare agora. O Mal irá circundá-la e machucá-la com a intenção de vencer. Atacará pessoas que você ama, mas você está do lado do Bem.

A Alquimia da Luz apagará a Escuridão porque você é a Menina da Sexta Lua e a existência do Universo se encontra em suas mãos. Logo você irá começar a busca do Quarto Arcano, o mais complexo e misterioso dos elementos da natureza: a Água.

Tenho certeza de que o encontrará e Xorax será mais luminosa do que nunca, porque, afinal, os pensamentos das crianças estarão completamente livres.

Mas não basta Saber. Não basta Estudar. Não basta Pensar. Para alcançar o objetivo é preciso contar com outra coisa: Coragem.

Os problemas e obstáculos são superados se a força das idéias não demonstrar medo. É preciso ter coragem para dizer a Verdade às pessoas das quais queremos esconder.

Coração e nervos, respiração e sorriso, amor e amizade, tudo isso só chega ao caminho da Vida por intermédio da Coragem.

Acrescente a seu sangue de alquimista uma sadia audácia: seja corajosa e rompa as correntes da Magia das Trevas.
Amo você

1004104   ⚷ ☉ ⚷ ☉ ⇩ MISHA △

Vovô Misha

Nina apertou a carta contra o peito e sentiu uma força poderosa percorrer-lhe as veias: o amor do avô era tão grande que nada poderia deter a jovem alquimista.

O relógio do laboratório marcava 12:03:45. Ela guardou a agulha Furaengano na segunda gaveta. Ao se inclinar para retirar a agulha do bolso, deixou cair o papel chamuscado que havia encontrado no pavilhão e que continha a assinatura do professor espanhol.

— José! — exclamou, lembrando-se que não tivera mais notícia dele.

Correu para fora do laboratório e, ao chegar ao hall de entrada, a governanta russa e Carlo Bernotti entravam carregando sacolas de compras. Adônis se encostava nas pernas do jardineiro e o gato tentava enfiar a cara numa sacola que continha o peixe que Ljuba acabara de comprar.

— Vocês sabem onde anda o professor José? — perguntou Nina, aproximando-se.

— Não. Ele não dormiu no pavilhão — informou o jardineiro. — Desde ontem não o vejo.

— Sabe-se lá por onde ele anda... Vai ver que arranjou uma namorada — sorriu Ljuba.

— Estou preocupada — confessou Nina, pensativa. — Com a polícia andando por aí... Eu não apreciaria se lhe acontecesse alguma coisa.

— Vamos esperar mais um pouco — sugeriu Carlo. — Se ele não aparecer, iremos procurá-lo.

— O professor não pode ter desaparecido sem deixar rastros. Se bem que... — Nina tirou do bolso o papel chamuscado. — Ele escreveu um bilhete.

Carlo tentou ler, mas desistiu:

— Não dá. Não se entende nada do que está escrito. Deve ser um pedaço de uma folha daquelas coisas que José vive escrevendo. Não fique preocupada, senhorita Nina — disse Carlo, com um sorriso que deixou a mocinha perplexa.

Resmungando, Ljuba foi para a cozinha.

— O que foi? — perguntou Nina, ajeitando as frutas na fruteira.

— Que vidro é esse aí em cima da mesa? — indagou a governanta russa. — Parece azeite, mas hoje não comprei azeite!

— Não sei. Guarde-o na despensa. Afinal, qual o problema?

A pequena alquimista sacudiu os ombros e foi pôr a mesa para o almoço.

Ljuba olhou para a garrafa e a deixou sobre a mesa.

Assim que os três começaram a comer, alguém tocou a campainha da Vila. Nina correu para atender, pensando que fosse o professor José, mas não era. Com ar deprimido, entraram Dodô, Flor, Roxy e Cesco.

— Ficamos a manhã inteira retidos na Sala dos Professores — explicou Flor, com os olhos brilhantes. — Não quiseram que ficássemos na sala com os colegas.

— Por quê? O que vocês fizeram? — perguntou Nina.

E levou-os para a Sala das Laranjeiras para esperarem que Ljuba preparasse mais macarronada.

— É que ontem todo mundo nos viu no funeral do prefeito. Os guardas nos seguiram e você interrompeu o discurso de Karkon. Nosso diretor não é cego! Ele também viu que a inscrição do ataúde mudou — Cesco estava furioso e não conseguia parar quieto. — Agora acreditam que somos magos e que talvez tenhamos matado LSL!

— Essa história do falso funeral vai terminar amanhã — garantiu, decidida, a menina da Sexta Lua.

— Amanhã? — Roxy fitou a amiga, inclinando a cabeça de lado. — Por quê?

— Nos peitoris da janela de todas as casas pousou uma pétala de Florgarida e...

Dodô a interrompeu:

— F... f... florgarida?

— Sim. É uma flor mágica que saiu do livro *Dolus*, de Tadino De Giorgis — explicou Nina, depressa.

— Aquele livro no qual encontramos o D enorme — reforçou Flor.

— Positivo — anuiu Nina, agitada. — Bom, o Furaengano escreveu em cada pétala que todo mundo deverá ir amanhã ao túmulo de LSL.

— Furaengano? — Cesco estava cada vez mais curioso. — Outro instrumento alquímico?

— Sim. É uma agulha que Etérea me deu hoje de manhã...

Mais uma vez, a menina da Sexta Lua foi interrompida.

— Se você falou com Etérea, quer dizer que o computador e a tela estão funcionando! — afirmou Flor.

— Sim, está tudo em cima. Então nós também iremos amanhã ao cemitério e o Livro me disse que temos de usar o Caput Beneficus. — Nina fez uma pausa, olhou a cara dos amigos e riu. — Trata-se de um capacete transparente. Teremos cinco, mas não sei por que devemos usá-los.

— Estamos bem arranjados! — exclamou Roxy. — Se você não sabe, que diremos nós!

Nina disse tudo que sabia para tranqüilizar os quatro. Depois de comer a macarronada, o grupinho se despediu, marcando encontro para a manhã seguinte.

Às 09:00 em ponto encontraram-se no cais da Giudecca e pegaram a balsa que fazia o trajeto para a ilha de San Michele, onde ficava o cemitério veneziano. A jovem alquimista entregou-lhes os capacetes, que cada qual, embaraçadíssimo, escondeu embaixo do casaco, diante do olhar divertido dos demais passageiros do barco. Havia um contínuo vai-e-vem de pessoas e todas tinham na mão uma pétala da Florgarida. Nina estava contente: a missão seguia seu rumo, como inicialmente previsto. Pegou o Taldom Lux de um bolso e fechou os olhos, lembrando-se da carta do vovô, a fim de criar coragem. Sabia que logo se encontraria com o conde Karkon. Ele também, assim como os conselheiros vestidos de roxo, sem dúvida recebera a pétala da Florgarida.

E era isso mesmo.

No Edifício Ca'd'Oro o despertar havia sido provocado por um carteiro: às 06:00 o funcionário do Correio chegara ao enorme portão e tocara a campainha várias vezes. Visciolo, que nem havia tido tempo para se vestir, foi atender usando um pijama preto.

Recebeu um pacote muito bem lacrado, proveniente de Moscou; nos quatro lados havia duas inscrições, uma em russo e outra em italiano: *Urgente*. O corcunda levou-o imediatamente a Karkon, que acabava de acordar. O conde o abriu, já sabendo o que continha: Vintabro Azul, o líquido alquímico que Vladimir, o Enganador, havia encontrado na tundra siberiana. Só que não adiantava mais, porque LSL estava morto. O ingrediente para criar o Cumus Estraniante era inútil.

— Vá à Enfermaria e veja se Andora está bem. Obrigue os gêmeos a ajudá-los, vou para lá daqui a pouco — ordenou Karkon.

Vestiu a capa roxa e desceu, rapidamente, para o piso térreo com o pacote na mão. Entrou no Laboratório K, pôs a encomenda num canto e sentou-se ao teclado do computador. Entrou em contato com o andróide russo.

— Vladimir! O Vintabro chegou tarde demais. A Serpente de Plumas morreu tragicamente. Agora, preste atenção e aja neste instante. Entre em contato com o Ferk e tente se infiltrar entre os funcionários. É preciso bloquear os pais de Nina.

— Devo matá-los, senhor? — indagou o andróide.

— Não. Por enquanto basta impedir que se comuniquem com a filha. Vigie-os e os impeça!

O conde desligou o computador e voltou ao quarto para pegar o Pandemon Mortalis, que havia deixado em cima da mesa.

O sol acabava de nascer e Karkon abriu a janela para respirar ar fresco: no peitoril viu algo insólito, uma pétala de papel. Pegou-a e leu o que estava escrito:

"Leve-a ao túmulo de LSL."

O conde ficou furioso, correu para a Enfermaria e começou a chutar Visciolo gratuitamente, só para aliviar a raiva. Aterrorizados, Alvise e Barbessa acabaram de trocar a Acqua Vitae do filtro de Andora e saíram da sala na maior velocidade. O andróide karkoniano permanecia com os olhos fechados. Mas estava fingindo! Ela não queria ainda mostrar que voltara da morte. Andora compreendera o que estava acontecendo, tinha até reconhecido o indivíduo esquisito que agora morava no Edifício Karkon e estava sendo instruído pelo Mago das Trevas. Uma pessoa inteligente, bem preparada e, por isso mesmo, mais perigosa.

Andora não parava de pensar no que poderia fazer. Não se mexera nem sequer um milímetro e continuava de molho na Banheira Regeneradora, à espera de poder agir sem despertar suspeitas. O novo microchip, novinho em folha, inserido em seu cérebro, funcionava às mil maravilhas, mas Karkon não contara com a Memória Remota do andróide. Ela se lembrava muito bem do que havia feito no passado e o quanto havia sido má para Nina. Tinha ainda impressa na mente a imagem do bondoso Max-10pl, que cuidara dela com tanto amor e compreensão. Mas não conseguira suportar a dor pelas maldades que fizera à Nina e a família dela. Não conseguira superar esse problema. E, então, se matara. Apagara-se! Agora ali estava, dentro da Banheira Regeneradora de Karkon, com apenas um pensamento na cabeça: ajudar Nina e ser perdoada!

O Magister Magicum estava verde de ódio, apertava numa das mãos a pétala da Florgarida, enquanto com a outra inseria uma lâmina sutil embaixo das unhas dos pés de Andora para testar seus reflexos.

CAP. 2 - O desaparecimento de José

Toques insistentes do telefone o perturbaram. Um após o outro, os dez conselheiros telefonaram para pedir explicações sobre a estranha pétala que haviam recebido.

— Quem terá mandado? Estamos numa boa encrenca — disse um dos conselheiros mais nervosos. — Todos os venezianos comparecerão ao enterro de LSL e exigirão a verdade sobre o que está havendo.

— Foi Nina! — berrou o conde como um maluco. — Claro! Mandem a polícia imediatamente à Vila Espásia. Prendam-na! Prendam também os amigos dela!

— Vamos obedecer à sua ordem imediatamente. Mas e a garrafa de Venenosia? — perguntou o ingênuo conselheiro. — Não vamos culpar a feiticeirinha pelo homicídio de LSL?

— A garrafa de Venenosia já está em seu lugar — explicou Karkon entre resmungos. — A polícia vai encontrá-la na cozinha.

— Na cozinha? — O conselheiro estava cada vez mais confuso. — Mas quem a levou para a cozinha da Vila?

— Isso não importa! — O conde estava voltando a ficar raivoso pra valer. — Quer o nome e sobrenome dele?

— Não, não, por favor. Mando a polícia lá agora mesmo. Depois, vamos nos encontrar no cemitério: não apreciaria se a multidão criasse problemas...

E, sem mais demora, o conselheiro desligou.

Enquanto Nina e seus amigos chegavam ao túmulo de LSL no meio de um grande grupo de venezianos que tinham na mão uma pétala da Florgarida, uma verdadeira tragédia acontecia na Vila. Carlo Bernotti estava tirando do lugar um móvel enorme da Sala do Canto das Rosas, porque Ljuba, justamente naquela manhã, tinha resolvido fazer faxina. Quando tocaram a campainha, a governanta se precipitou, pois esperava que fosse José. Quando abriu, deparou-se com quatro policiais que a fizeram recuar com um empurrão.

— Temos ordem para revistar a casa — disse em tom ameaçador um dos guardas. — Onde é a cozinha?

— Daquele lado — respondeu a russa, tremendo de medo.

Na cozinha, outro policial pegou a garrafa quadrada que estava em cima da mesa e perguntou:

— O que é isto?

— Azeite... — respondeu Ljuba, tímida.

— Azeite? Vamos ver... — E o terceiro policial retirou a tampa do vidro, cheirou e exclamou: — Ah! É Venenosia! O líquido verde que matou o prefeito LSL!

— Venenosia? Não pode ser... — A meiga Merengue tentou se justificar. — Encontrei esse vidro aí na mesa e...

— Chega! Quieta, velha! — gritou o primeiro policial cuspindo na governanta russa. — Você está presa!

Ljuba caiu num choro desesperado. Os gritos do policial atraíram a atenção de Carlo, que, assustado, saiu da Sala do Canto das Rosas e, quando viu a pobre senhora algemada, rodeada por policiais, arregaçou as mangas da camisa e ordenou, com voz firme:

— Deixem-na em paz!

O segundo policial lhe deu um empurrão e o jardineiro reagiu dando-lhe um soco e outro em seguida. A briga começou a se espelhar e pouco depois os pulsos de Carlo também estavam com algemas.

— É uma conspiração! Nada temos a ver com o envenenamento do prefeito! — gritou Ljuba, que estava branca de susto.

— Nós, assassinos? Vocês enlouqueceram? — replicou o jardineiro se desvencilhando. — Erraram o endereço.

— Aqui não é a Vila Espásia? — perguntou o terceiro policial, com ar irônico.

— É, sim — responderam os detidos.

— Não é aqui que mora Nina De Nobilis, a feiticeirinha? — perguntou, agressivo, o quarto policial.

— Sim, mas ela não é uma feiticeira! Nina é neta do professor Michajl Mesinskj, um dos maiores alquimistas do mundo — acrescentou a governanta russa com orgulho.

— Sei, sei! Alquimista! Ela é uma alquimista muito perigosa! Onde está essa menina? — indagou o segundo policial, começando a percorrer as salas.

— Ela saiu.

Ljuba torcia para que Nina não voltasse naquele momento. Caso contrário, também seria presa.

— Bom. Vamos levar vocês dois para a cadeia e depois voltaremos para prender a feiticeirinha.

E, enquanto falava, o terceiro policial empurrou pela porta afora Ljuba, que se desmanchava em lágrimas, e o jardineiro, com o rosto transtornado pela raiva.

Adônis e Platão brincavam perto da grande magnólia e, quando viram que levavam Ljuba e Carlo embora aos empurrões, atacaram os policiais, que se defenderam atirando pedras nos dois animais.

Uma pedra pegou na cabeça de Platão, que desmaiou. Então o enorme cão fila negro deu um salto em cima do segundo policial que segurava Ljuba. O homem cambaleou e começou a bater no cachorro com uma corrente grossa. Adônis arreganhou os dentes e arrancou um pedaço da divisa do guarda. O homem bateu de novo nele e saiu, seguido pelos demais; fechou o portão rapidamente e deixou os animais feridos e sozinhos no parque da Vila.

Os inocentes foram postos à força na embarcação com listras pretas e brancas da Prisão do Chumbo, que os aguardava no canal junto da Vila Espásia. O primeiro policial pôs o motor em funcionamento e saiu a toda velocidade; passou por baixo da ponte de ferro e pegou o canal da Giudecca. Em poucos minutos, Carlo e Ljuba se encontravam em uma cela úmida e escura do setor "Assassinos" da Prisão do Chumbo.

Uma sentinela retirou as algemas dos dois. A suave Merengue sentou-se num dos catres e recomeçou a chorar, desesperada. Carlo se aproximou e enxugou-lhe as lágrimas com um lenço.

— Eles vão nos soltar, você vai ver. Somos inocentes e a verdade será revelada.

A governanta russa murmurou algumas palavras, fitou o jardineiro com os olhos inchados e vermelhos, e sacudiu a cabeça: afligia-se porque agora Nina achava-se sozinha. Os pais e as tias espanholas estavam muito longe dali.

— Só o professor José pode ajudar Ninotchka — disse, soluçando.

— É... — O jardineiro acrescentou: — Tomara que ele apareça e tome conta da senhorita.

Mas Ljuba não se acalmava e, deitada no catre velho e sujo, não parava de chorar e repetia:

— O querido professor Misha teve muitos problemas por causa das experiências alquímicas que fazia, porém jamais imaginou que Nina viria a ser ameaçada. Vai ver que a culpa é minha. Eu devia ter prestado mais atenção. Devia ter sido mais severa.

— Você acha que... Que Nina usou aquela garrafa de Venenosia? — perguntou Carlo Bernotti, perturbado.

— Não. Tenho certeza de que não usou. A neta do professor Misha jamais faria mal a alguém. — E, num assomo de raiva, a governanta russa desabafou: — É o maldito Karkon que carrega a morte consigo.

— Sim, o conde é um homem malvado. Isso sem falar em suas crianças andróides — continuou o jardineiro.

Naquele momento a porta da cela rangeu e dois guardas entraram.

— Amanhã o conde Karkon virá visitá-los — um deles anunciou secamente.

— Ele? — Ljuba ergueu-se da cama miserável.

Nenhum dos guardas respondeu: ambos saíram, trancaram a porta à chave e foram embora.

Carlo agarrou as grades com as mãos grandes e calosas, gritando:

— Somos inocentes! Tirem-nos daqui!

O grito ecoou nos corredores tortuosos da Prisão do Chumbo, confundindo-se com o tilintar das correntes e com os lamentos dos demais encarcerados.

Capítulo 3
Dois Alquitarôs entre os túmulos

— Olhe aquela lápide lá longe... Há uma multidão ao redor dela. Deve ser o túmulo de LSL.

Com esse comentário, Cesco foi andando em frente, seguido por Dodô, Roxy e Flor. Nina havia ficado para trás porque, sem dizer a ninguém, decidira ir até o túmulo do avô. Sabia perfeitamente que sob a terra estava apenas o corpo dele e que a verdadeira essência vital de Michajl Mesinskj se encontrava na Sexta Lua. Mas queria ver se havia flores frescas lá. Ao chegar diante da campa, fitou com tristeza a foto do avô, ajoelhou-se e acariciou-a. Depois fechou os olhos e pensou intensamente nas cartas que havia recebido depois que o professor Mesinskj deixou o planeta Terra. Lembrou-se também do que havia acontecido meses antes, quando, em companhia de mamãe Vera e do papai Giácomo, estivera no cemitério e tinha visto a cara monstruosa de Karkon no lugar da foto do vovô.

Enquanto se encontrava absorta nos pensamentos, sentiu o peso de uma mão em sua cabeça e se voltou:

— KARKON!

— Veio trazer flores para o seu amado vovozinho? — indagou o conde com voz estridente.

Ele estava ao lado dela como um corvo.

— Não me toque! — gritou Nina, pondo-se de pé imediatamente. — Você me dá nojo!

Karkon agarrou-a por um braço e fez sinal para um dos guardas se aproximar.

— Prenda esta menina! É uma bruxa!

CAP. 3 - Dois Alquitarôs entre os túmulos

Nina mordeu a mão enrugada do conde, que a soltou ao sentir dor. A jovem alquimista saiu correndo entre os túmulos e gritava:

— Socorro! Querem me prender!

A multidão reunida em torno do túmulo de LSL ouviu os gritos da garota e todo mundo se virou para ver o que acontecia. Cesco correu ao encontro de Nina e deu-lhe a mão, Dodô pôs o capacete transparente na cabeça, achando que seria melhor se prevenir, e agarrou-se a um anjinho de mármore.

Flor e Roxy subiram numa antiga fonte sem água e gritaram:

— O funeral do prefeito foi uma farsa. Karkon está enganando todos vocês.

Homens e mulheres se entreolharam, espantados, e, quando Nina chegou com Cesco junto à tumba de LSL, as crianças presentes começaram a aplaudir. A jovem alquimista sentiu o Taldom Lux vibrar, mas é claro que não podia utilizá-lo diante de toda aquela gente. O cetro mágico, oculto num de seus bolsos, agiu assim mesmo. Os olhos do goasil emitiram um raio azul que bateu direto na laje do túmulo do prefeito. A terra começou a tremer e o caixão de metal lançou-se para cima, como se houvesse sido expulso por uma força misteriosa.

— Ohhhhh!!!!... Isso é magia! — exclamaram milhares de pessoas, olhando ao redor, sem saber de onde provinha a luz azul.

O raio do Taldom envolveu o túmulo de LSL e, de repente, as pétalas da Florgarida que as pessoas tinham na mão voaram e pousaram sobre o caixão mortuário, cobrindo-o completamente. O facho de luz azul se dirigiu para o alto e as pétalas grudadas no metal foram atraídas de tal modo pela energia criada pelo Taldom que elevaram, bem devagar, a tampa do ataúde, até que chegasse à altura de cinco metros.

— Ohhhhh... Está vazio! — admiraram-se os venezianos, transtornados com o que viam.

— Sim, vazio. O prefeito morreu, mas o corpo dele não existe mais. LSL não foi envenenado, mas sim...

Nina ia contar a verdade quando um guarda tapou-lhe a boca e jogou-a brutalmente ao chão.

— Calma, calma! — Era o conde Karkon que chegava correndo. — Caros cidadãos, sinto muito por este inconveniente. Mas vocês tiveram a prova concreta de que Nina De Nobilis lida com magia! Foi ela quem organizou toda esta confusão. Ela se apoderou dos restos mortais de LSL. Ela é a culpada.

— Sim! É uma assassina! — gritou um guarda, adiantando-se.

— Ohhhhh... Mas ela é apenas uma menina — retorquiu a multidão.

— Tenho a prova de que foi Nina quem matou LSL, com a cumplicidade de seus amigos Cesco, Dodô, Flor e Roxy. Já prendemos a governanta russa e Carlo Bernotti, o jardineiro. — E o guarda ergueu a garrafa quadrada, como um troféu, mostrando-a a todos. — Encontramos na cozinha de Vila Espásia este líquido mortal que matou nosso amado prefeito!

Karkon estufou o peito e, com ar de enorme satisfação, apontou os amigos de Nina:

— Prendam-nos!

Dodô chorava em desespero, abraçado ao anjinho de mármore e com o capacete transparente na cabeça. Roxy e Flor, que continuavam em cima da fonte, começaram a dar pontapés nos guardas que tentavam segurá-las. Cesco se jogou dentro de uma sepultura recém-cavada, esperando não ser visto.

Nina gritou mais uma vez:

— Tudo é culpa do...

Não conseguiu concluir a frase porque Karkon empunhou o Pandemon Mortalis. A menina da Sexta Lua viu que a estre-

CAP. 3 - Dois Alquitarôs entre os túmulos

la em sua mão se tornara negra. Precisava se defender de qualquer jeito. Antes de enfiar o capacete na cabeça, gritou:
— Caput Beneficus!

Flor, Roxy, Dodô e Cesco entenderam o recado e no mesmo instante puseram seus capacetes enquanto o conde e a polícia olhavam para Nina sem atinar com o que ela dissera.

— Agora chega, pequena bruxa! Você vai ver só!

E Karkon ergueu o Pandemon, do qual saiu uma fumaça roxa narcótica. Homens, mulheres, crianças, idosos, conselheiros e guardas caíram ao chão, adormecidos. Apenas Nina e seus amigos permaneceram acordados. O capacete funcionava muitíssimo bem e lhes permitia respirar ar puro.

Àquela altura, a jovem alquimista empunhou o Taldom.

Agora que todo mundo dormia podia usá-lo!

Apertou três vezes os olhos do goasil e o bico do Gugui disparou uma imensa língua de fogo explosivo que lambeu os enormes pés de Karkon. O conde começou a pular de dor, passando de um túmulo a outro, derrubando lápides e vasos com flores.

Foi então que o Magister Magicum olhou para o céu e, urrando como um possesso, ativou um Alquitarô: Lec Turris. Entre as tumbas agora devastadas, apareceu uma torre de mais ou menos três metros de altura.

Ao redor dela girava uma pequena esfera escura, o Planeta Negro. Era um Alquitarô Maligno de alta potência.

O cemitério parecia ter virado um campo de batalha e os venezianos, profundamente adormecidos, não tinham como assistir à luta mágico-alquímica que estava ocorrendo.

Com o rosto sujo de terra, Nina procurou desesperadamente nos bolsos os Alquitarôs Benignos que lhe restavam. Encontrou-os!

Rapidamente, pegou a carta de Sia Justitia e jogou-a para cima.

Diante da Torre materializou-se uma mulher idosa, com os longos cabelos presos, corpo imponente e grandes olhos

CAP. 3 - Dois Alquitarôs entre os túmulos

negros. Avançava envolta num belíssimo vestido verde e tinha numa das mãos uma balança de ouro. Ao redor de sua cabeça girava uma esfera luminosa: o Planeta Branco.

Karkon abriu o imenso manto roxo e incitou a Torre:
— Destrua tudo!

Mas a Sia Justitia ergueu para o céu uma balança de ouro que atraiu os raios do sol: um facho de intensa luz amarela se formou em poucos segundos. Do centro da balança partiu o raio da justiça, que atingiu o peito do Magister Magicum. Karkon não conseguiu apará-lo com o Pandemon e desabou no chão, sem sentidos. Nina gritou, mas Sia Justitia fez-lhe um sinal com a mão indicando-lhe que se afastasse.

Começava a luta entre os dois Alquitarôs!

Lec Turris avançou pesadamente, arrastando-se sobre os túmulos; alguns cederam e três lápides de mármore que tinham gravados os nomes dos defuntos reduziram-se a mil pedaços. A Torre estava a uns dois metros da Sia Justitia, que tinha num bolso uma caixinha com o Chumbo do qual extrairia energia espiritual em caso de necessidade.

De repente, de cima da Torre quebrada, soltaram-se vários tijolos que caíram em cima de Flor e Roxy, ferindo-as nos braços. A senhora altaneira reagiu imediatamente: fez a balança oscilar produzindo vento quente que ergueu uma nuvem de pó. A parte mais alta de Lec Turris dobrou-se levemente para frente e da rachadura central saiu um cilindro cheio de Prata Ambígua, a substância alquímica que forma os componentes dos mecanismos encantados. Sia Justitia pegou a caixinha com o Chumbo e disse:

— Você é uma torre em destruição. Desabe diante de mim, assim poderá se reconstituir bonita e firme.

Lec Turris lançou uma cusparada de Prata Ambígua que corroeu a balança do Alquitarô Benigno. A senhora, a essa altura, jogou o Chumbo que restava no interior da Torre. Um relâmpago de fogo iluminou Lec Turris e sete flechas subiram ao céu, negro como alcatrão. As trevas desceram sobre o cemitério, enquanto o toque de sinos escandia as horas: eram apenas 10:30.

Manhã escura, sem sol.

Dodô tentou gritar, mas o capacete abafava sua voz. Flor e Roxy permaneceram de mãos dadas, enquanto Cesco, sozinho na cova, sentia-se preso numa armadilha, porque não conseguia sair dali.

Sia Justitia saiu voando e jogou a balança de ouro em Lec Turris. Como foguetes, as sete flechas desceram do céu e atingiram definitivamente a Torre maléfica, que desabou numa fração de segundo. Do Alquitarô Maligno restou apenas um monte de pó. O Planeta Branco de Sia Justitia engoliu o Planeta Negro e um facho de luz fluorescente rodeou o cemitério inteiro.

A imponente senhora voltou-se para Nina:

— Minha missão terminou. Provoquei um dano justo. Cabe a você enfrentar o futuro. Tem mais uma carta mágica a seu dispor e tenho certeza de que a vitória será sua. — Sia Justitia abraçou a jovenzinha que a fitava com olhos redondos de admiração. — Pegue isto: será útil a você.

Nina pegou da mão de Sia Justitia um sutil bastão de cobre que terminava num cacho de ouro.

— O que é isso? — perguntou a jovem alquimista.

— É a Scriptante. Se você girar o cacho de ouro para a esquerda, aparecerá uma pontinha de madrepérola, que não se usa com tinta — explicou a senhora. — É uma caneta mágica que você vai usar apenas embaixo da água.

— Embaixo da água? — repetiu Nina.

— É... Não posso lhe dizer mais nada. Você vai compreender e então escreverá.

Sia Justitia fez um afago no rosto da garota, em seguida juntou os braços aos lados do corpo, ergueu a cabeça para o alto e voou, desaparecendo no nada.

Lentamente o céu foi se tornando azul, a menina da Sexta Lua guardou a Scriptante num bolso e correu para o portão do cemitério, enquanto Karkon começava a voltar a

CAP. 3 - Dois Alquitarôs entre os túmulos

si. De joelhos diante dos restos de Lec Turris, ele ergueu os olhos e sacudiu a cabeça. Babava de raiva e o ódio por Nina havia aumentado desmesuradamente.

Flor desceu da fonte, pegou Dodô por um braço e desgrudou-o do anjinho; Roxy correu para a beira da cova a fim de dar uma força a Cesco, que acabou saindo dela a custo.

— Vamos dar o fora logo! — gritou-lhes Nina, atirando o capacete longe.

Os cinco amigos correram o mais depressa que podiam, com medo de que o conde disparasse de novo seu Pandemon. Assim que chegaram ao embarcadouro, entraram na balsa e se acomodaram nos bancos, à espera de voltar para a Giudecca.

O efeito sonífero estava terminando e as pessoas que se encontravam no cemitério começavam a acordar. O conde, para não dar quaisquer explicações aos venezianos, cobriu-se com a capa roxa e desapareceu em uma nuvem de enxofre, jurando nova vingança.

Quando a embarcação encostou no embarcadouro da Praça San Marco, Nina resolveu descer e levou os quatro amigos com ela.

— Mas não íamos para a Vila Espásia? — perguntaram Roxy e Flor, que haviam ficado um pouco machucadas por causa da queda dos tijolos da Torre.

— Não. Temos que ajudar Ljuba e Carlo. O guarda disse que eles foram presos — explicou Nina, caminhando a passos rápidos para a Prisão do Chumbo.

— Tá... — concordou Cesco, porém ele temia o pior. — O que vamos fazer?

— Não sei — respondeu a menina da Sexta Lua, secamente —, mas temos que tentar.

Quando estavam perto do Palácio Ducal, a poucos passos do portão do presídio, viram que havia nove sentinelas a postos.

— Impossível! — concluiu Roxy. — Não vamos conseguir distrair todos eles.

Tinha razão.

— Precisamos nos esconder, senão também vamos acabar presos — Flor estava aterrorizada.

Nina estava mal: não podia aceitar que sua governanta russa e o jardineiro ficassem presos injustamente. Teve profunda sensação de angústia. Sentiu-se sozinha, embora seus adoráveis e corajosos amigos estivessem a seu lado. Parecia-lhe que faltavam forças só de pensar que Ljuba e Carlo não estavam na Vila.

Cesco apoiou a mão num dos ombros da menina da Sexta Lua, fitou-lhe os olhos e disse:

— Iremos libertá-los, eu juro. Mas precisamos de um plano para ajudá-los a fugir. Vamos para a Vila. Você vai ver, encontraremos a solução.

Nina abaixou a cabeça e anuiu. Depois pegou o celular e ligou para o Ferk, em Moscou. O operador da central telefônica da empresa atendeu e Nina lhe disse, em russo, que queria falar com os pais. A idéia era contar-lhes o que havia acontecido com a pobre Merengue e que eles voltassem para Veneza. Mas o operador, que falava com uma estranha voz metálica, comunicou-lhe que não podia passar a ligação para os dois cientistas, porque eles se encontravam em uma zona protegida e inacessível do Centro de Pesquisas sobre a Vida Extraterrestre.

Mentira! Na verdade, o "operador" era Vladimir, o Enganador! Ele havia conseguido entrar no Ferk e ocupar o lugar do funcionário. Em tom de quem está muito atarefado, disse a Nina que diria aos pais dela que ela telefonara.

Desarvorada, a jovem alquimista apoiou a cabeça no ombro de Cesco e chorou. O rapazinho abraçou-a com força e sussurrou palavras suaves para acalmá-la.

O comportamento esquisito dos cinco amigos foi notado por uma das sentinelas, que os reconheceu:

— Vamos pegá-los! — gritou para os outros guardas. — São os garotos da Giudecca!

— Depressa! Vamos dar o fora! — e Nina correu, veloz como uma lebre, para o embarcadouro.

Pularam para o interior da balsa que já se movimentava, tendo soltado as amarras, e se abraçaram com o coração na garganta.

— A... a... agora eles vêm pe... pe... pegar a gente — Dodô mal conseguia falar de tão ofegante.

— Não se preocupem, vamos nos refugiar na Vila — disse Nina, ansiosa.

Começara a caçada aos cinco jovens alquimistas.

Enquanto isso, dez guardas foram prender os pais de Dodô e de Cesco na "Loja Dominó", em seguida se dirigiram à casa de Roxy, depois à de Flor, detiveram também os pais delas e levaram todos ao Tribunal para serem interrogados.

Na imensa Sala Principal do Palácio da Justiça de Veneza, estavam dois juízes, o presidente do tribunal, os dez conselheiros municipais, o conde Karkon, mais um grupo de comerciantes e professores que tinham acabado de chegar ali, depois de passarem pela experiência chocante no cemitério.

Os pais dos cinco amigos foram literalmente espremidos. Depois de quatro horas de interrogatório, o conde falou:

— Seus filhos são criminosos, gentalha! Magos de meia-tigela! E vocês são tão culpados quanto eles. Permitiram que se tornassem amigos de Nina De Nobilis, uma bruxa verdadeira, mentirosa e temível. Têm que nos dizer tudo o que sabem sobre essa pivete!

Os pais dos quatro amigos de Nina sentiram-se revoltados ao ouvir as palavras duras de Karkon, mas tiveram de se controlar: os guardas estavam prontos para algemá-los e isso não ajudaria seus filhos!

O presidente do tribunal bateu o martelo na mesa:

— Silêncio ou mando evacuar a sala!

Karkon olhou-o torto, mas percebeu que não devia exagerar, então foi sentar-se junto dos dez conselheiros com manto roxo. Àquela altura, no fundo da Sala, um professor levantou-se e pediu a palavra. O presidente a concedeu.

— Meritíssimo presidente, meritíssimos juízes, aqui estão sendo interrogados pais que, é evidente, escondem a verdade a respeito de seus filhos. E nós, professores, conhecemos bem essas crianças. Desde que fizeram amizade com Nina De Nobilis, o comportamento delas se alterou. Tornaram-se indisciplinadas! Dodô, aliás, mais do que os outros! Além disso, quero explicações do que aconteceu agora há pouco no cemitério. De repente, todos os cidadãos que lá se encontravam tombaram sem sentidos. Eu inclusive. E, quando nos recuperamos, Nina e os amigos haviam desaparecido. Ninguém sabe para onde foram! Mas outra coisa que não entendo é que o conde Karkon também sumiu. Além disso, onde está o corpo do prefeito? O ataúde estava vazio e nele já haviam gravado um nome: Andora! Quem é essa senhora, afinal?

Os conselheiros cochicharam entre si e o conde se ergueu, abrindo o manto:

— Eu não desapareci! Saí atrás dos pivetes, mas não consegui pegá-los. É claro que eles são os causadores do que fez todos os cidadãos dormirem. Eles usam Magia! Seqüestraram o corpo do nosso pobre prefeito e gravaram aquele nome idiota no ataúde. Não existe e jamais existiu uma mulher chamada Andora!

A versão que Karkon deu aos fatos convenceu todos os presentes, inclusive os juízes. Naquele momento o juiz em exercício bateu o martelo de novo e sentenciou:

— Os interrrogatórios dos pais de Dodô, Cesco, Roxy e Flor continuarão amanhã à tarde, a portas fechadas! Ordeno que Vila Espásia seja interditada! A polícia deverá descobrir onde as cinco crianças estão escondidas. Ljuba e Carlo Bernotti permanecerão detidos sob a acusação de portar a Venenosia. Amanhã o conde Karkon se encontrará com eles na Prisão do Chumbo.

Os conselheiros sorriram, satisfeitos, e Karkon saiu do Tribunal sob aplausos. As mães dos jovens alquimistas começaram a chorar. Apenas o pai de Dodô se pôs de pé e gritou:

— So... so... somos pe... pe... pessoas de bem. Os no... no... nossos filhos nã... nã... não fizeram na... na... nada de er... er... errado.

Um guarda deu-lhe um empurrão, fazendo-o calar-se, e ninguém ali presente se mostrava disposto a erguer um dedo sequer para defender as novas vítimas de Karkon.

Eram apenas 14:00 e já havia acontecido uma porção de fatos estranhos. Mas a coisa não acabava ali.

Enquanto os pais dos quatro amigos de Nina eram colocados sob vigilância à espera da continuação do interrogatório no dia seguinte, os cinco jovens alquimistas chegavam à

Vila Espásia. Assim que abriram o portão, viram Platão sem sentidos, com um grande ferimento na cabeça; Adônis, encolhido sob a grande magnólia, gania lambendo uma pata.

Flor pegou o gato no colo, Nina correu para o enorme cão negro e o acariciou com ternura:

— O que fizeram com você? Malditos!

Dodô começou a ficar nervoso e Cesco chutou uma grande pedra, tamanha era a raiva que sentia.

A menina da Sexta Lua chamou o professor José o mais alto que pôde, na esperança de que ele tivesse voltado ao pavilhão e viesse ajudá-la. Mas não obteve resposta. José não estava. Havia desaparecido.

— Prenderam também o professor! Tenho certeza. — O coração de Nina batia acelerado. — Ele deve estar jogado numa cela, com Ljuba e Carlo.

— Calma, fique calma, Nina. — Roxy estava muito preocupada com os dois animais. — Precisamos cuidar de Adônis e Platão. Vamos, coragem! Temos que levá-los para dentro e tratar deles.

Quando abriram a porta, Nina não controlou mais o choro. Um choro desesperado. A Vila que vovô Misha amava tanto estava deserta. A bondosa governanta russa não se achava mais lá e na cozinha vazia nenhuma panela fervia no fogão.

— A garrafa! — exclamou, de repente.

— Que garrafa? — perguntaram os outros.

— Havia um vidro de azeite em cima da mesa... Mas acho que não era mesmo azeite — a menina da Sexta Lua parecia enlouquecida.

— O que quer dizer? — perguntou Flor, assustada, com o pobre Platão nos braços: não entendia o que sua amiga dizia. — De que azeite está falando?

— Venenosia! Era isso! Prenderam Ljuba e Carlo para me pegar! — Nina estava mesmo fora de si. — Para pegar a todos nós, entendem?

Cesco afagou-lhe os cabelos na tentativa de acalmá-la e ela entrecerrou os olhos. Mas aquele momento de doçura foi destruído por um barulho vindo de fora. Vozes exaltadas. Flor olhou pela janela e viu um grupo de guardas chegando.

— Eles vieram nos prender! — gritou, voltando-se para os amigos.

— Vamos nos esconder no laboratório, lá eles nunca irão nos encontrar!

A solução de Nina parecia ser a mais lógica.

Dodô, Roxy e Cesco carregaram o cão, que os fazia tropeçar, e seguidos por Flor, que apertava Platão contra o peito, foram atrás da jovem alquimista. Naquele momento o telefone tocou. Nina parou, tentada a atender: talvez fossem seus pais que finalmente ligavam! Olhou para os dois animais e para seus amigos, e decidiu não atender. Não havia tempo: a polícia estava a poucos metros da Vila.

Quem telefonava não podia ser o pai nem a mãe de Nina porque Vladimir os mantinha sob vigilância. O andróide russo preparava um plano para neutralizá-los definitivamente, de acordo com uma ordem de Karkon. Quem telefonava com insistência para Vila Espásia eram as tias espanholas, Carmen e Andora, que tentavam a ligação há algum tempo, mas ninguém atendia.

No laboratório os cinco amigos sentaram-se no chão, exaustos. Platão continuou miando por causa do ferimento na pata e Adônis não dava sinal de vida.

Nina pegou a pomada azul do vovô e passou-a tanto na pata machucada do gato quanto no corte que havia na cabeça do cachorro.

— Por enquanto, o jeito é tratá-los com esta pomada milagrosa — disse, com os olhos brilhantes de lágrimas. — Agora vou perguntar ao Livro o que fazer para que eles fiquem bons logo.

Assim que ela pousou a mão com a estrela sobre a capa do Systema Magicum Universi, o Livro se abriu imediatamente e a folha líquida passou a emitir uma luminosidade verde.

— Livro, Adônis e Platão estão mal, foram feridos pelos guardas. Como posso curá-los?

*A solução agora mesmo vou dar
para o Adônis você curar.
Mas, cuidado com o gato,
é preciso agir com tato.*

— Pode deixar — garantiu a mocinha.

*Para o grande cão fila sarar,
o Ungüento Zero você deve usar.*

— Como se prepara esse ungüento? — Nina estava pronta para fazer o remédio.

*Pegue a xícara falante
e encha-a de Cera Colante.
Depois despeje por cima carvão
e mexa devagar, com atenção.*

Só naquele momento os jovens alquimistas viram os objetos falantes em cima da bancada de experiências. Imóveis, pareciam adormecidos. Desde que Nina os havia retirado da folha líquida, eles tinham permanecido calados.

Roxy pegou a xícara Sália Nana e entregou-a a Nina, que acendeu uma vela e deixou a cera derretida escorrer para dentro dela. Em seguida, pegou dois pedaços de carvão e moeu-os,

CAP. 3 - **Dois Alquitarôs entre os túmulos**   75

misturando tudo. Sália Nana deu um salto sacudindo o Ungüento Zero que se formara.

— Ah, por fim acordei! Sinto-me muito bem com este creme negro que você pôs dentro de mim — disse Sália Nana com sua voz delicada.

Dodô sorriu e Flor olhou com ternura para a xícara.

Nina enfiou os dedos no Ungüento Zero, passou uma boa porção na pata machucada de Adônis, que arreganhou os dentes, e Cesco coçou-lhe a cabeça, procurando acalmá-lo.

— E o que devo fazer com o gato, Livro? — perguntou Nina, em seguida.

Para curar o gato ferido,
é preciso o Talco Mexido.

— Talco Mexido? — repetiu a mocinha, incrédula. — Nunca ouvi falar nisso!

A fórmula trate de ouvir
porque não vou repetir.
Misture dois gramas de Chantili Ridente
com uma pitada de Anis Sapiente.
Acrescente seis gotas de Sangue Mortis
e três colheres de Sal Fortis.
Durante duas horas e três segundos deixe ferver,
assim a fórmula exata você irá obter.
Dentro do tanquinho falador
despeje esse líquido regenerador.
Assim, Tarto Amarelo e Talco Mexido
ajudarão você a curar o gato ferido.

O Livro se fechou e Nina voltou-se para os amigos.

— É uma fórmula muito extravagante... — comentou pensativa e, olhando para Dodô, acrescentou: — Para consegui-la vou ter que usar o Sangue Mortis, um veneno que vocês conhecem bem.

— É verdade — confirmou Roxy, com ar de desgosto. — Essa poção leva à Morte Aparente e nós a bebemos quando estávamos na terra dos Maias.

— E é preciso usar também o Sal Fortis, que imobiliza as pessoas! Não compreendo isso, porque o pobre Platão já está imóvel! — E Flor arregalou os olhos ao repetir: — Ele já está imóvel.

— É, eu também não entendo por que se deve usá-lo — concordou Nina —, mas nem sempre as fórmulas alquímicas são compreensíveis. E vocês sabem que o Chantili Ridente está dentro daquele vidro, lá em cima, assim como eu sei que ele serve para a cura de traumas — explicou, indicando a última prateleira da estante. — O Anis Sapiente está naquela latinha e serve para dar veracidade às palavras.

— Isso aí, eu me lembro — concordou Roxy. — Você usou o Anis Sapiente também para a poção da Amizade Duradoura que tomamos quando nos conhecemos.

Dodô pegou a latinha de Anis Sapiente, Flor pegou o vidro com Chantili Ridente, Roxy já estava com o frasco de Sal Fortis e Cesco pegou a garrafa de Sangue Mortis. Com precisão, Nina despejou os ingredientes no caldeirão e mexeu lentamente. Depois de duas horas e três segundos, o Talco Mexido estava pronto.

A menina da Sexta Lua se aproximou do tanquinho Tarto Amarelo. Ele não mexia sequer uma patinha! Assim que a nova poção alquímica foi despejada nele, o tanquinho começou a se mexer. Primeiro estendeu uma das perninhas, depois a segunda, a terceira e a quarta.

— Estou me sentindo muito bem! — disse, andando sobre a bancada de experiências. — Mas o que você pôs dentro de mim, Nina?

CAP. 3 - Dois Alquitarôs entre os túmulos

— Talco Mexido. Um remédio para Platão, meu gato ruivo. Ele está muito mal, sabe? — explicou a jovem alquimista diante do olhar incrédulo de Roxy. — Bateram nele.

— Bateram? — assustou-se o tanquinho.

— Pois é. Foram os guardas, por ordem de Karkon. Ele era muito amigo de LSL. Você sabia?

Enquanto perguntava, Nina pegou um pouquinho de Talco Mexido.

— Karkon? Bom... Sim... Ele e nosso instrutor eram amigos. Sinto que os guardas tenham sido tão maus. Pobre gato... — suspirou o Tarto Amarelo com voz triste.

Nina se aproximou de Platão e espalhou o Talco Mexido sobre o ferimento. Mas o gato não se mexeu. A mocinha colocou mais um pouquinho e, por fim, o gatinho abriu um olho e miou.

O ferimento havia desaparecido. Em plena saúde, Adônis ergueu o focinho e deu uma senhora lambida em Platão, que eriçou o bigode. Dodô aplaudiu, Flor deu um beijo em cada animal e Roxy olhou para Nina, toda contente. Tarto Amarelo e Sália Nana também elogiaram a jovem alquimista, que, por fim, sorriu. Cesco aproximou-se, abraçou-a e deu-lhe um demorado beijo no rosto. A menina da Sexta Lua ficou vermelha, enquanto todos riam e Roxy murmurava:

— É o amo-o-or!..

Nina fuzilou a amiga com o olhar enquanto Cesco tirou os óculos e fingiu que não era com ele. Tarto e Sália rachavam de rir, Adônis e Platão se enroscavam nas pernas de Nina. Tratava-se de um momento embaraçoso e engraçado, mas era impossível ficar sossegado no laboratório do vovô Misha por um segundo sequer.

O Livro se abriu e os jovens fizeram absoluto silêncio.

Um vaso e uma garrafa estão a esperar
que chegue a sua vez de despertar.

*Duas substâncias é preciso criar
para que eles voltem também a falar.*

Nina se recuperou de imediato do beijo de Cesco, olhou para o vaso Quandômio Flurissante e para a garrafa de Vintabro Verde, depois se aproximou do Systema Magicum Universi.
— Que substâncias, Livro? — perguntou, apressada.

*Pó de Rubi no vaso você deve colocar
e verá como logo ele voltará a falar.
Saiba que o Quandômio Flurissante
é um amigo muito, muito importante.*

*A garrafa de Vintabro Verde, devo informar,
não perdeu todo o seu conteúdo,
basta sacudi-la com força e voltará a falar
depois de soltar um grito agudo.*

Sem pensar, Dodô pegou o Pó de Rubi e entregou-o a Nina, que o despejou no vaso.
Quandômio Flurissante teve um sobressalto e espirrou:
— Atchim! Bom dia a todos. Que raio de pó você colocou em mim? — indagou, revelando uma inesperada voz poderosa.
— Pó de Rubi. É o que Ondula come — respondeu Nina num ímpeto. — Ondula, a borboleta da Sexta Lua, sabe?
— Ondula? Pó de Rubi? Não conheço nenhum dos dois. Mas me sinto muito bem — afirmou o vaso, balançando.
Nina pegou a garrafa e sacudiu-a três vezes com força.
— Ei! Ei! Devagar! — gritou o Vintabro Verde. — Eu sou frágil!
— Desculpe, mas o Livro mandou que eu fizesse assim — e Nina voltou a colocá-la sobre a bancada, com delicadeza.

— E agora? O que vamos fazer? — gritou a garrafa.

Cesco se aproximou dos objetos falantes.

— Por enquanto, fiquem quietos.

Mas o tanquinho, balançando, aproximou-se de Nina.

— Você precisa de ajuda, não?

— Sim — respondeu a jovem alquimista. — Mas não se preocupem, quando chegar a hora a gente avisa.

— Vocês moram aqui? — perguntou Sália Nana, olhando ao redor.

— No momento, sim. Somos obrigados a ficar aqui dentro porque se sairmos seremos presos — explicou Roxy, cruzando os braços.

— Que horror! — assustou-se Quandômio.

— Do que são acusados? — perguntou o tanquinho, curioso.

— De ter envenenado LSL — respondeu Nina, acariciando Adônis e Platão.

— Vocês assassinaram nosso tutor? — gritou o Vintabro Verde.

— Não, não. Acalme-se — pediu Cesco, sacudindo a cabeça. — A coisa não é bem assim.

Nina pegou o tanquinho, que estava agitado demais, e contou a verdadeira história. Os objetos ficaram em silêncio por alguns instantes, depois, aproximaram-se da menina da Sexta Lua e juraram que a ajudariam a salvar Xorax.

O relógio do laboratório marcava 20:34:07. A fome começava a se fazer sentir e os cinco amigos não tinham nada para comer.

Cesco teve uma idéia:

— Se sairmos daqui e rastejarmos até a cozinha, os guardas não nos verão lá de fora.

— Mas não podemos fazer o mínimo barulho — acrescentou Roxy.

— Não podemos acender a luz e no escuro não vamos enxergar nada — lembrou Flor.

Dodô tirou sua inseparável lanterna do bolso.
— Eu te... te... tenho isto!
Cesco bateu a mão na mão do amigo.
— Grande Dodô!
— Está bem, vamos tentar — disse Nina, colocando a Esfera de Vidro no ponto côncavo da porta.

O gato e o cão saltaram de pé, prontos para sair também, mas Cesco os deteve:
— Não. Vocês ficam aqui com os objetos falantes, vamos lhes trazer comida.

Cuidadosos, os cinco amigos se agacharam e se dirigiram para a cozinha em fila indiana.

Dodô seguia na frente e iluminava o chão e as paredes com o facho de luz da lanterna. Pelas altas janelas góticas cobertas por cortinas leves, entrava uma leve luminosidade vinda dos postes de luz do parque. A atmosfera não era nada tranqüilizante. Flor tropeçou numa mesinha baixa sobre a qual havia um preciosíssimo vaso chinês que, por um triz, não acabou no chão.

— Psssiiuuu! O que você está fazendo? Cuidado! — sussurrou Roxy, voltando-se para a mocinha desastrada.

Quando chegaram à cozinha, Cesco ergueu um braço e abriu lentamente a geladeira: havia de tudo! Queijos, presun-

to, salame, azeitonas, maionese, ovos, laranjada, tomates, salada, barras de chocolate e uma tigela com salada de frutas.

— Viva! — Os olhos de Cesco brilhavam atrás das lentes dos óculos, mas ele manteve a voz baixa. — Que banquete!

— Devagar. Tome cuidado — preveniu-o Roxy, dando-lhe duas sacolas. — Pegue uma coisa de cada vez e ponha aqui dentro.

— Eu levo a salada de frutas — disse Flor, estendendo as mãos e pegando a tigela.

Sempre gatinhando, Nina abriu a porta da despensa e colocou em outra sacola duas latas de comida para gato e, para Adônis, um pacote de biscoitos de frango e arroz.

Dodô pegou uma embalagem com seis garrafas de água mineral e dois pacotes de biscoitos.

Depois de alguns minutos, carregados como mulas de carga, os cinco amigos saíram da cozinha. Dodô continuava iluminando o caminho e arrastava com dificuldade as garrafas de água. De repente, Nina tropeçou no grande tapete persa do hall de entrada e deixou cair umas latinhas, que rolaram até bater num móvel. No mesmo instante, Dodô espirrou.

O barulho despertou suspeita nos policiais, que imediatamente acenderam dois enormes holofotes para iluminar a Vila.

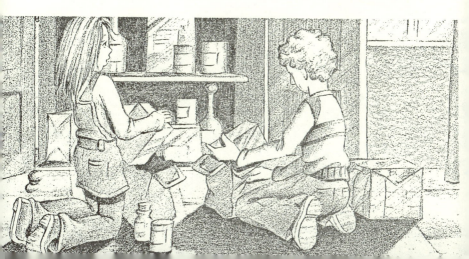

— Você também ouviu? — perguntou o primeiro guarda.

— Ouvi, mas é esquisito. A Vila está deserta. A governanta e o jardineiro estão presos. Nina e seu bando não apareceram por aqui — respondeu o segundo guarda. — Desde que chegamos, ninguém entrou na casa.

— Mas é melhor dar uma olhada... — sugeriu o primeiro guarda, aproximando-se das janelas. — Mire melhor os holofotes e eu olho.

Em pânico, os cinco jovens alquimistas se imobilizaram em fila indiana, agachados sobre o tapete do hall.

Os fachos de luz percorreram o interior da casa, iluminando objetos, paredes e portas.

— Não. Não há ninguém — concluiu o segundo guarda e apagou os holofotes. — Deve ter sido algum rato.

O grupinho suspirou de alívio e, carregando a comida, foi rápido para o laboratório.

Estavam prontos para passar a primeira noite sozinhos.

Capítulo 4
O carrasco da Prisão do Chumbo e o enigma da Primeira Torre

Às 07:00 as sentinelas que se encontravam à entrada da Prisão do Chumbo fizeram posição de sentido. Era Karkon Ca'd'Oro, que chegava em companhia de um homem com aspecto aterrorizante.

O carrasco! Tinha um capuz cinzento cobrindo-lhe o rosto, com três buracos através dos quais apenas se percebiam os olhos e os lábios. Era de estrutura física frágil, mãos magras, com dedos delicados, que não pareciam de modo algum pertencer a um açougueiro de seres humanos. Vestia uma capa negra sob a qual ocultava um machado com cabo de marfim e lâmina brilhante, muito bem afiada.

Assim que os dois entraram, as sentinelas seguiram com o olhar o homem encapuzado: há séculos o Carrasco não entrava na Prisão do Chumbo.

Antes de descer a escadaria, Karkon parou:

— Então, estamos combinados: o senhor intervirá quando achar que deve. Fale devagar e não se deixe enternecer por lágrimas ou súplicas!

— Sim! — respondeu o carrasco, abaixando a cabeça.

— Este é um teste importante: se conseguir superá-lo, vamos nos tornar grandes amigos. Você é um bom aluno. Aprendeu muito nestes últimos dias. Estou satisfeito. Recomendo que mantenha os nervos firmes. Precisamos extrair a verdade daqueles dois velhos.

O conde falava em voz baixa, seu olhar era penetrante e severo. O carrasco era, na verdade, seu misterioso discípulo, agora completamente mudado pela Alquimia das Trevas.

Andaram pelo corredor úmido e sujo, viraram à direita seguindo o cartaz que indicava a direção para as "Celas dos Assassinos". A luz das tochas se tornava cada vez menos forte e as sombras dos dois personagens malignos escorriam como manchas negras nas paredes descascadas e cheias de teias de aranha.

Ao ver aqueles dois homens cobertos por capas, os presos começaram a urrar. Nunca tinham visto um carrasco encapuzado!

— Senhor, tenho medo de que eles reconheçam minha voz — disse o carrasco, voltando-se para Karkon.

— Acho que não. Aquela velha gorda e o jardineiro caduco jamais irão imaginar que você se encontra sob esse capuz.

A resposta do conde aquietou o nervoso personagem, que avançou, com passos determinados, até a cela dos dois inocentes.

Assim que viu Karkon e o homem encapuzado, Carlo Bernotti sacudiu Ljuba, que dormia no catre.

— Prezados senhores, estão se divertindo aqui presos? — provocou o conde, olhando-os por entre as barras da cela.

— KARKON! — gritou Ljuba, enfiando as mãos nos cabelos.

— O CARRASCO! — aterrorizou-se o jardineiro.

— Isso mesmo! Apresento-lhes o carrasco da Prisão do Chumbo. O carrasco que há muito tempo não decapita ninguém. Se vocês falarem, se disserem toda a verdade sobre Nina, nada vai lhes acontecer, não é? — indagou Karkon, voltando-se para o carrasco.

— Nada! Voltarão para casa sãos e salvos. Mas se não forem bonzinhos... Então... CORTAREI SUAS CABEÇAS!

O homem ergueu o manto, exibiu o machado e fez um gesto muito eloqüente. O conde se divertiu com a atuação do novo discípulo e riu, mostrando os dentes podres.

— Nina é uma boa menina — a voz de Ljuba tremia de medo.

CAP. 4 - O carrasco da Prisão do Chumbo e o enigma...

— MENTIRA! — urrou Karkon, sacudindo as grades. — Ela é uma bruxa perigosíssima!

— Não sabemos nada sobre a garrafa de Venenosia — afirmou o jardineiro com olhos suplicantes. O pobre homem estava quase de joelhos. — Eu juro!

— Diga onde a pequena bruxa está escondida ou vocês vão se dar muito mal! — intimou-os o carrasco, com os olhos brilhando como se fossem de fogo.

Ljuba observou-o com mais atenção e viu que usava barba; dava para perceber, apesar de o capuz cobrir quase o rosto todo. Por um instante, ela teve impressão de que conhecia aquela voz, mas estava tão assustada que não conseguiu imaginar de quem era. Além disso, até aquele dia nunca vira um carrasco.

— Na Vila ela não está. Os amiguinhos dela, da Giudecca, também sumiram. Diga para onde foram! Esta é uma ordem!

A voz de Karkon ecoou em todos os corredores do presídio. De mãos dadas, Ljuba e Carlo ficaram em silêncio.

— O que acham dos pais daqueles pivetes? — perguntou o carrasco, ajeitando o capuz. — Também estão envolvidos nessa história?

— Nós os conhecemos há anos. São pessoas educadas e honestas — afirmou o jardineiro, aproximando-se da grade.

— Honestas? É o que vamos ver — garantiu Karkon, abrindo o amplo manto roxo. — Hoje à tarde serão interrogados novamente.

— Interrogados? — surpreendeu-se Carlo, juntando as mãos. — Eles também estão aqui na cadeia?

— Não! Por enquanto estão no Tribunal. Depois... sabe-se lá! Mas se vocês nos ajudarem a descobrir a verdade e a encontrar Nina, pode ser que eu resolva libertá-los — insinuou Karkon, alisando o cavanhaque.

— Mesmo que soubéssemos, não diríamos! Vocês são malvados!

Karkon não perdoou Ljuba pelo atrevimento daquela resposta.

Empunhou o Pandemon Mortalis e disparou duas línguas de fogo que passaram entre as barras para atingir as pernas da governanta russa, que caiu, inerte.

O jardineiro inclinou-se para ajudá-la a se levantar, porém Karkon disparou de novo, ferindo-o num braço.

— Isto é apenas o começo! Voltaremos todos os dias, até vocês falarem. E se, por fim, não nos ajudarem...

Karkon repetiu o gesto tenebroso de cortar-lhes a cabeça que o carrasco havia feito pouco antes!

Ljuba e Carlo permaneceram ajoelhados, chorando, apavorados, sentindo dores e uma imensa raiva.

O carrasco e o conde se distanciaram, percorrendo com passos rápidos o corredor estreito que levava à saída. Um guarda pegou um molho de chaves enormes, abriu a porta e pôs sobre a mesa esburacada por cupins duas tigelas com uma sopa rala e alguns pedaços de pão velho.

— Comam, se tiverem coragem!

A governanta russa rompeu num choro sentido enquanto tocava as pernas queimadas. Então Carlo arrancou as mangas da camisa; com uma protegeu os machucados de Ljuba e com a outra enfaixou seu próprio braço, que perdia muito sangue.

— Não vamos sobreviver nestas condições — disse a meiga Merengue, soluçando.

— Temos que resistir. Temos que fazer isso por Nina — a voz do jardineiro soou firme.

Naquele momento Nina pensava neles. Apoiada na bancada de experiências, tentava imaginar um modo de libertá-los.

Depois de comer pão, queijo e chocolate, os cinco amigos tinham se ajeitado o melhor possível e adormecido, passando mais ou menos bem a noite no laboratório.

Dodô e Flor, perto da lareira, ainda estavam no mundo dos sonhos, ao passo que Roxy já tinha acordado e há algum tempo afagava Adônis e Platão, empenhadíssimos em lam-

CAP. 4 - O carrasco da Prisão do Chumbo e o enigma... 87

ber cada qual sua tigela de leite. Cesco encontrava-se sentado num banquinho alto, conversando com Quandômio.

Nina se aproximou do Systema Magicum Universi, colocou sobre ele a mão com a estrela e o Livro se abriu no ato.

— Livro, ajude-me a libertar Ljuba e Carlo.

Nada há que possamos fazer
para a liberdade lhes devolver.

— Como assim? — zangou-se a mocinha.

Não é nada boa a notícia que tenho para seus ouvidos:
os pais de seus amiguinhos também foram detidos.

Ao ouvir aquilo, Cesco e Roxy sentiam-se mal:
— Nossos pais estão no presídio?
Nina fitou-os, amargurada, e perguntou ao Livro:
— Eles estão no presídio?

Estão detidos no Tribunal
para se defender, bem ou mal.
Por eles também nada posso fazer
e olhe que não é por não querer!
Outros perigos você tem que enfrentar:
acalme-se e ponha a cabeça para funcionar.

— O quê? Como quer que eu fique calma? — Nina começou a gritar. — Como pode me pedir isso?

Não adianta se desesperar,
porque tudo só iria piorar.
Na última carta o vovô, como deve se lembrar,
disse que só tendo Coragem você poderia lutar.

Nina pensou nas palavras escritas pelo vovô Misha, voltou-se para os companheiros e abriu os braços dizendo:

— Eu gostaria de fazer alguma coisa pelos seus pais, por Merengue e pelo jardineiro. Mas agora não posso. O Livro disse que este não é o momento. Vocês me entendem? Podem me perdoar?

Roxy abaixou a cabeça e não respondeu. Cesco fitou-a e pronunciou um tímido "Sim". Flor e Dodô, que tinham acordado há algum tempo, se aproximaram e apertaram-lhe a mão.

O Livro se fechou, deixando os jovens alquimistas tristes e confusos.

Os objetos falantes não emitiam nem um pio sequer; Adônis e Platão foram se deitar.

— Nina, você acha que Karkon vai machucar minha mãe? — perguntou Flor, com os olhos brilhando.

— Não sei. Espero que não!

A menina da Sexta Lua abraçou a amiga e Dodô começou a chorar.

Roxy, que sempre bancava a durona, voltou-se de cara para a parede e explodiu em soluços.

— Será possível que não podemos fazer nada? Etérea deve ter uma solução para nos dar! — resmungou Cesco e, convicto, acrescentou: — Nós estamos correndo sérios perigos para salvar a Sexta Lua, portanto os Magos bondosos de Xorax deveriam nos dar uma força!

Desconsolada, Nina respondeu:

— Podemos tentar entrar em contato com Etérea, mas acho que devíamos nos virar sozinhos. A Grande Madre Alquimista me avisou que livrar o Quarto Arcano será muito difícil e o meu avô...

Cesco a interrompeu:

— Sim, o professor Misha saberia o que fazer. Não entendo por que não envia outra carta...

— Podemos nos tornar invisíveis e libertar nossos pais — propôs Roxy, erguendo o queixo.

— E assim poderemos ajudar também Ljuba e Carlo — acrescentou Flor.

Mas a jovem alquimista sacudiu os ombros:

— O Livro disse que nada podemos fazer e acredito nele. Caso contrário, teria nos indicado a solução, como sempre fez!

As horas passaram lentamente, os jovens se sentiam sozinhos e inúteis. Fora da Vila, os guardas continuavam vigilantes e a cada seis horas eram substituídos. Um esquema perfeito!

A brisa da primavera soprava leve e morna, as primeiras folhinhas verdes brotavam nas árvores, os botões de rosa estavam prontos para se abrir e a grama crescia, verde e brilhante, entre as pedras e lajotas das alamedas. A linda estação convidava a sair para o ar livre, mas claro que os cinco jovens alquimistas não podiam ir para o parque: no coração deles havia tanta tristeza que fazia o céu de luminoso azul parecer cinzento e pesado a seus olhos.

Prisioneiros. Segregados. Era a condição em que se encontravam. Uma situação que precisava se modificar logo para o bem de todos.

Às 15:00 Karkon voltara ao Edifício Ca'd'Oro com o novo discípulo, que imediatamente tirou as vestes de carrasco. O conde entrou no laboratório K e fez o discípulo se acomodar numa cadeira toda estragada. Pegou seu novo Caderno Vermelho e, depois de ler com calma, disse:

— Fórmulas, magias poderosas, substâncias e líquidos, encantamentos mortais. Será possível que nada pode dominar aquela menina?

— Eu posso! — exclamou o discípulo.

— Você pode? Pensa, mesmo, que é mais inteligente e poderoso do que eu? — a voz de Karkon soava alterada.

— Deixe-me tentar. Posso criar uma substância invencível — explicou o homem em voz baixa.

— Invencível? Só a Alquimia das Trevas é infalível! — rebateu o conde, arrogante.

CAP. 4 - O carrasco da Prisão do Chumbo e o enigma...

— Vou criar a Meada Pichosa e o senhor verá — garantiu o discípulo, pondo-se de pé.

— Meada Pichosa? Para que isso serve? — quis saber o Magister Magicum, fitando-o nos olhos.

— Uma substância muito importante para a captura de Nina. — E o aluno do Mal deu-se ares importantes. — É uma gelatina paralisante!

— Uma gelatina paralisante! Genial! — Karkon mostrava-se curioso. — Mas quando e onde pretende usá-la?

— É composta por Aço Polido e Piche Formigante. A composição é semelhante à película roxa que o senhor, emérito conde, já usou. Não é?

O discípulo parecia cada vez mais seguro de si.

— Isso mesmo: vejo que não se esqueceu... — respondeu o mago malvado acariciando o caderno.

— Lindo, esse Caderno Vermelho. Imagino que o senhor, prezado conde, teve que reescrever seus segredos porque seus apontamentos foram parar nas mãos de Nina.

Karkon ergueu os olhos da página que lia e fitou o homem:

— Pois é. Foi uma desgraça Nina conhecer minha alquimia. Numeromagia e Mecanogeometria não são fáceis. Você sabe disso muito bem, não?

— Sim. Mas logo vamos deter aquela pivetinha! — Com expressão tensa, o aluno acrescentou: — Se eu conseguir criar esta fórmula, o senhor me dará o que eu quero?

— É evidente. Tudo que você quiser. O pacto que você assinou diz isso com clareza e agora você mora aqui, comigo. Tornou-se um discípulo valioso e preciso de sua ajuda. Mas, meu caro amigo, não tente me enganar. — Karkon rangeu os dentes podres. — Senão eu o dissolvo em ácido!

— Confie em mim. Quando eu tiver demonstrado que sou um alquimista poderoso, o senhor me tornará rico e, então, poderei contar-lhe muitas coisas sobre Nina...

As palavras do homem alarmaram o conde.

— Por que não me conta já? Sabe que precisamos pegar a neta do professor Misha o mais depressa possível. Por que me esconde informações úteis para a captura dela?

Karkon empunhou o Pandemon e apontou-o para o novo discípulo.

— Calma, calma. Relaxe — disse o homem, voltando a sentar-se. — Deixe-me criar a Meada Pichosa e depois continuaremos a discussão.

Karkon guardou o Pandemon Mortalis e o Caderno Vermelho nos bolsos do manto, mas antes de sair do laboratório, disse:

— Amanhã volto aqui. Espero que já tenha preparado a fórmula.

O conde foi para a Enfermaria ver como estava Andora. Encontrou Alvise e Barbessa agitados.

— Senhor, tudo vai indo bem. O Magma Sulfuroso está no nível adequado e os circuitos estão em ordem, mas Andora não acorda!

O andróide permanecia imóvel. Ouvia tudo e compreendia tudo muito bem. Teve vontade de dar um soco no conde, mas se conteve. Sua tática era perfeita e logo Karkon a veria em ação sem desconfiar de nada.

O Magister Magicum apoiou uma das mãos no rosto de Andora e, com os dedos, ergueu-lhe as pálpebras:

— Falta pouco. Ela apenas precisa de repouso. A Banheira Regeneradora é milagrosa.

E, assim dizendo, ele deu uma pancadinha na cabeça pelada do andróide, depois voltou-se para os dois gêmeos com o K:

— Com Andora e a nova fórmula que meu discípulo está criando, acho que vamos nos livrar para sempre da bruxinha.

— Nova fórmula? — perguntou Barbessa.

— Sim, a Meada Pichosa. Deixem meu aluno trabalhar sossegado. Cuidem de Andora — recomendou e foi para o Refeitório.

CAP. 4 - O carrasco da Prisão do Chumbo e o enigma...

Visciolo havia preparado um chá de Hortelã Amarga e o servia ao chefe da Guarda, que esperava para falar com Karkon. Mas não trazia boas notícias.

— Conde... Hu-hum... Ou prefere que o chame de prefeito? — perguntou o chefe, tomando um gole da estranha bebida.

— Pode me chamar de conde: sou prefeito apenas temporariamente. — Karkon soltou uma risadinha. — Se bem que logo serei prefeito em definitivo.

— Bem, senhor conde, não há nem sinal de Nina De Nobili! — explicou, pondo-se de pé. — Estamos vigiando a Vila dia e noite. A menina não voltou para lá.

Karkon pegou uma xícara cheia de chá fervendo e atirou a bebida na cara do chefe da Guarda.

— Vocês são uns incapazes! Será possível que não conseguem encontrar uma pivete?

O homem empalideceu e, com o chá escorrendo pelo rosto, assumiu posição de sentido, não se atrevendo sequer a respirar.

— Tem que encontrá-la! É uma ordem — gritou o conde furioso, e saiu do Refeitório.

Pouco depois, ainda irado, dirigiu-se ao Tribunal.

Quando entrou na Sala Principal, viu que os dez conselheiros municipais e os juízes estavam prontos para espremer os pais dos quatro jovens da Giudecca. O interrogatório durou mais de cinco horas, e depois do pranto contínuo das mães e do desespero dos pais o presidente do Tribunal determinou que eles podiam voltar para casa. Porém, havia uma condição: que encontrassem os filhos o quanto antes e os entregassem à polícia!

Karkon havia sugerido aos juízes a idéia de libertar os pais porque, assim, os garotos voltariam para casa. Só desse modo poderiam ser presos sem problemas.

A mãe de Flor foi a que ficou mais abalada: desmaiava a cada momento e não queria comer. O pai de Cesco sofreu um colapso e caiu de cama durante vários dias. A dor pelo desaparecimento dos filhos e por seu destino ignorado estava destruindo as quatro famílias. Havia apenas um bom auspício: todas as crianças venezianas, principalmente os colegas de classe de Cesco, Dodô, Flor e Roxy, haviam começado a odiar Karkon! Várias se perguntavam quem seria Andora: o nome da mulher "desconhecida" gravado no ataúde não havia passado despercebido.

Além disso, as suspeitas sobre o falso orfanato do Edifício Ca'd'Oro iam se fortalecendo. Na escola, muitos alunos começavam a escrever sobre magia e liberdade.

Os professores se alarmaram a tal ponto que foram informar ao próprio Karkon o que ocorria. Mas ele, no entanto, nem sequer se dignou a receber o diretor. O conde menosprezava a importância dos pensamentos das crianças e isso talvez fosse bom.

As crianças iniciaram uma Revolução Silenciosa contra o Mal enquanto esperavam que Nina e seus amigos reaparecessem. Só com a força do pensamento, conseguiriam combater a maldade de Karkon Ca'd'Oro e seus seguidores. A Revolução Silenciosa era o primeiro sinal de que os três primeiros Arcanos conquistados por Nina já estavam agindo. Mas para libertar totalmente o pensamento das crianças e salvar Xorax era preciso conquistar o Quarto Arcano: o mais difícil de encontrar.

Passava um pouco das 20:00 e o conde voltara para casa com a certeza de que dentro de poucos dias teria Nina e seu bando nas mãos. Alvise e Barbessa, junto à porta, espionavam o que o novo discípulo do Magister Magicum fazia no Laboratório K.

— Você acha que ele vai conseguir criar a Meada Pichosa? — perguntou Barbessa ao irmão gêmeo.

— Não sei. Mas ele me parece bom. Tomara que com a ajuda dele e o renascimento de Andora a situação melhore — respondeu Alvise, olhando para o estranho personagem que misturava substâncias alquímicas.

CAP. 4 - O carrasco da Prisão do Chumbo e o enigma...

— Se Irene, Gastilo e Sabina ainda estivessem vivos, o conde não precisaria dessa ajuda — acrescentou Barbessa, com uma ponta de inveja e de amargura.

— É... Mas precisamos dos conhecimentos mágicos do discípulo — disse Alvise, abraçando a irmã. — E, quando Andora acordar, seremos tão fortes que ninguém conseguirá nos deter.

— Sinto muita saudade de nossos três amigos — Barbessa estava comovida. — Irene era muito simpática.

— Tiveram um fim horrível. Pulverizados pelo Kabitus Morbante! Uma loucura! — Alvise socou a parede, de tanta raiva. — Morreram por culpa de Nina.

Um ruído chamou-lhes a atenção: os gêmeos ouviram passos, voltaram-se e viram o conde.

— O que estão fazendo aqui? Espiões! Fora! Vão tomar conta de Andora!

Karkon deu pontapés nos dois andróides, que subiram a escadaria voando.

O Mago do Mal parou à porta da Sala da Voz. A lembrança do último embate do monge com Nina o fez ficar com raiva de novo. Nem mesmo o Kabitus Morbante, aquele pó verde infeccioso, detivera a bruxinha. O ódio iluminou os olhos dele:

— Se ninguém conseguir encontrar Nina, a Voz a trará para mim! E dessa vez não vai fracassar.

Portanto, o monge iria agir de novo. A Voz podia invadir os sonhos de Nina sem precisar saber onde ela estava. Com a força do pensamento e da ilusão mental, o monge tinha possibilidade de arrastá-la para a Alquimia das Trevas e arrancá-la para sempre do mundo do vovô Misha.

Karkon decidiu não entrar no Laboratório K, onde o misterioso discípulo trabalhava sossegado. Abriu a porta da Sala da Voz e entrou.

Um novo e aterrorizante plano estava para ser posto em prática.

Naquele instante, no laboratório secreto, Nina e seus amigos estavam ocupadíssimos. Entre pratos de plástico sujos e restos de comida, agora o laboratório se havia tornado um local inviável. Roxy começou a limpar tudo, Flor guardou frutas e biscoitos, enquanto Dodô preparava sanduíches com as duas últimas fatias de presunto. Os alimentos estavam acabando.

Nina e Cesco desceram ao Acqueus Profundis, esperando que Max lhes elevasse o moral. Mas o bom andróide também estava deprimido. Pensar que Andora se encontrava de novo nas mãos de Karkon o deixava nervoso e intratável. O clima era de absoluta tristeza e Nina não sabia o que fazer. Tudo levava a crer que a libertação de Ljuba e Carlo, assim como a conquista do último Arcano, ainda estavam longe.

A noite desceu logo e os jovens se deitaram no chão, perto da lareira. Dodô apagou as velas, mas, assim que fecharam os olhos, o Systema Magicum Universi se iluminou e da folha líquida saiu um enorme tijolo no qual estavam impressas palavras no idioma de Xorax. Quando o tijolo pousou na bancada de experiências, os jovens alquimistas se aproximaram e leram:

CAP. 4 - O carrasco da Prisão do Chumbo e o enigma...

A tradução foi imediata e Cesco a fez em voz alta:

— Para os números você não deve olhar, apenas com as letras deve se importar. No Vaso você não pode mesmo entrar, porque apenas mal isso lhe iria causar.

Os cinco jovens se entreolharam, confusos.

— O que significa isso? — perguntou Flor, fitando a pedra.

— Você entendeu alguma coisa, Nina? — Cesco coçou a cabeça.

— Negativo. Nadinha... — respondeu a jovem alquimista, relendo as frases.

Os objetos falantes, sem motivo aparente, começaram a repetir sem parar as palavras escritas no tijolo.

Nina se aproximou da bancada e ficou olhando para eles, perplexa.

— Vocês sabem o que isso quer dizer?

Os objetos continuaram repetindo as frases sem dar qualquer explicação. Era uma situação muito esquisita. Os objetos falantes pareciam ter enlouquecido.

Nervosa, Roxy agarrou a garrafa de Vintabro Verde pelo pescoço e, sacudindo-a, gritou:

— O que significam essas frases escritas no tijolo? Por que não se deve olhar para os números, mas apenas para as letras? E onde está esse Vaso do Mal?

Cesco arrancou a garrafa da mão dela:

— Pare! Se estão repetindo é porque isso deve ter um significado.

— E co... co... como vamos des... des... descobrir o que significa? — gaguejou Dodô, encolhendo-se junto da Pirâmide dos Dentes de Dragão. Nina colocou a mão sobre a folha líquida e interpelou o Systema Magicum Universi.

— Livro, qual é o significado das frases escritas no tijolo? — perguntou, na esperança de obter uma resposta imediata.

O enigma apenas você resolverá
e tenho toda certeza de que o fará.
Um vaso de vidro roxo você irá usar,
mas a três salas atenção deverá prestar.

— Três salas? — repetiu Nina.

Nigredo, Rubedo e Albedo.

— O que é isso? — perguntou a mocinha, confusa.

Três entradas para mundos diferentes. Todos muito perigosos.

— Entendo. Mas em qual das salas devo entrar?

Nada mais posso lhe dizer
porque o risco é de morrer.
Por um duro teste você vai passar:
tenha coragem e nada de se apressar.
Eu ordeno, como seu Livro Falante,
que você vá dormir neste instante.

O Systema Magicum Universi se fechou, deixando Nina cheia de dúvidas e perguntas. Cesco se aproximou:

— Uma prova na qual você se arriscará a morrer. Foi o que o Livro disse...

— É. E pelo que entendi vou estar sozinha nessa — a jovem alquimista abaixou a cabeça. — Vocês não irão me acompanhar.

— Eu vo... vo... vou, sim! — afligiu-se Dodô.

— Claro! Não vamos deixar você sozinha — concordaram Roxy e Flor.

— Obrigada, amigos, mas acho que vou ter que me arranjar sem vocês. Gostaria de saber em que sala devo entrar. Nigredo, Rubedo e Albedo... Nunca li a respeito desses mundos alquímicos. — Preocupada, Nina tomou uma decisão. — O Livro mandou que eu fosse dormir, mas preciso saber. Preciso entender. Vamos à Sala do Doge ver se em algum dos livros de Birian Birov e de Tadino De Giorgis há alguma explicação.

Colocou a esfera de vidro na concavidade da porta do laboratório, que se abriu.

Cada qual carregando uma vela acesa, os cinco amigos passaram para a Sala do Doge nas pontas dos pés. Lá não havia janelas, portanto não corriam risco de os guardas verem luz. Mas tinham de evitar qualquer ruído: por menor que fosse, um barulho poderia ser fatal. Adônis e Platão ficaram no umbral da porta do laboratório observando a cena. Assim que eles começaram a folhear os livros, os objetos falantes, que tinham ficado em cima da bancada, recomeçaram a repetir em voz alta a frase escrita no tijolo.

— Psiuuu! Calem-se! Fiquem calados — zangou-se Nina. — Caso contrário, os guardas entrarão aqui.

Mas o tanquinho, a xícara, o vaso e a garrafa continuaram, como se não a tivessem ouvido.

— Vamos voltar para o laboratório! — Flor estava nervosa. — Não podemos ficar aqui, é muito perigoso.

— Isso aí, e temos que fazer com que eles calem a boca — acrescentou Roxy, irritada. — Esses objetos são antipáticos!

Resignada, Nina olhou para Cesco e Dodô. Em poucos segundos, fechavam-se de novo no laboratório, enquanto os quatro objetos falantes continuavam falando.

O relógio marcava 22:39:40, os objetos não se calavam e os cinco jovens alquimistas estavam desesperados. Nina pegou duas rolhas de Sobreiro Certis e tapou os ouvidos. Os demais fizeram a mesma coisa e só foram dormir duas horas depois.

A menina da Sexta Lua adormeceu, como o Livro ordenara, com o pensamento fixo na misteriosa prova que teria de enfrentar e com a esperança de vencer mais esse desafio.

E o pesadelo da Voz da Persuasão voltou a seus sonhos. O plano de Karkon estava em ação.

A névoa vermelha envolveu a mente da jovem alquimista adormecida, vencida pelo cansaço, embaixo da bancada de experiências ao lado dos amigos, que, é claro, não sabiam o que estava acontecendo.

A mocinha se viu de novo no mesmo assustador Castelo das Três Torres. Dessa vez não ouviu música nem barulhos. O silêncio reinava soberano.

O grande portão se abriu, rangendo, e diante de Nina apareceram cinco vaga-lumes. Voavam no átrio escuro e tétrico do castelo, emanando a delicada luminosidade de seus corpos. Como pequenas lanternas voadoras, indicaram o caminho que Nina deveria percorrer. A mocinha seguiu-os e foi direto para a escadaria que levava à Primeira Torre. Subiu os degraus de mármore vermelho e viu os vaga-lumes formarem um círculo no ar: suspensos como pequenas lâmpadas, pararam diante de uma porta que se abriu de repente. O círculo luminoso começou a girar loucamente e em seu centro surgiu uma linha cor-de-laranja fluorescente. A respiração de Nina se tornou ofegante. Olhou a estrela em sua mão. Negra. O perigo se aproximava!

Procurou nos bolsos e viu que havia levado o bastãozinho Verus que os Magos Bons de Xorax lhe tinham enviado.

"Perfeito!" — pensou, olhando para os vaga-lumes. — Assim que o monge aparecer, jogo o bastãozinho nele e o anularei.

A linha cor-de-laranja mexeu-se como uma onda e foi se tornando cada vez maior, lentamente, até preencher o círculo luminoso. Os vaga-lumes desapareceram, a massa fluorescente permaneceu flutuando no ar e começou a pulsar como se fosse matéria viva.

CAP. 4 - O carrasco da Prisão do Chumbo e o enigma...

Uma força misteriosa atraiu Nina, que, sem perceber, ficou presa ao círculo. Engolida pela magia!

Sentiu que sua mente explodia e um assobio poderoso machucou-lhe os ouvidos. Quando voltou a abrir os olhos, encontrava-se no centro da Primeira Torre. Uma sala enorme, com paredes moles cor-de-laranja. O teto era formado por estranhas traves de madeira, nas quais estava cravada uma porção de pregos enferrujados. As janelas eram pequenas e quadradas, emolduradas por vidros amarelos e verdes. Não havia chão. Nina andava sobre o nada. Sim, seus pés se apoiavam em... PLENO VAZIO!

Não havia vento, não havia aromas, não havia velas. A jovem alquimista entrara na Torre mais misteriosa do castelo da Voz.

Viu o monge vir chegando do fundo da sala.

Com o costumeiro capuz descido sobre o rosto e a túnica que a cobria da cabeça aos pés, a estranha criatura karkoniana avançou lentamente. Trazia na mão um vaso de vidro roxo, grande.

Quando a Voz chegou a poucos passos de Nina, soou um leve crepitar vindo do teto. A mocinha olhou para cima e viu que os pregos se alongavam. Pareciam sutis tubinhos de ferro enferrujado que, à medida que desciam, se tornavam barras pontudas. A sala se transformara numa jaula. A menina da Sexta Lua olhou preocupada para o vaso de vidro roxo.

"Preciso prestar atenção nesse vaso", pensou, enquanto seus olhos azuis observavam tudo com cuidado.

Sem perder a concentração, voltou a fitar a Voz que vinha a seu encontro.

O monge depositou o vaso sobre o chão de Pleno Vazio, ergueu rapidamente o braço esquerdo e os pregos mágicos começaram a descer rápidos, obedecendo a seu comando.

— Minha querida Nina, achou que nunca mais iria se encontrar comigo? — indagou a Voz, irônica.

— Pensei. Sei que não é fácil vencer você. Mas na Sala do Edifício Karkon eu lhe dei uma bela lição. Nem mesmo o Kabitus Morbante conseguiu me deter. Lembra-se?

A jovem alquimista procurava esconder que estava aterrorizada, enquanto, com um movimento muito lento, tentava pegar o bastãozinho Verus.

— Vencer-me? Isso é impossível! Não percebeu, ainda? Pensou que me havia petrificado usando a Sikkim Qadim, mas a faca de Osíris me deteve apenas por alguns minutos. — A Voz elevou-se do piso que não existia e flutuou no ar. — Chegou a hora de sua Última Escolha.

— Última Escolha? — perguntou Nina, acompanhando o movimento do monge, esperando o momento certo de atirar o bastãozinho alquímico para derrotar o inimigo.

— Sim, a última. E você não pode errar. Ou entra em meu mundo e aceita as regras da Alquimia das Trevas ou vai morrer e sua alma vagará para sempre como um fantasma neste castelo que não existe.

Aquela explicação da Voz assustou mais ainda a mocinha.

— Você sabe que jamais irei para o seu lado — disse Nina em voz alta. — A alquimia de Karkon é pérfida. É o Mal.

— Veremos. Tenho certeza de que você vai mudar de idéia. — O monge pegou o vaso e acrescentou: — Você terá que usar isto, não poderá evitar. É uma ajuda que lhe dou. Não é uma armadilha. Eu sei do que você precisa... Você precisa de MIM!

— NÃO! NUNCA! — gritou Nina, fitando o maldito monge e o vaso de vidro roxo.

— Agora você terá que fazer a Última Escolha e passar por uma prova!

Assim dizendo, a Voz girou, dando as costas à Nina, e gesticulou de modo sinistro. A mocinha pegou o pequeno bastão e atirou-o no monge.

A Voz voltou a girar e gritou:

— Nigredo! Rubedo! Albedo!

O bastãozinho Verus foi desviado por uma energia solta pelo vaso, que o engoliu.

— Agora você não pode mais me atingir — disse o monge, pegando o vaso.

— Maldito! Maldito!

Nina tentou atacar a Voz, mas seus pés firam presos no Pleno Vazio.

— Calma, não quero lhe causar mal. Estou ajudando você a entrar no caminho certo da Verdade Alquímica.

O monge falava em tom persuasivo e a jovem neta do professor Misha sentia a cabeça girar como um pião.

— Eu disse que agora você deve passar por uma prova. Prepare-se.

A Voz se deslocou para a esquerda, mantendo-se perto das pequenas janelas quadradas.

— Uma prova? — perguntou Nina, curiosa.

— Sim... E vai precisar do vaso — respondeu o monge, girando lentamente.

— Dentro desse vaso agora está meu bastãozinho e o que mais? — indagou Nina, que se via em dificuldades, sem saber o que fazer.

— É o Vaso da Verdade. Só enfiando a cabeça nele você ouvirá as respostas que lhe faltam — explicou a voz, aproximando-se de Nina muito devagar. — Albedo, Rubedo e Nigredo são palavras alquímicas que você não conhece.

— Não acredito! O que significam essas três palavras alquímicas?

A menina da Sexta Lua sentia uma estranha atração por aquele vaso, mas sabia que não devia ceder à Voz. Lembrava-se muito bem que o Systema Magicum Universi falara nelas, mas queria ouvir a explicação do monge.

— Albedo, Rubedo e Nigredo são palavras desconhecidas para você — tergiversou a Voz. — E eu sei por quê.

— Por quê? — perguntou a mocinha, insistindo.

— Porque só quem quer saber a Verdade Alquímica as estuda. — O tom da Voz se tornou macio e convincente. — E claro que seu avô Misha não estava à altura de conhecê-las.

— Não, nada disso! Você só diz mentiras — foi a reação de Nina. — Meu avô sabia tudo sobre alquimia.

— Engano seu. Garanto. Antes de agir, pense em seu destino. Pense que é de mim que você precisa.

E, ao terminar de falar, o monge desapareceu no Pleno Vazio, deixando o Vaso da Verdade ao lado da jovem alquimista.

Os pregos recomeçaram a descer das traves e em poucos segundos as pontas se encontravam a alguns centímetros da cabeça de Nina. Ela não podia mais se mexer.

De repente apareceu diante dela uma grande caixa de papelão. Teve a tentação de estender a mão para ver o que havia dentro da caixa, mas, antes que mexesse o braço, ela se abriu. Um jato de água roxa envolveu a mocinha.

"Uma água que não molha", pensou Nina, perplexa, enquanto passava as mãos nas roupas.

Tentou andar, mas seus pés continuavam presos. Depois, de repente, uma enorme lousa luminosa surgiu diante de seus olhos. Havia nela uma série de números e cada linha continha dois. Na primeira linha estavam o 5 e o 10, na segunda o 40 e o 80, na terceira o 4 e o 8, na quarta o 6 e o 12 e na quinta o 9 e o 18.

Ao lado da lousa havia uma porta com um mecanismo de abertura semelhante ao de um cofre. Nina estendeu as mãos e alcançou a estranha fechadura, mas a posição era muito incômoda: com os pés presos, inclinou-se muito pouco para frente e só por milagre conseguiu alcançá-la. Tentou abrir, mas de imediato percebeu que precisava descobrir a combinação.

— Uma combinação, mas qual? — disse em voz alta. Olhou para a lousa e as seqüências de números. — Então, 5 e 10, 40 e 80, 4 e 8, 6 e 12, 9 e 18. Pares de números em que o segundo é o dobro do primeiro. Os primeiros números multiplicados por 2 dão os segundos; 5 vezes 2 dá 10, 40 vezes 2 dá 80 e assim por diante...

Então, Nina girou o botão do segredo do cofre, fazendo o mecanismo dar dois saltos. Mas a porta não se abriu. A combinação não era aquela. Tentou de novo girando primeiro cinco vezes para a direita e dez vezes à esquerda. Nenhum resultado: a fechadura não se abriu.

Quanto mais erros cometia, mais os pregos enferrujados desciam do teto. As pontas aguçadas já se encontravam perto de sua cabeça, mas a única coisa que ela podia fazer era se agachar cada vez mais, com os pés presos no mesmo lugar e tentando abrir aquela fechadura. A situação era muito difícil e o medo de ser ferida pelos pregos aumentava a cada instante.

Tentou de novo, porém, quanto mais raciocinava com os números, maior era o perigo. Com as pernas encolhidas e as mãos na fechadura, não sabia o que fazer.

— Números, matemática... Vai ver que devo usar os Numeromagos — murmurou para si mesma –, mas eu não trouxe as tiras do Zero Nevoento.

Os pregos desciam, provocando ansiedade e terror crescentes, porque Nina não conseguia encontrar a resposta para a estranha e complicada adivinhação.

Desesperada, procurou se concentrar ao máximo e felizmente a intuição veio em sua ajuda. Lembrou-se de que os objetos falantes repetiam sem parar: "Para os números você não deve olhar, apenas com as letras deve se importar." Uma frase aparentemente boba e sem sentido, mas...

— Por todos os chocolates do mundo! Os objetos tinham razão. Talvez eu não deva usar a matemática, mas sim contar as letras. As letras dos número! C-i-n-c-o é composto por 5 letras; d-e-z por 3 letras...

Será que Nina achara a resposta para o enigma da Primeira Torre?

Deu a volta no botão do segredo, fazendo-o dar cinco saltos, depois três (5 e 10); em seguida oito e sete saltos (40 e 80). E assim por diante.

CAP. 4 - O carrasco da Prisão do Chumbo e o enigma...

Quando chegou ao 18 e fez o botão do cofre dar os últimos sete saltos, a porta se abriu e os pregos cessaram seu movimento.

"Mais um erro e eu teria sido morta espetada!", pensou, suando em bicas.

A menina da Sexta Lua se encontrava diante de três salas: a primeira tinha paredes cinzentas e negras, no chão havia uma laje de chumbo onde estava inscrito "Nigredo". A segunda sala era vermelha e na parede em frente havia uma placa de estanho com a palavra "Rubedo". A terceira era uma sala com as paredes completamente brancas e do teto descia uma corrente de prata em cuja extremidade havia uma esfera de ouro com a palavra "Albedo".

Nina observou as três, perguntando-se em qual delas deveria entrar. O vaso roxo da Voz, que tinha dentro de si o bastãozinho Verus, ergueu-se do chão inexistente e pousou diante da mocinha. Foi enorme a tentação de enfiar a mão dentro dele para recuperar o bastãozinho, mas Nina sabia que usar o vaso seria aceitar a Alquimia das Trevas. Da boca do vaso surgiu um facho de luz violeta e a Voz ressurgiu.

— Você acertou a primeira parte do enigma. Agora, pegue o vaso e entre em uma dessas salas. Finalmente, você descobrirá a Verdade da Alquimia. Escute minhas palavras... É de mim que você precisa. — O monge estendeu um braço e, mantendo o capuz abaixado, gritou — VÁ! AGORA!

A Voz entrou como uma onda violenta nos ouvidos de Nina e as vibrações fizeram seu corpo inteiro estremecer. Ela não conseguia mais controlar os próprios movimentos: contra a vontade, pegou o vaso e se dirigiu para a Sala Nigredo. Fechou os olhos e procurou resistir à força da Voz. Num esforço tremendo, enrijeceu todos os músculos e mudou de direção. Cambaleando, viu-se diante da Sala Rubedo. O Vaso da Verdade começou a esquentar, fervia. Nina queria largá-lo, mas não conseguia soltar as mãos e seus dedos queimavam como se estivessem dentro de chamas.

A jovem alquimista gritou de dor e atirou-se chão de Pleno Vazio. Girou o corpo para a direita e viu-se diante da Sala Albedo.

Não agüentava mais. A força da Voz a arrastou para dentro da sala branca e a garota se viu envolta em uma nuvem de vapor. As mãos não ardiam mais, o vaso de vidro roxo havia esfriado. Nina ergueu os olhos e viu a esfera de ouro pendurada na corrente de prata, que girava como um planeta. Mal encostou os dedos nela e o toque suave foi o bastante: as paredes e o vapor desapareceram e ela se viu em um bosque com grama verde e cheirosa, árvores grandes, lindíssimas, flores coloridas pontilhadas por brilhantes gotas de orvalho.

— Fantástico! Mas onde vim parar? — perguntou-se, surpresa, ainda com o vaso nas mãos.

Raios de sol iluminavam de leve a vegetação e pequenas borboletas voavam alegremente, enquanto o canto dos rouxinóis ecoava no bosque inteiro. Nina viu algo se movimentar atrás de um arbusto. Atemorizada, aproximou-se e afastou as folhas.

— Bom dia. É mesmo um bom dia, sabe? — disse-lhe uma linda raposa branca .

— Oh! Uma raposa que fala? — a jovem alquimista abriu os braços e sorriu.

— Meu nome é Ma. Sim, isso mesmo. Meu nome é Raposa Ma — explicou o bonito animal, meneando a cauda macia. — Você é Nina, não?

— Raposa Ma? Que nome é esse, Ma? — riu a garota.

— É um nome bonito — respondeu a raposa, abanando a cabeça. — Você não gosta?

— Bem, gosto, sim... Mas como sabe quem eu sou? Estava me esperando? É amiga da Voz?

CAP. 4 - O carrasco da Prisão do Chumbo e o enigma...

Nina estava em dúvida porque o monge lhe dissera que a faria entrar para o mundo da Alquimia das Trevas. Ela havia entrado na Sala Albedo contra a vontade e, com certeza, aquele bosque e aquela raposa eram armadilhas para levá-la para o Mal.

— Eu a conheço porque é óbvio. Eu sei tudo... Ou quase tudo. Não tenho amigos. Portanto, não se preocupe: o monge que a persegue não faz parte de minhas relações.

A explicação da raposa foi bem clara, porém Nina ainda estava cética.

— Como vim parar aqui? — perguntou, olhando ao redor. — Onde estamos?

— Você está aqui porque adivinhou o enigma da fechadura. Foi muito esperta, Nina! Entrou na Sala Albedo, fazendo a escolha certa. Agora está salva.

A raposa movimentou rapidamente o focinho e fitou Nina com seus grandes olhos cor-de-rosa.

— Salva? Então, posso voltar para junto de meus amigos. Posso acordar e voltar à realidade.

Nina fechou os olhos esperando que, ao abri-los, se encontraria no laboratório da Vila, mas isso não aconteceu.

— Voltar à realidade? Para quê? Aqui é tão bom! — disse a raposa branca saltando para frente.

— Ei! Pare aí! Aonde você vai?

Nina foi atrás dela, mas a raposa corria muito veloz.

— Ânimo, me alcance! Vou levá-la a um lugar lindo.

Com quatro saltos, a Raposa Ma atravessou um riacho, sem o menor problema.

Nina olhou a estrela em sua mão direita. Ainda estava negra!

— Não, não vou. Não confio em você — disse e parou.

A Raposa Ma desapareceu entre as árvores e segundos depois Nina ouviu um grito lancinante. Instintivamente, correu para o riacho e o atravessou. Viu que a raposa tinha sido agredida por quatro centopéias gigantes.

— Socorro! Ajude-me, por favor — gritou Ma.

Peludas, com dois dentes agudos e um nariz de batata, sem olhos, as centopéias cinzentas mordiam a pobre raposa branca. Nina pegou uma porção de pedras e atirou nos bichos horrorosos. Atingiu um deles, porém os demais continuavam a morder a barriga e o focinho de Ma. O pêlo níveo da raposa se tornara vermelho pelo sangue que emanava dos ferimentos.

— Use o Vaso da Verdade. Use a alquimia — gritou o pequeno animal que estava morrendo. — Tem que me ajudar!

Nina não perdeu um segundo sequer: enfiou a mão com a estrela no vaso roxo e tirou o bastãozinho Verus. Era a única coisa que podia fazer para salvar Ma.

Sem pensar, atirou-o nas centopéias, que arderam em chamas no mesmo instante.

Formou-se uma fumaça roxa e das centopéias restou apenas um leve cheiro de podre e alguns dentes espalhados no chão. O céu azul se tornou cor-de-laranja, as árvores e folhas secaram, as pétalas das flores caíram uma a uma e no lugar das borboletas apareceram corvos.

Nina olhou para a raposa. Estava de pé, melhor do que nunca. Com as orelhas esticadas e a cauda levantada, ela farejava satisfeita o cheiro deixado pelas centopéias.

Nina estava aturdida. Não entendia o que acontecia. Mas o bastãozinho Verus apenas mostrava a verdadeira natureza daquele animal e daquele lugar.

A raposa saltou para frente, e quando se encontrava a poucos centímetros da mocinha, abriu a boca.

— Sou a Raposa Ma e você caiu em outra armadilha. Seu bom coração a traiu: agora você não tem mais armas para lutar contra a Voz. Usou o bastãozinho Verus para me salvar, sua boba! Menina boba!

A raposa aproximou o focinho do rosto de Nina; seus olhos cor-de-rosa transformando-se em um vermelho-fogo e o pêlo branco começou a se tornar espetado e negro.

— Maldita! — Nina conseguiu dizer antes de sair correndo como doida.

O bosque se tornara um pântano e a menina da Sexta Lua fazia tudo para não cair nas areias movediças e nas poças de água infecta.

— Sou a Raposa Ma... Ma... Malvada! — rugiu a raposa, que se havia transformado num monstro. — Agora você sabe!

Nina corria e chorava. Queria muito acordar daquele pesadelo, mas não conseguia. Estava prisioneira da Voz. Entrara no mundo dela e não sabia como sair. Pegou um galho de árvore. Seguida pela Raposa Malvada, procurava uma saída. Ao olhar para trás a fim de ver o monstro que a perseguia, caiu num buraco. Apenas a cabeça ficou de fora, no nível do solo.

Tentou sair, erguendo-se nos braços, mas no buraco estreito não havia espaço para tomar impulso.

A Raposa Malvada estava diante dela.

Parada.

Sentada.

Com olhos de louca e babando.

— Saia daí! — ordenou a Voz, que se materializou ao lado da monstruosa criatura e a empurrou de lado.

A Voz havia conseguido! Nina estava em suas mãos e ninguém podia ajudá-la.

— Chegou sua hora: é a Última Escolha. Morrer ou aceitar a Alquimia das Trevas — disse o monge.

Nina olhou para a Voz, em seguida abaixou a cabeça e respondeu:

— Está bem. Tire-me deste buraco. Aceito suas condições.

Exultante, o monge pegou o vaso de vidro roxo.

— Finalmente! Karkon vai se orgulhar de mim. Agora, enfie a cabeça no vaso, só assim seus pensamentos alquímicos serão aprisionados.

Nina sentiu a terra se movimentar e lentamente seu corpo se livrara. Mas, quando a Voz da Persuasão estendeu a mão para ajudá-la a sair do buraco, ergueu o ramo que ainda segurava e bateu no monge.

A Raposa Malvada fez um gesto para agredi-la, mas Nina conseguiu bater em suas patas traseiras, fazendo-a cair de costas. Com um gesto rápido, pegou o vaso e enfiou-o na cabeça da Voz. O monge foi sugado, como se seu corpo fosse feito de ar.

Nina fechou o vaso maléfico de vidro roxo com terra e pedras, e a Raposa Malvada se desfez como se fosse feita de papel.

Um vento gelado levou a paisagem embora.

— Uma ilusão! O mundo da Voz era apenas uma ilusão — exclamou a neta do professor Misha, que, por fim, havia derrotado o monge karkoniano.

A menina da Sexta Lua fechou os olhos e, apertando o vaso contra o corpo, pensou nos pais, nos amigos, em Ljuba e em Carlo.

"Quero voltar para a Vila. Quero acordar", pensou com firmeza.

Seu pensamento a levou do Mundo das Trevas, para longe daquele lugar onde ilusão e realidade se haviam misturado para servir ao Mal.

Capítulo 5
Os sete dentes do Dragão Chinês

Uma, duas, três tossidas. Olhos arregalados e respiração ofegante. Nina ergueu a cabeça do piso do laboratório e, na escuridão, bateu-a contra a bancada de experiências. Amanhecia e nenhum de seus amigos havia acordado. Todos ainda conservavam nas orelhas as rolhas de Sobreiro Certis, mas, por sorte, depois de três horas repetindo a frase enigmática, os objetos falantes tinham finalmente adormecido.

Adônis sacudiu o rabo, feliz, e Platão aguçou as unhas num pedaço de madeira, enquanto Nina se refazia do horrível pesadelo no qual havia derrotado o monge.

Assim que a mocinha se levantou, viu a seu lado o Vaso da Verdade, que continha a Voz da Persuasão. Pegou e verificou se o tapara com firmeza. Olhou-o com atenção e dentro do vidro percebeu uma mancha negra em movimento. Era o que havia restado da Voz: sua essência maléfica.

Platão farejou o vaso e seu bigode se eriçou. Com uma lambida, Adônis quase derrubou o precioso objeto. Nina acariciou os dois animais.

— Vocês são os guardiões do Vaso da Verdade deste momento em diante, mas cuidado: ninguém deve tocar nele.

O gato ergueu o rabo e o cão, uma pata. Nina sorriu e, sem querer, tropeçou num pé de Cesco, que estava deitado ao lado de Dodô.

— Nina... Já acordou? — resmungou Cesco, espreguiçando-se. — Que horas são?
— 6:10:45 — respondeu a jovem alquimista de imediato, depois de olhar o relógio.
Cesco ergueu a cabeça e viu que Nina estava com profundas e escuras olheiras.
— Você não dormiu?
Ela fez uma careta e apontou para o vaso de vidro roxo, depois contou o que havia acontecido no sonho. Enquanto falava, os demais também acordaram, o tanquinho de Tarto Amarelo saltitou até chegar na beira da bancada, Roxy afagou o vaso de Quandômio e Flor pegou a xícara Sália. Encolhido junto da pirâmide de Dentes de Dragão, Dodô ouviu a terrível aventura vivida por Nina.
— Vo... vo... você derrotou a Vo... Vo... Voz! Gran... gran... grande Nina! — aplaudiu o rapazinho de cabelos ruivos.
— Pois é. E agora o monge sem rosto e sem sombra está aí dentro.
Orgulhosa, Nina apontou para o Vaso da Verdade.
— Um de cada vez, vamos derrotar todos! — exclamou Roxy, dando uma mordida no último pedaço de torta. — Vamos derrotar até Karkon.
Nina sentou-se num banquinho, pegou o Taldom Lux e, olhando para os amigos, disse:
— Acho que não será fácil encontrar o Quarto Arcano. Há muitas coisas que não estão dando certo. Ljuba e Carlo na cadeia, seus pais sendo interrogados, José desapareceu, não podemos sair daqui e Karkon ainda pode usar Andora, o Alquitarô Got Malus e os dois andróides: o russo Vladimir e o chinês Loui Meci Kian. Vocês acham pouco?
Cesco passou a mão nos cabelos revoltos, pigarreou e emitiu sua opinião:
— É verdade, Nina. Você tem razão. Ainda há muitos perigos, mas acho que chegou a hora de agirmos. Não pode-

mos mais ficar aqui dentro. Pergunte ao Livro o que podemos fazer. Agora que você derrotou a Voz da Persuasão, pode ser que ele responda.

Os objetos falantes rodearam o Systema Magicum Universi e ficaram observando Nina colocar a mão sobre ele e fazer a pergunta:

— Livro, a Voz está dentro do Vaso da Verdade. O que devemos fazer?

Deixe o Vaso, há outro desígnio,
eu preciso lhe entregar um escrínio.
Quatro fachos de cores, luminosos,
verão seus olhos atenciosos.
Não o abra com a aflição que altera,
Só o faça na terra que a espera.

— Um escrínio? — repetiu Nina. — Uma terra que me espera?

A folha líquida se encrespou e de verde fluorescente se tornou de um negro brilhante, depois de um amarelo luminoso, em seguida branco-prata e, por fim, vermelho-fogo. As quatro cores se refletiram no rosto de Nina e seu olhar se tornou intenso, curioso. Um jorro de água sólida subiu até o teto, assumiu o formato de uma grande chave antiga e manteve-se suspensa no ar por alguns segundos. Então a chave se dissolveu e voltou a ser água sólida, que desceu, como uma pequena cascata, para dentro do Livro. Os toques de um carrilhão soaram no laboratório e, por cima da folha líquida, ainda encrespada, apareceu um escrínio de goasil, a pedra cor-de-rosa e preciosa da Sexta Lua. Naquele momento o Livro tornou a falar:

Essa estrela a você deve guiar,
caso vermelha ela continuar.

*E os objetos que sabem falar
nessa viagem você deve levar.
Agora, o Taldom para o escrínio deve apontar
sem no maligno Karkon nem um instante pensar.
Uma chama de ouro irá utilizar
para o encanto que a irá salvar.*

Os quatro jovens alquimistas, imóveis, observavam os movimentos de Nina e as magias do Livro. A menina da Sexta Lua empunhou o Taldom Lux e, do bico do Gugui, partiu o fogo dourado que envolveu o escrínio como uma auréola. O Systema Magicum Universi estremeceu, fazendo elevar-se uma poeira negra, e falou com voz poderosa.

*Aproxima-se sua conquista
Você é uma grande alquimista.
Eu a ajudei até aqui
e minha missão cumpri.
Contra minha vontade devo deixá-la,
mas eu não queria, jamais, abandoná-la.
O Bem você sempre, sempre, deverá seguir:
ouça seu coração e cuidado para não o trair.*

— Você vai me deixar, Livro? Por quê? Ljuba e Carlo ainda estão presos. Os pais de meus amigos estão em perigo e não sei como encontrar o Quarto Arcano — protestou a mocinha, nervosa.

Jamais teria imaginado o que o Livro iria lhe responder:

*Minha partida é coisa decidida:
Obedeço a uma ordem recebida.
Mas antes de a Terra deixar*

a última coisa devo lhe falar.
No escrínio há quatro objetos
Para seus amigos prediletos.
Ele se abrirá apenas sobre uma rosa
e a procura dessa flor será perigosa.
Lembre-se da agulha consigo levar
porque do Furaengano você vai precisar.
Por fim, quatro Dentes de Dragão
ponha num saco e feche-o com um cordão.
Faça o que lhe ensino
E cumprirá seu destino.

    Assim dizendo, o Systema Magicum Universi tornou-se de prata. Da folha líquida saiu um arco-íris que girou ao redor da capa, iluminando a figura do Gugui de ouro. O Livro Falante desapareceu, deixando sua forma gravada na bancada de experiências.

    Nina ficou transtornada. Não sabia o que fazer sem a ajuda do Livro. Ele a havia apoiado desde o início de sua aventura e agora simplesmente desaparecia. Sentia-se perdida. Encostou o Taldom no peito, olhou as provetas, retortas e alambiques com os grandes olhos azuis cheios de medo e tristeza. Seus amigos também estavam atônitos. Cesco ajeitou os óculos e, sacudindo a cabeça, olhou para Dodô, que, apoiado na Pirâmide de Dentes de Dragão, tremia e gaguejava palavras sem sentido. Roxy segurou a mão de Nina, a que tinha a estrela, e apertou-a com força. Flor também se aproximou da menina da Sexta Lua e afagou-lhe os cabelos.

    — Se o Systema Magicum Universi nos abandonou, quer dizer que chegou a hora de nos virarmos sozinhos — Nina falou com dificuldade.

    — Mas como? — Flor estava assustadíssima. — Ainda não somos alquimistas propriamente ditos. Talvez só você possa continuar, Nina.

— Não. De jeito nenhum! — interferiu Roxy. — Não podemos abandoná-la no meio dessa encrenca!

— Eu que... que... queria ver meus pa... pa... pais — Dodô estava em pânico e duas grossas lágrimas desceram-lhe pelo nariz.

— Estamos todos encrencados! Não podemos desistir agora. O jeito é ir em frente, turma! — Cesco pegou Nina pelos ombros e a sacudiu. — Vamos pegar o escrínio e falar com Max. Talvez ele nos diga o que fazer para iniciarmos mais uma viagem.

— E se não conseguirmos?

Nina estava confusa e temia o pior. O Livro a avisara de que os andróides karkonianos, o chinês Loui Meci Kian e o russo Vladimir estavam de tocaia. Por isso teria de levar consigo enxofre e quartzo: só com esses elementos alquímicos poderia derrotá-los. Mas ela não se sentia segura sem poder se aconselhar com o Systema Magicum Universi.

Cesco mostrou-lhe o rubi da Amizade Duradoura, em seguida ergueu a mão direita, apontou para o mapa do Universo Alquímico pendurado na parede do laboratório e exclamou:

— Temos que salvar Xorax. Prometemos que o faríamos.

— Sim. Temos que libertar os pensamentos de todas as crianças do mundo e, se o conseguirmos, todos nós estaremos livres. Livres de Karkon. Livres do Mal.

Com o Taldom em punho, Nina decidiu seguir adiante. Abriu a gaveta da bancada de experiências e pegou o Furaengano, como o Livro havia aconselhado. Dodô ergueu a tampa da Pirâmide, pôs os últimos quatro Dentes de Dragão num saco e fechou-o bem, utilizando um barbante grosso. Com uma fita vermelha, Nina prendeu os cabelos num rabo-de-cavalo, inclinou-se para o alçapão e disse "Quos Bi Los". Mas antes de descerem para o Acqueus Profundis, verificou se seus amigos tinham pegado os objetos falantes. Flor segurava o tanquinho de Tarto Amarelo,

Roxy pegara a garrafa de Vintabro, Dodô apertava contra o peito a xícara Sália Nana e o vaso Quandômio. Cesco, com ar decidido, mostrou o precioso escrínio. Nina verificou os bolsos e certificou-se de que pegara tudo, inclusive o Alquitarô e a Scriptante, a caneta mágica que Sia Justitia lhe dera no cemitério.

— Perfeito, peguei tudo. Vamos — disse, para entrar em ação.

Mas o gato começou a miar e o cão sentou-se ao lado do vaso que continha a Voz.

— Platão, Adônis... Por todos os chocolates do mundo! — desesperou-se Nina, que não podia levá-los para o Acqueus Profundis.

— E agora? — indagou Roxy, cruzando os braços.

— É, o que vamos fazer? — acrescentou Flor, acariciando Platão. — Não podemos deixá-los aqui sozinhos.

— Va... va... vamos levá-los con... con... conosco! — propôs Dodô, sensibilizado com a expressão triste de Adônis.

Nina sentiu o Taldom Lux vibrar dentro do bolso. Pegou-o e viu que os olhos de goasil rosa se haviam tornado brancos. Uma leve fumaça saiu pelo bico do Gugui, que logo depois cuspiu uma pequena folha de papel.

Cesco pegou-a e leu em voz alta o que estava escrito:

CAP. 5 - Os sete dentes do Dragão Chinês

— Soltá-los? — exclamaram os cinco jovens alquimistas em coro.

— É perigoso — disse Flor, abraçando o gato e sem nenhuma intenção de soltá-lo. — Os guardas vão matá-los de tanta pancada!

Nina segurou a cara do grande cão fila preto entre as mãos.

— Adônis, você é grande e forte. Cuide do Platão.

Beijou a testa de Adônis, pegou uma caneta, uma folha de papel e escreveu um bilhete: "Estamos vivos. Cuidem destes dois animais."

— Assinem também — disse aos amigos.

Dodô foi o último a assinar e entregou o papel a Nina, que o dobrou e prendeu sob a coleira de Adônis. No meio do bilhete colocou o pedaço de papel queimado que havia encontrado no pavilhão com as letras "... AC...".

— O que está fazendo? Não se entende nada do que está escrito aí — estranhou Cesco.

Mas a jovem alquimista lhe disse que sentia que era aquilo que devia fazer, que aquele fragmento de papel tinha um significado.

— Espero que o cão e o gato encontrem José. É o único que pode salvá-los, o único que pode proteger nossos segredos alquímicos.

A mocinha estava muito nervosa e os amigos deixaram-na aqui como queria. Ela pegou a esfera de vidro e abriu a porta do laboratório.

— Saiam. Tomem cuidado — recomendou a Platão e Adônis. — Eu volto logo... Nós voltaremos logo.

Sentia um nó na garganta e não pôde dizer mais nada. Cesco e Roxy fizeram os últimos afagos nos dois animais, enquanto Flor e Dodô pegavam duas grandes tigelas com comida e as colocavam do lado de fora do laboratório.

A porta se fechou e Nina ficou imóvel, com os olhos fechados.

— Preciso de você, vovô. Preciso saber se tudo vai dar certo — disse em voz baixa.

Mas, quando abriu os olhos e fitou os amigos, lembrou-se de que, se queria ver o avô de novo, teria de encontrar o Arcano da Água e voar para Xorax.

Cerrou os punhos e Cesco a consolou:

— Vamos voltar logo. Você sabe que o tempo é útil, mas não existe. Portanto, nossa viagem não levará mais do que um segundo. Não vai acontecer nada com Adônis e Platão, pode crer.

Nina assentiu.

— Está bem, vamos! Quero que esta história acabe logo.

Enquanto os jovens alquimistas desciam para o Acqueus Profundis, no Edifício Ca'd'Oro o conde já estava agindo.

No laboratório K, o novo discípulo ainda mexia com pós e líquidos. Para criar a Meada Pichosa, era preciso algum tempo.

— Nada ainda? — perguntou Karkon, agitando a capa roxa.

— Não — respondeu o homem. — Mas é uma questão de horas.

— Horas? — irritou-se o conde.

— Estará pronta esta tarde, prometo.

O rosto do discípulo demonstrava cansaço; ele havia misturado Piche Formigante e Aço Polido a noite toda, porém a gelatina paralisadora ainda não estava pronta.

Karkon deu um murro na parede e gritou:

— Minha paciência tem limite! Ande logo!

Em seguida, saiu do laboratório, foi para baixo da escadaria, abriu a porta negra com umbral vermelho e entrou na Sala da Voz. Queria ver se o monge havia conseguido aprisionar Nina no mundo da Alquimia das Trevas. Mas ao entrar teve uma péssima surpresa. O Kabitus Morbante havia desaparecido. Não havia mais névoa e os espectros tinham ido embora. A sala, absolutamente quadrada, estava vazia. Nua.

CAP. 5 - Os sete dentes do Dragão Chinês

Ele girou, olhou as paredes, tateou o piso.
— Voz, onde você está? — gritou, entrando em pânico.
Apenas o eco respondeu.

O eco das palavras dele. Saiu furioso e foi para a Enfermaria, onde Alvise e Barbessa trocavam a Acqua Vitae da Banheira Regeneradora. Com dois empurrões, derrubou os gêmeos, pegou Andora por um braço e a colocou de pé.

O andróide continuava com os olhos fechados e a cabeça, pelada e reluzente, meio inclinada sobre o ombro esquerdo.

— ACORDE, EU ORDENO! PRECISO DE VOCÊ! AGORA! — berrou o conde, alucinado pela raiva de ter perdido a Voz da Persuasão.

Alvise e Barbessa se perfilaram no mesmo instante, aterrorizados, recuando até alinhar as costas contra a parede e se imobilizaram.

Os gritos de Karkon alarmaram Viscíolo, que correu para a Enfermaria levando numa das mãos o tapa-olho que ia colocar.

— O que foi, meu senhor? — disse, ajeitando rapidamente o tapa-olho no rosto para ocultar a horrível cicatriz.

— A Voz da Persuasão não está mais na sala dela. Foi Nina! Aquela maldita está viva e muito bem, obrigado! — Karkon estava fora de si. — Mesmo escondida sei lá onde, consegue me derrotar.

O Caolho, atemorizado, colocou-se ao lado dos gêmeos, sem dizer uma só palavra.

— Só você pode me ajudar, entende? — disse o conde sacudindo o andróide que não dava sinal de vida.

— Ela não está pronta — tentou explicar Barbessa, com um fio de voz. — Ela ainda não está ativa e...

— Cale essa boca! — interrompeu-a Karkon. — Você não sabe nada!

Naquele momento, Andora mexeu os braços e ergueu a cabeça.

— VIVA!!! Sim... Ela está viva! Fale comigo — exultou o conde abraçando o andróide. — Diga-me que está viva!
— Às suas ordens! Pronta. Estou pronta.

A voz de Andora se tornara muito metálica. Não parecia mais a tia de Nina. Seu aspecto também era menos agradável. Sem cabelos e com a pele lisa e brilhante, nada mais tinha de humana.

Alvise e Barbessa se puseram aos saltos pela Enfermaria, Viscíolo aplaudiu e fez uma reverência.

— Bom, então vamos começar logo. Agora Nina tem as horas contadas. Não tenho tempo para transplantar cabelos em você — disse Karkon, segurando Andora por um braço. — Está linda assim mesmo.

A senhora de metal calçou os sapatos e saiu com o conde, não sem antes lançar um olhar satisfeito para os gêmeos. Mas o andróide não estava pronto coisa nenhuma para obedecer às ordens do Magister Magicum: seus planos eram bem diferentes e deles fazia parte uma vingança terrível.

Quando Karkon entrou no Laboratório K para apresentar-lhe o novo aluno, percebeu que o andróide estremecia.

— O que foi? — perguntou o conde, preocupado. — Está se sentindo mal?

— Não. Não é nada — respondeu Andora, em voz baixa.

Mas ela conhecia bem aquele homem, conhecia sua capacidade alquímica e temia que ele descobrisse seu plano contra Karkon.

— Eis Andora! — apresentou, orgulhoso, o conde, observando a reação do discípulo.

Ao ver o andróide, o homem largou pipetas e alambiques, imobilizou-se e um instante depois limitou-se a dizer uma só palavra:

— Prazer!

— O senhor está em boa forma — disse Andora, séria.

E o homem respondeu, aborrecido:

— Você também me parece com boa saúde.

CAP. 5 - Os sete dentes do Dragão Chinês

Andora sorriu e apertou os maxilares, antes de dizer:

— Não esperava encontrá-lo aqui. Foi uma surpresa para mim.

— É verdade, mas você também me surpreendeu, cara Andora — respondeu o discípulo, fitando-a nos olhos.

— Depois vocês recordam os velhos tempos. Agora, trate de preparar sua fórmula que eu e meu andróide preferido precisamos trocar umas idéias.

Karkon encerrou a conversa e saiu. Levou a senhora de metal para a Sala dos Encantamentos, a fim de preparar a milésima armadilha para a menina da Sexta Lua.

Portanto, Nina tinha uma aliada no Edifício Ca'd'Oro, uma amiga inesperada: Andora! Ela jamais poderia imaginar que o clone malvado de sua tia espanhola passaria para o seu lado.

Naquele momento, no Acqueus Profundis, a jovem alquimista pensava em coisas bem diferentes.

— Olá, como vão vocês? — cumprimentou Max, recebendo com alegria os cinco jovens.

— Muito mal! — respondeu Nina, entrando como um raio. — Estão acontecendo coisas estranhíssimas.

— Muito mal? — repetiu o andróide bom, surpreendido.

— Eliminei a Voz da Persuasão, mas o Systema Magicum Universi foi embora e nos deixou um escrínio que só poderemos abrir durante uma viagem. Ljuba e Carlos estão presos e estou quase louca de pensar o que fazer para encontrar o Quarto Arcano! — Nina estava mesmo muito nervosa.

— Chega?

Max nunca a tinha visto assim. Esboçou um sorriso girando as orelhas em forma de sino.

— Nina não disse tudo — interveio Cesco, que segurava o tanquinho de Tarto Amarelo embaixo de um dos braços. — Nossos pais também estão encrencados e, como você já sabe, Andora está nas mãos de Karkon e...

Max tapou as orelhas, fechou os olhos e gritou:

— Chega, chega! Não poxxo continuar axxim. Não quero maix ouvir o nome de Andora. Xofro. Xofro muito.

O andróide foi se encostar na parede de vidro do Acqueus Profundis e chorou.

Dodô correu para junto dele e mostrou-lhe o escrínio:

— Max não fi... fi... fique triste. Olhe, te... te... temos um escrínio e den... den... dentro dele está a so... so... solução. Mas te... te... temos que fazer uma vi... vi... viagem. Ajude-nos por fa... fa... favor.

O andróide enxugou as lágrimas, abraçou o rapazinho e foi para a frente da tela.

— Nina, você quer que eu faxa contato com Etérea? — indagou, voltando-se para a menina da Sexta Lua.

— Sim, quero, Max. Obrigada — respondeu a mocinha, indo para junto dele.

As mãos de Max movimentaram-se, rápidas, sobre o teclado e a mensagem para a Grande Madre Alquimista foi enviada de imediato. Na tela gigante apareceu uma luz deslumbrante e, em seguida, soou a voz suave de Etérea.

Bom dia, Nina 5523312,
eu estava à espera de sua mensagem.
Em Xorax estamos todos aguardando
que você realize sua última missão.
Sabemos tudo que está acontecendo na Terra.
Faremos tudo para ajudá-la a libertar Ljuba, Carlo
e os pais de nossos corajosos amigos.
Devemos muito a eles.

— Mas eu estou com medo — interrompeu-a Nina. — Deixe-me falar com meu avô.

O professor Misha está no Mirabilis Fantasio,
pronto para receber o Quarto Arcano.
Ele confia em você. Todos nós confiamos.
Não tenha medo e lembre-se de minhas aulas alquímicas,
das cartas de seu avô, dos livros
de Birian Birov e Tadino De Giorgis.
Lembre-se de que os Magos Bons de Xorax
fizeram muito por você.
Você foi corajosa. Agora, faça um último esforço
para que as andorinhas voem pela última vez no céu.
Cumpra seu destino: você é a
Menina da Sexta Lua, não se esqueça.

    O rosto da Grande Madre Alquimista preencheu toda a tela. Max estava encantado vendo Etérea falar. Cesco e os demais escutavam com a maior atenção, sem ao menos piscar.

    — Sim, Etérea. Vou tentar conseguir. Quero muito salvar o planeta de luz. Mas em meu coração há também uma enorme vontade de rever meu pai e minha mãe. De estar com eles. Você sabe que vão partir para uma importante missão. Eles também irão para o espaço e temo nunca mais voltar a abraçá-los. Talvez eu esteja cansada. Talvez a missão que vocês me deram seja difícil demais.

Sua preocupação é humana. Você tem
sentimentos limpos e lindos.
Você tem coragem, é inteligente e bondosa.
Por isso é nossa grande esperança.

    — E meus amigos? — insistiu a mocinha. — Não quero que corram perigo. Já demonstraram muita dedicação.

*Os nomes de Cesco, Roxy, Flor e Dodô já são conhecidos.
Corajosos e inseparáveis amigos
que com você viajarão e encontrarão o último Arcano.
No escrínio de goasil há o que eles precisam.
Mas, lembre-se, o escrínio só pode ser aberto sobre
uma rosa.
O Systema Magicum Universo já a avisou.
Agora, devo dar-lhe
um objeto indispensável: a Ampura.*

— O que é isso? — perguntou, com os olhos fixos na enorme tela.

*É uma lanterna alquímica.
Contém uma energia eterna que proporciona calma e
harmonia.
Você deve entregá-la ao Dragão Flamejante.*

Foi a resposta que a Grande Madre deu com sua voz calma.
— Dragão Flamejante? — indagou Nina, preocupada.

*Não posso lhe dizer os poderes que ele tem. Você
descobrirá sozinha.
Enfrentará perigos, visitará lugares misteriosos
e irá usar objetos alquímicos que já conhece
e outros que encontrará.
Sabe muito bem que as regras da Alquimia da Luz
são estas. Confie em sua força.
Confie em sua intuição.*

— Mas o que devo fazer? — a jovem alquimista estava assustada.

*Não posso revelar-lhe o futuro,
mas Max-10pl vai ajudá-la muito.*

— Max? Max vai conosco? É incrível!
Nina não entendia mais nada e voltou-se para olhar o andróide, que batia palmas de contentamento.

*O fiel andróide sairá do Acqueus Profundis.
É preciso. Agora não me pergunte mais nada.
Preparem-se para partir.
Para pegar a Ampura, esfregue a Pena do Gugui
e a lanterna aparecerá no lago do peixe Quásquio.
Pegue-a agora. Boa sorte.*

A tela tornou-se negra. Etérea desapareceu, deixando apenas um halo de luz que se espalhou pelo Acqueus Profundis inteiro. Nina olhou para Max, que ria e girava as orelhas de sino a todo vapor.

— Vamox embora! Por fim vou me divertir — disse, sem parar de pular.

— Será uma viagem fantástica — Cesco se aproximou de Nina e piscou-lhe um olho.

— Não sei... Espero que tudo dê certo — respondeu a mocinha, esfregando a Pena do Gugui.

A esfera verde-esmeralda surgiu no meio do laboratório. Flutuando no ar, emitia um fluido benéfico e os jovens alquimistas se acalmaram. Nina enfiou a mão na esfera e viu o peixe Quásquio abrindo e fechando a boca no lago de Xorax. Ergueu a barbatana direita e a movimentou como se estivesse cumprimentando a garota. Nina começou a rir e acariciou o peixinho azul. Viu algo luzir na margem do lago e pegou o objeto: era Ampura, a Lanterna Eterna. Sua luz era de uma cor diferente, um lilás claríssimo que Nina nunca vira até então.

Com delicadeza, retirou a estranha lanterna da esfera verde e, assim que a colocou no piso do Acqueus Profundis, Xorax desapareceu, deixando apenas uma nuvem de minúsculos brilhantinhos verdes que caíram como uma garoa.

— Deixe-me ver — Roxy se aproximou da Ampura.

— Es... es... esquisita a luz que ela e... e... emana — Dodô não conseguia desviar os olhos esbugalhados da lanterna.

— Vamox logo. Temox que partir — disse Max, parando no centro do Acqueus Profundis.

Os jovens olharam para ele e os objetos falantes começaram a tremer. Só a garrafa de Vintabro teve coragem de falar:

— Vocês vão nos levar para o Dragão Flamejante?

Nina e Roxy trocaram um rápido olhar, depois fitaram a garrafa e abriram os braços.

Max, impaciente, pegou um grande tubo de aço, enfiou-o num buraco no piso e, girando-o no sentido horário, explicou:

— Venham aqui. Dexta vez viajaremox de modo diferente. Não é precixo beber o 8 nem maxtigar ax pétalax de mixyl.

— E o que devemos fazer? — perguntou Nina, segurando com força o Taldom Lux.

— Vocêx têm apenax que xe agarrar a exxe tubo de aço e fechar ox olhox — respondeu o andróide enquanto punha numa enorme bolsa de viagem alguns apetrechos alquímicos, frascos, caixinhas, vidros e pinças. — O tranxporte xerá inxtantâneo.

— O que você vai levar, Max?

A menina da Sexta Lua estava confusa: o fato de não partirem do modo costumeiro lhe causava ansiedade.

— Você vai ver, extax coixax xerão necexxáriax. — Max fechou a bolsa. — Confie em mim.

— Mas não vamos nem consultar o Strade Mundi para saber aonde vamos?

Ela estava preocupada por não conhecer o novo processo de viajar.

— Xim, vamox conxultar o Xtrade Mundi. Apóie o Jambir nele e ax páginax vão virar até xegarem no lugar certo.

Max falava com segurança e os jovens aceitaram os fatos, apesar das mil dúvidas.

— Mas se eu usar o Jambir Karkon, que tem uma cópia dele, ele vai saber e irá para onde formos — observou Nina, segurando o medalhão.

— Xim. Eu xei. Max tem que xer axxim — e o bom andróide encerrou a questão.

— Vamos enfrentá-lo, como sempre — interferiu Cesco, dando coragem ao grupo de amigos.

Nina voltou-se sem nada dizer, pegou o Strade Mundi, apoiou o Jambir sobre ele; no mesmo instante o livro se abriu e as páginas começaram a se movimentar. Pararam no final.

Àquela altura, o Taldom Lux se iluminou e do livro destacaram-se seis folhas. Nina pegou-as no ar e viu que continham mapas, desenhos, nomes e números.

— Não entendo nada — comentou, surpresa.

Depois olhou com atenção a primeira folha e viu que se tratava do mapa da China.

— Vamos para a China, a distante terra oriental — anunciou a menina da Sexta Lua.

Max pegou Flor pela mão e conduziu-a até o tubo de aço; ao lado dela se colocaram Dodô e Cesco, enquanto Roxy e Nina, um pouco distantes, examinavam as seis folhas do Strade Mundi.

— Vamox, mexam-xe, extá tudo pronto! — exortou-os Max, todo contente porque também ia.

As duas mocinhas também apoiaram as mãos no tubo, fecharam os olhos e ouviram Max pronunciar uma oração especial:

"A Luz nos acompanhará. Iluminará nossos corações e nos levará para longe. O Arcano da Água nos espera. Xorax, finalmente, será salva. VOAR PARA VIVER!"

Os jovens, que carregavam os objetos falantes, sentiram o tubo tremer, do piso do Acqueus Profundis saíram jatos de água azul. O tubo começou a girar rapidamente, cada vez mais depressa. Então o grupinho começou a gritar, seus pés se soltaram da terra e seus corpos elevaram-se um pouco. Pareciam estar num carrossel que nunca mais iria parar.

Relâmpagos e luzes intermitentes percorreram o laboratório, o computador emitiu um silvo poderoso; uma tromba de ar envolveu o grupo e o levou para fora do Acqueus Profundis.

Havia começado a aventura da procura do Quarto Arcano. A cabeça de Roxy sacudia e ela sentia as pernas irem para o lado oposto; Flor, encolhida, viu-se suspensa entre água e a terra. Dodô estava abraçado com Max e Nina de mãos dadas com Cesco.

Uma tempestade de gotas de gelo, seguida por um sopro de vento quente, levou o grupo pelos ares e, quando abriram os olhos, eles viram que estavam sobre uma nuvem macia.

— Vocêx extão todox bem? — perguntou Max, ajeitando as orelhas de sino.

Dodô, sempre agarrado ao andróide, conseguiu apenas fazer que sim com a cabeça, enquanto os demais olhavam ao redor. Lá longe, no horizonte do céu azul, viram surgir o mágico Gugui e o canto dele os acalmou. O pássaro de Xorax pousou na nuvem e fechou as quatro asas de ouro, pronto para transportar os corajosos astronautas.

— Extraordinário! — gritou o Vintabro Verde espiando por entre os cabelos crespos de Roxy.

A xícara Sália Nana, que se enfiara num dos bolsos da calça de Dodô, permaneceu calada; o vaso Quandômio espirrou e Tarto Amarelo fez "ã-ããã". O rapazinho tímido

CAP. 5 - Os sete dentes do Dragão Chinês

amarrou à cintura, com gestos rápidos, o saco que continha Dentes de Dragão e tratou de acalmar os objetos falantes.

Cesco verificou se o escrínio estava em segurança num de seus bolsos e Flor deu um beijo no tanquinho de Tarto Amarelo, que tremia como vara verde.

Max foi o primeiro a se acomodar nas costas do Gugui e imediatamente os cinco amigos o imitaram. Nina ergueu o Taldom e as folhas do Strade Mundi e gritou:

— O Arcano da Água nos espera! Gugui, voe e nos leve a nosso destino.

O pássaro mágico de Xorax abriu as asas e se dirigiu para a terra misteriosa onde morava o Dragão Flamejante.

Lá do alto, a paisagem era incrível: os cumes das montanhas perfuravam as nuvens e, bem lá embaixo, extensões de prados, florestas e lagos límpidos se estendiam por quilômetros e quilômetros. Os jovens alquimistas e Max estavam maravilhados diante de tanta beleza. De repente, Nina apontou o Taldom para o leste e avisou:

— Olhem, aquela é a Grande Muralha da China.

O Gugui agitou as asas, manteve-as estendidas e planou lentamente acima da impressionante construção feita pelo homem há cerca de dois mil anos.

— Nunca vi uma coisa como essa! — Flor inclinou-se entre as asas do Gugui para ver melhor.

O pássaro da Sexta Lua esticou sua única pata e aterrissou suavemente sobre a Muralha. Nina desmontou e aspirou o ar puro com prazer, depois tratou de ler as páginas do Strade Mundi.

— Então a Muralha da China mede mais de três mil quilômetros e em alguns trechos alcança até 12 metros de altura!

— Estamos diante de uma verdadeira fortaleza — comentou Cesco, ajeitando os óculos.

Max, arrastando a grande bolsa, sentou-se numa pedra e olhou para o horizonte.

— Alguém xabe exatamente onde extamox?
— Perto do rio Yalu. — Nina apontou. — Veja, lá está ele.
— Temos que ir para lá? — perguntou Roxy, com a garrafa de Vintabro apertada contra o peito.

O primeiro mapa do Strade Mundi indicava o rio Yalu. O Gugui levantou vôo, deu três voltas ao redor dos amigos e, cantando, subiu, subiu e sumiu no céu infinito.

Apavorado, como sempre, Dodô gritou:
— Vo... vo... você vai vol... vol... voltar para nos bus... bus... buscar, não?
— Claro que ele vai voltar — acalmou-o Nina, começando a descer uma escadaria com degraus corroídos pelo tempo. — Agora temos que ir para o rio.

O ar era morno e ali de cima da Grande Muralha tudo parecia calmo. O silêncio era interrompido apenas por toques distantes de um gongo chinês.

Assim que terminaram de descer a escadaria, os cinco amigos saíram andando por um caminho aberto no mato e foram deixando para trás a enorme muralha, que prosseguia por quilômetros e quilômetros, serpenteando entre prados, montanhas e bosques.

Ao chegar à margem do rio, ouviram os toques do gongo mais fortes.

Max olhou para a água e estendeu a mão, dizendo:
— Olhem bem o rio. A água é tão límpida que xe pode ver o fundo.

Dodô se inclinou para ver melhor e, quando o fez, a xícara Sália Nana caiu de seu bolso e foi parar no rio.
— Oh, nããããoooo! — gritou o rapazinho apertando contra o peito o vaso Quandômio, que começou a se agitar.

Max estava para mergulhar quando na água apareceram duas inscrições; uma era em chinês e a outra no idioma da Sexta Lua.

CAP. 5 - Os sete dentes do Dragão Chinês

[inscrição em idioma xoraxiano]

— Temos que descer... para subir! O que quer dizer isso?

Flor leu a inscrição em idioma xoraxiano várias vezes, mas não chegou a conclusão alguma.

Nina e Max trocaram um olhar de entendimento e pularam na água ao mesmo tempo. Com certa desconfiança, Flor e Roxy pularam atrás, Cesco tirou os óculos e mergulhou de pé, com as pernas esticadas e unidas, ao passo que Dodô permaneceu imóvel e silencioso por alguns segundos.

Quando deu por si e se viu sozinho no meio da vastidão do território chinês, tapou o nariz e escorregou para dentro do rio, esperando que nada de ruim lhe acontecesse.

A água estava friazinha, mas por sorte o banho não durou muito tempo. Quando chegaram ao fundo do rio, Nina pegou a xícara Sália, que andava erguendo uma nuvenzinha de pedrinhas cinzentas.

Com os cabelos flutuando na água, a menina da Sexta Lua nadou até a parede rochosa e viu outras duas inscrições, uma com os ideogramas chineses e outra no idioma de Xorax:

Com as bochechas infladas de ar, Nina traduziu imediatamente a inscrição em xoraxiano e fez sinal aos demais para que a seguissem. Com os olhos tão arregalados que parecia que iam saltar das órbitas, Dodô quase não agüentava mais ficar sem respirar. Nina empunhou o Taldom, apertou os olhos de goasil e, do bico do Gugui de ouro, saiu um raio laser que despedaçou o rio, bloqueando a água. Abriu-se uma passagem e os cinco entraram por ela, o mais depressa que podiam. O último a gatinhar para dentro da abertura na rocha foi Max-10pl.

— ...70, 71, 72, 73... Quantos degraus serão? — perguntou a loirinha, interrompendo a contagem.

— Ânimo, pessoal! Vamos em frente! — exortou Max. — Ainda não estou vendo luz...

Carregando a pesada bolsona num dos ombros, ele não via a hora de sair dali para se enxugar. A água não fazia bem às suas juntas metálicas, que corriam o risco de enferrujar.

O som do gongo se tornava cada vez mais audível e o ribombar tinha se tornado insuportável. Nina subiu o último degrau e exclamou:

— 220! Último degrau! Estamos fora!

A jovem alquimista foi bater contra uma enorme porta de madeira. Era altíssima. No centro havia um círculo dourado em relevo com uma chama vermelha também no centro.

Nina tocou o círculo de leve e o som do gongo tornou-se mais alto. A porta se abriu lentamente. Os olhos dos jovens foram atraídos por um reflexo proveniente de um grande gongo de prata sustentado por uma estrutura de jade rosado. O gongo soava sozinho, balançando para frente e para trás, emitindo um som que parecia perfurar os tímpanos. Nina ultrapassou o umbral e o gongo se imobilizou. A menina da Sexta Lua viu que estava em uma caverna enorme.

— Nós não subimos, descemos! — espantou-se Flor.

— Isso aí. Era o que a escrita na rocha dizia.

Enquanto respondia, a jovem alquimista andava ao redor, observando as paredes cor-de-rosa e negras daquele sombrio local. As chamas de pequenas velas vermelhas iluminavam algumas inscrições em chinês esculpidas na rocha e sob as quais havia a tradução na língua de Xorax. Na parede negra estava escrito:

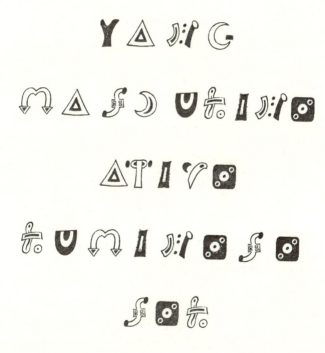

E na parede cor-de-rosa estava escrito:

— Interessante — observou Flor, comparando os ideogramas chineses com a tradução xoraxiana, — ouvi meu pai falando de Yang e Yin...

— Yin e Yang? — resmungou Roxy — O que são Yin e Yang?

— Feminino e Masculino. Ou seja, os opostos — explicou Flor, tocando com as pontas dos dedos as frases gravadas na rocha.

— Sim, interessante. Estas palavras estão aqui para nos ajudar a enfrentar alguma coisa ou alguém... — observou Nina, caminhando para o centro da caverna.

— Não me sinto nada seguro aqui dentro — resmungou o vaso Quandômio Flurissante.

CAP. 5 - Os sete dentes do Dragão Chinês   139

— Nem eu. E como se faz para sair daqui? — Cesco parou perto de uma pedra estriada, sentou-se e limpou as lentes dos óculos.

Max se enxugou com uma ponta da blusa de Flor, que estava distraída olhando para a cortina de água negra que caía pela parede da caverna. A mocinha enfiou um dedo na água e viu-a tornar-se cor-de-sangue.

O líquido descia com força; uma gota que caiu aos pés de Flor formou rapidamente uma frase que ficou impressa na terra.

Nina e o olho secreto de ATLÂNTIDA

— Por todos os chocolates do mundo! — Nina ficou nervosa ao ler aquela frase. — É aqui que mora o Dragão Flamejante: um monstro!

Flor recuou. Dodô se agachou, olhando friamente para cima. Cesco pegou o escrínio, colocou-o sobre uma rocha e Roxy abaixou a cabeça, preocupada. O único que ficou absolutamente impassível foi Max. O andróide abriu a enorme bolsa e, com calma, pegou um vidrinho com Chumbo Líquido.

— O que está fazendo, Max? Nós estamos em perigo. A inscrição diz que temos que tirar sete dentes da boca do Dragão Flamejante — disse a menina da Sexta Lua –, senão ficaremos prisioneiros das Trevas!

— Você xe exqueceu de que é uma alquimixta? — perguntou Max, com ironia.

— Não! Por quê? — rebateu Nina, quase ofendida.

— Então, uxe ax xubxtânciax que conhece. Por exemplo, ixto é Chumbo Líquido! — O andróide parecia querer mesmo comprar briga. — Lembra-xe para que ele xerve?

— Chumbo... Sim... Então... — a mocinha não sabia o que responder.

— No Caderno Negro do profexxor Mixha ixxo extá muito bem explicado — cantarolou Max, mostrando o vidrinho com a substância alquímica.

— Ah, sim, é claro! O Chumbo é o principal metal para extrair energia espiritual. Três gotas bastam para carregar o corpo.

Finalmente, a menina da Sexta Lua tinha respondido certo. Sem pensar nem um segundo sequer, pegou o vidrinho, engoliu três gotas, depois passou-o aos amigos, que fizeram o mesmo.

Os jovens alquimistas começaram a suar: o Chumbo tinha efeito imediato. A energia espiritual conferia a capacidade de entrar em contato com a harmonia das coisas.

— Agora vocêx extão carregadox de energia expiritual e poderão enfrentar o Dragão Flamejante.

Max fechou a bolsa e manteve-se imóvel e em silêncio. Naquele momento, do fundo da caverna veio um lamento. Alguém chorava, em desespero.

— Vocêx ouviram? — Max ergueu as orelhas em forma de sino e se voltou, olhando para os outros.

— Ouvimos. — disse Roxy e saiu andando, sem medo. — Vamos ver o que há lá no fundo.

— Pare! — gritou Nina. — Eu vou na frente. Tenho o Taldom e se precisar vou usá-lo. Pode ser que Karkon esteja lá. Talvez tenha se aliado ao Dragão.

A passos lentos, encaminharam-se para o fundo da caverna. Quanto mais andavam, mais o solo se tornava liso, como um chão ladrilhado. A menina da Sexta Lua, com a lanterna e o cetro mágico, andava olhando ao redor e escutando os soluços da misteriosa criatura.

— Tem alguém aí? — gritou e esperou a resposta.

Do fundo da caverna veio uma enorme labareda. Nina se jogou ao chão, Cesco e Dodô se protegeram atrás de uma rocha e as outras duas garotas espremeram-se contra a parede de pedra.

A jovem alquimista ergueu o Taldom e apertou os olhos de goasil; um raio laser partiu para o fundo da caverna e na penumbra deu para perceber uma enorme massa avermelhada e dois olhos amarelos. Nina estava paralisada de medo.

— Fora da minha casa! — a voz do misterioso ser soava profunda e terrível.

— Quem... Quem é você? — a menina da Sexta Lua teve coragem de perguntar.

Da escuridão da caverna, avançou uma cabeçorra rugosa e vermelha como sangue. A boca era enorme e contornada por uma linha roxo-escuro, as narinas eram dois buracos dos quais saía fumaça azul e os olhos, grandes e amarelos, fitavam a mocinha.

— Sou Zhu Long, o Dragão Flamejante — respondeu o poderoso dragão vermelho. — É proibido me perturbar!

— Não queríamos perturbá-lo, senhor dragão. Caímos aqui por acaso... — tentou explicar Nina.

Atrás dela, Cesco não sabia o que dizer, nem o que fazer.

— Por acaso? NADA ACONTECE POR ACASO! — Berrou o dragão, cuspindo fagulhas roxas e verdes.

Nina se agachou e as fagulhas passaram acima de sua cabeça.

— Prezado xenhor dragão Zhu Long... — começou Max-10pl, aproximando-se com calma.

O animal movimentou a cabeçorra para frente e para baixo, mostrando todas as excrescências espinhosas que tinha nas costas.

— Homem de metal, que faz em minha casa?

— Viemox aqui para buxcar xete dox xeux dentex mágicox — disse candidamente o andróide.

Surpresa, Nina fitou-o e Cesco tentou lhe dizer que ficasse calado.

— Sete dentes? Mas que pedido é esse?

O dragão avançou quatro metros, esticou para frente as duas patas com artelhos enormes, depois sacudiu as asas monstruosas, exibindo-as.

— Precisamos deles — explicou Cesco, com voz sumida.

Zhu Long, num acesso de fúria, abriu a boca e soprou na direção do rapazinho, fazendo-o subir no ar, em seguida deu-lhe uma patada; Cesco se estatelou contra a rocha e escorregou para um precipício.

Dodô, Roxy e Flor correram para ver onde o amigo havia caído, enquanto Nina empunhava o Taldom e o disparava mirando o focinho do dragão.

O enorme bicho ergueu a cabeça e de um salto posicionou-se no centro da caverna, batendo a cauda de um lado para outro, na tentativa de atingir os intrusos.

— Nina, moxtre-lhe a Ampura! — gritou Max, protegendo-se atrás de uma pedra.

CAP. 5 - Os sete dentes do Dragão Chinês 143

A menina da Sexta Lua saltou para cima de uma rocha e gritou:

— Dragão, eu lhe trouxe a Ampura!

Uma fumaça amarela saiu pelas narinas do dragão e Zhu Long abriu a boca para cuspir mais fogo.

Roxy, Flor e Dodô continuavam à beira do precipício chamando por Cesco, que não respondia. Aonde teria ido parar?

— Ampura? — repetiu o animal, olhando com raiva a mocinha que tinha a lanterna na mão.

— Sim. Foi Etérea que me deu. É para você. É a lanterna eterna — acrescentou com voz trêmula.

— Etérea? Você conhece a Grande Madre Alquimista de Xorax? — o dragão sentou-se e inclinou a cabeça para a esquerda.

— Conheço. Eu sou a menina da Sexta Lua. Olhe, tenho a estrela vermelha na palma da mão direita. Sou neta do professor Michajl Mesinskj — contou Nina num fôlego apenas.

— Então você é uma alquimista de Xorax... — disse o monstruoso bicho, incrédulo.

— Sou e peço-lhe, por favor, salve meu amigo Cesco. — A jovem alquimista estava aterrorizada, com medo de que Zhu Long não ajudasse. — Farei tudo que você quiser.

O dragão se aproximou da beira do precipício, os três jovens se puseram de lado. Então ele enfiou uma pata numa fenda da rocha e "pescou" Cesco com as longas unhas.

O rapazinho estava sem sentidos, com rasgões nas roupas e as calças manchadas de sangue.

CAP. 5 - Os sete dentes do Dragão Chinês

O dragão colocou o corpo inerte no chão, com delicadeza, enquanto os quatro olhavam, temerosos.

— Ele morreu? Diga, Cesco está morto?

Nina correu para o dragão, que a fez parar com uma asa.

— Que ninguém se aproxime — bradou o animal enorme.

Abriu a boca, pôs para fora a língua negra e viscosa, e lambeu o rapazinho. A saliva, rosada e colante, lambuzou Cesco inteiro. O dragão fechou os olhos e verteu duas lágrimas na cabeça do jovem alquimista, que ainda não dava sinais de vida.

— Ele vai viver! Vai viver — disse Zhu Long voltando-se para Nina, que o observava, desconfiada. — Está apenas desmaiado.

Max tirou da enorme bolsa um vidro de geléia de morango e comeu a metade em dois bocados.

— Dexculpem, max quando fico nervoxo tenho que comer geléia — justificou-se o andróide, inclinando a cabeça e se balançando sobre as pernas.

O dragão soprou no rosto de Cesco, que, por fim, abriu os olhos e, quando viu a terrível cara de Zhu Long, gritou com todas as forças dos pulmões.

Nina correu e o abraçou. Beijou-lhe as faces, a testa, pegou uma das mãos dele e colocou-a sobre seu coração.

— Tive medo de que você estivesse morto — sussurrou.

Cesco ficou vermelho de emoção e fitou os grandes olhos azuis de Nina.

— Não posso morrer. Como você irá viver sem mim? — disse-lhe, sorrindo.

— Bem, bem... Dá para ver que vocês são um grupo de amigos fiéis — observou o dragão, soltando fumaça branca. — Sentem-se aqui a meu lado e vamos conversar.

— Vo... vo... você não vai ma... ma... mais cus... cus... cuspir fogo, vai?

— Veremos. Depende das repostas de vocês — advertiu-os o dragão.

— Respostas? — perguntaram em coro os cinco jovens.
Max, em silêncio, não tirava os olhos dos negros e poderosos artelhos das patas do dragão.
— Vocês sabem o que quer dizer Yin e Yang? — perguntou Zhu Long.
— Feminino e Masculino, se não me engano — respondeu Flor prontamente.
— Sim, mas seu significado é mais complexo. Yin e Yang mantêm a ordem natural das coisas. Só quando eles estão unidos a vida tem sentido — explicou o dragão. E fez imediatamente outra pergunta: — Vocês sabem o que é solidão?
— Sim — responderam em coro.
— Não. Não podem saber. Eu, sim, sei o que quer dizer estar só — o dragão suspirou, sacudindo a enorme cabeça. — É como não viver. É não haver mais noites e nem dias. É falar com o silêncio. É sofrer sem poder dizer a alguém que está sofrendo.
Nina se comoveu. Separou-se de Cesco, estendeu a mão com a estrela para o focinho do animal e, trêmula, o acariciou ternamente.
— Você vive aqui sozinho e compreendo o que diz — murmurou a menina da Sexta Lua.
— Perdi minha companheira há muito tempo e desde aquele dia meus olhos choram lágrimas de amor...
O dragão se deitou no solo e a fumaça continuou a sair de suas narinas.
— Companheira? Mas, então, você se apaixonou! — disse Flor, entusiasmada.
— Um dragão apaixonado? — indagou Roxy, com cara esquisita.
— Sim. Meu nome significa Dragão Flamejante e, assim como Yang não tem sentido sem Yin, desde que minha companheira não está comigo, sinto-me inútil — confirmou Zhu Long, meneando suavemente a cauda.

CAP. 5 - Os sete dentes do Dragão Chinês

— Como era o nome dela? — perguntou Nina, sentando-se sobre uma das patas dele.

— Minha companheira chamava-se Zhu Yin, Escuridão Flamejante. Seqüestraram-na. Ela foi tirada de mim para sempre. Só um alquimista de Xorax poderá trazê-la de volta — explicou entre soluços.

Os jovens, Max e os objetos falantes escutaram em silêncio as tristes palavras do dragão chinês.

— Essa lanterna é a Ampura verdadeira? Não sei se devo acreditar em você, Nina. — Zhu Long ergueu o focinho e cuspiu um pouco de fogo na direção do teto da caverna. — Não sei se diz a verdade.

— Pegue, a Ampura é sua. Se não acredita em nós, veja por si mesmo.

E, assim dizendo, a mocinha colocou a lanterna entre as patas do enorme dragão.

Zhu Long olhou o objeto com atenção e viu que dentro dele brilhava uma luz violeta e azul. Soprou-a e... dentro da lanterna surgiu a imagem de Zhu Yin: sua amada com olhos cor-do-mar e cílios longos, negros.

O corpo do dragão chinês se elevou de repente, as asas se abriram e ele soltou um grito de felicidade que fez estremecer todas as rochas da caverna.

Max pegou Roxy por uma das mãos e suas orelhas começaram a girar velozmente; os objetos falantes saltavam, parecendo dançar entre as pedras; Cesco riu; Nina ergueu o Taldom Lux em sinal de vitória, enquanto Dodô e Flor pulavam ao redor do dragão.

— Vocês me devolveram a vida! — O dragão estendeu as patas e ergueu Nina. — Agora meus olhos não mais irão chorar e poderei rever o sol, voando com minha doce Zhu Yin acima da Grande Muralha.

— Ponha-me no chão, sim? — gritou a jovem alquimista.

— Você me deve um favor, lembra-se?

E era verdade. O dragão teria de arrancar sete dentes. Assim ordenava a lei dos pactos.

— Está bem. Antes de tirar minha esposa dragão da Ampura, darei sete dentes a vocês.

Assim que falou, Zhu Long deitou-se de barriga para cima, abriu a bocarra e esperou.

Dodô olhou para Nina e, quando ela fez sinal para que todos se aproximassem da boca do enorme animal, ele sacudiu a cabeça, recusando. Não queria nada com aquele negócio! Max abriu a bolsa e retirou dela uma enorme tenaz e uma ampola com um estranho líquido verde: anestésico.

Flor, Roxy e Cesco mantiveram a boca monstruosa de Zhu Long aberta enquanto Max derramava o anestésico verde em sua gengiva. Nina pegou a tenaz com as duas mãos e tratou de criar coragem. Com dificuldade, conseguiu fechar a tenaz no primeiro dente. A extração foi lenta e o dragão procurou evitar fechar a boca e não emitir fumaça nem fogo pelas narinas. Um gemido de dor acompanhava a perda de cada dente. Assim que extraiu o sétimo, Nina caiu prostrada ao chão, abatida pelo cansaço. O enorme animal fechou a boca e, por fim, voltou-se para a Ampura. A imagem de sua amada continuava nítida. Agora Zhu Yin podia voltar para ele.

Max e Cesco recolheram os sete dentes do dragão chinês e o guardaram no bolso de Dodô, onde já se encontravam os outros quatro. Zhu Long sorriu, mostrando a boca banguela em sete lugares.

— Daqui a pouco minha doce dragão estará a meu lado!

A Ampura se tornou incandescente, a luz violeta e azul se transformou em um brilho de energia pura. A lanterna alquímica explodiu em uma nuvem de fagulhas vermelhas que se espalharam pela caverna toda.

Os jovens se agacharam, Max tapou os olhos e o dragão cantou de felicidade. Ao lado dele estava a dragão Zhu Yin, que tinha o nome forte e poderoso de Escuridão Flamejante.

O abraço entre os dois animais foi muito romântico. Suas asas batiam, criando fortes correntezas de ar em toda a caverna. O teto rochoso rachou de repente e desapareceu sem deixar cair sequer um grão de poeira. Acima das cabeças dos cinco amigos exploradores e dos dois dragões, estendia-se o céu azul: um manto luminoso que convidava a sair.

Zhu Long se aproximou de Nina e ao agradecer-lhe entregou-lhe um documento escrito sobre papel-de-arroz, com um bilhete que dizia: "Utilize bem os sete dentes que arrancou de mim. Leia este documento: isso irá ajudá-la."

O dragão e sua amada ergueram vôo e, juntos, chegaram às nuvens do céu da China; a sombra deles vibrava sobre a Grande Muralha.

— Lindos e simpáticos — disse Sália Nana com sua vozinha delicada.

O vaso Quandômio e a garrafa de Vintabro também exultavam diante da incrível cena e o tanquinho Tarto Amarelo ergueu as duas perninhas posteriores para aplaudir.

Satisfeita, Nina olhou para os amigos e, antes de reiniciar a busca do Quarto Arcano, desenrolou o documento do dragão e o leu em voz alta:

DOCUMENTO DO DRAGÃO FLAMEJANTE

Yin e Yang

O homem não é o centro da vida, mas é parte da Natureza.
O homem não pode ser realmente ele
mesmo se não viver na
Harmonia e na Verdade. É preciso ir além
das coisas para compreender
seu valor:
as coisas realmente importantes são as

> QUE PARECEM SEM SIGNIFICADO.
> O MAL VEM DA DESARMONIA COM A NATUREZA.
> E SE O HOMEM NÃO ENTENDER
> ISSO E NÃO AMAR A
> HARMONIA DO YIN E DO YANG, ENTÃO
> AS TREVAS SAIRÃO VENCEDORAS.
> É A UNIÃO DOS
> OPOSTOS QUE CRIA O EQUILÍBRIO DA VIDA.
>
> ZHU LONG, DRAGÃO FLAMEJANTE YANG

Flor escutou, extasiada, Roxy apoiou as mãos nos ombros de Dodô e Cesco apertou contra o peito o precioso escrínio de goasil.

Max vangloriou-se por ser um andróide e, portanto, não ter certos problemas dos seres humanos. Nina caçoou dele e subiu pelas pedras até chegar ao espaço aberto, sendo seguida pelos amigos. Quando o grupo inteiro estava de novo diante da Grande Muralha, a menina da Sexta Lua olhou para a estrela e viu que estava ficando negra.

— Karkon está chegando! — gritou, empunhando o Taldom. — Temos que nos preparar!

Cesco guardou o escrínio num bolso interno do abrigo rasgado, Roxy e Flor deram-se as mãos e Dodô ficou ao lado de Max, que perscrutava o céu.

— Xeria bom xe o Gugui chegaxxe agora... — disse o bom andróide, sem a mínima vontade de se encontrar com o Magister Magicum.

Mas isso seria inevitável.

O que cada um deles sabia muito bem.

Capítulo 6
Loui Meci Kian e o labirinto de coral

No Laboratório K o silêncio foi quebrado pela voz estridente do discípulo.

— Pronto! A Meada Pichosa pode ser usada imediatamente! — disse, aproximando-se de Karkon.

Pingando de suor, porém com ar satisfeito, sorriu, apresentando sua nova criação alquímica.

Karkon observou a substância escura e fedorenta no caldeirão de ferro. Cheirou-a, enfiou nela a ponta da unha do dedo indicador por menos de um segundo e, quando a retirou, viu que estava cheia de filamentos negros e grudentos.

— Tem certeza de que funciona? — perguntou.

— "Certezíssima"! — respondeu o discípulo, passando as mãos nos cabelos revoltos.

Karkon voltou-se para Andora e o andróide fez uma careta dizendo:

— Tomara que sim...

— Então vamos já para a Vila Espásia — disse o discípulo, encaminhando-se para a porta do laboratório. — Nina tem as horas contadas.

Mas naquele momento o conde sentiu um certo calor na altura de um dos bolsos do manto roxo. Enfiou a mão e tirou a cópia do Jambir.

— Maldita feiticeira! Conseguiu partir... Olhem! Olhem! — gritou espumando como um animal louco. — Como ela fez isso?

O pupilo empalideceu. Andora tocou no Jambir e arregalou os olhos: compreendeu que Nina e seus amigos haviam anulado o Tempo e o Espaço ao partir em busca do último

Arcano. Seus olhos se iluminaram; pensou em Max e no Acqueus Profundis. Abaixou os olhos, sem falar, com medo de que Karkon percebesse sua alegria.

— Tenho que alcançá-la de qualquer jeito! Vejam, o medalhão mostra que foi para a China! — berrou o Alquimista do Mal. — Está exatamente na Muralha da China.

— Sim... Sim... O medalhão mágico. Lembro-me bem...

Andora se lembrava de que havia furtado o medalhão de Nina.

— Tenho este medalhão graças a você! — E o arrogante e descarado Magicum Magister acrescentou: — Se você não o tivesse pegado, eu não o teria agora.

Ao ouvir aquilo, o andróide passou as mãos frágeis e brancas na cabeça pelada: não sabia o que fazer para impedir que Karkon encontrasse Nina. Afinal, teve uma idéia...

— Mestre, talvez seja melhor ir para Vila Espásia e esperar o retorno de Nina. Usaremos a Meada Pichosa e ela se tornará nossa prisioneira para sempre — propôs, na esperança de que o jovem discípulo lhe desse apoio.

E foi isso mesmo. O inventor da nova substância alquímica interveio:

— Claro, Andora tem razão. E Nina não tem como encontrar o Quarto Arcano tão facilmente. Não é verdade?

— De fato. Escondi muito bem o Quarto Arcano e juro que não foi na China! — afirmou Karkon, alisando o cavanhaque.

— Não o escondeu na China? — perguntou Andora, surpreendida.

E, imediatamente, o andróide perguntou para que a jovem alquimista teria ido para lá se não era o lugar certo.

O conde teve o mesmo pensamento.

— Não. O último Arcano está muito longe da Muralha. Na verdade, não entendo por que Nina foi para lá.

Karkon estava com o Jambir nas mãos e um lampejo vermelho passou-lhe pelos olhos. Foi até o teclado do computador, olhou para seus sequazes e sorriu.

—Vou pôr em ação meu habilidoso andróide chinês. Loui Meci Kian alcançará aquela menina idiota num instante e a fará recuar. Assim, poderemos agir sossegados e, quando ela chegar à Vila, não poderá escapar.

O alquimista das Trevas entrou em contato com seu robô chinês e passou-lhe instruções explícitas.

— Ative-se imediatamente! Nossa inimiga e seu bando estão em sua terra: a China. Abra o baú que lhe enviei há algum tempo e use muito bem os instrumentos que encontrará dentro dele.

— Sim, meu senhor! Abri o baú e estou pronto — respondeu o cínico andróide, que estava ansioso para exibir sua maldade.

— Perfeito. Mas, em primeiro lugar, coloque a Subdoleq. É uma luva que lhe permitirá disparar cargas elétricas paralisantes. Em seguida, use a Heliconda: uma hélice de bronze que o fará voar.

Karkon deu as explicações rapidamente e Loui Meci Kian as registrou.

— Quando detiver Nina, faça-a voltar para a casa dela — digitou às pressas. — Entendeu?

O andróide respondeu no ato:

— Sim, entendi. Nina deve voltar para Veneza.

— Isso mesmo. Avise-me quando concluir a missão. Vou esperar por aquela maldita menina e eliminá-la de uma vez por todas.

O conde encerrou a comunicação, voltou a guardar o Jambir num bolso e encaminhou-se para a porta, com Andora pela mão e seguido pelo discípulo, que carregava o caldeirão com a Meada Pichosa.

Os três saíram correndo do edifício Ca'd'Oro e se dirigiram para a Vila, deixando Barbessa, Alvise e Viscíolo com cara de bobos. Atravessaram velozmente a praça San Marco. Andora estava visivelmente nervosa e submetia-se à vontade do Magister Magicum, torcendo para que Nina escapasse, apesar das circunstâncias.

Mas a luta com Loui Meci Kian não seria nada fácil.

O andróide chinês ativou a ação de transferência e num piscar de olhos projetou-se para a Muralha da China.

A estrela de Nina se tornara completamente negra e ocupava a palma da mão inteira. Dodô olhava para o céu, seguindo os dois dragões que se distanciavam, e notou que o sol estava mudando lentamente de cor. De amarelo tornava-se cinzento.

Um estrondo e uma forte corrente de ar frio atingiram o pequeno grupo. Max-10pl agachou-se atrás das pedras seculares da Grande Muralha, Flor e Roxy se jogaram ao chão, os objetos falantes saíram correndo, espalhando-se, e Cesco se agarrou num poste baixinho.

Nina empunhou o Taldom e olhou ao redor. Atrás dela, como um fantasma, surgiu Loui Meci Kian.

Seus olhos eram como duas fendas e, com os braços estendidos para frente, estava pronto para segurar a mocinha.

— Você está acabada! Morta! — gritou andróide chinês.

Nina girou num repente e, olhando-o atentamente, lembrou-se de modo lúcido e exato como era construído o malvadíssimo robô de Karkon.

CAP. 6 - Loui Meci Kian e o labirinto de coral

Diante de seus olhos desfilaram as imagens de seu Primeiro Tratado e, entre elas, a de Loui Meci Kian. A jovem alquimista o havia estudado muito bem: seu código alquímico era 0663 e o microchip compunha-se de um motor movido a água e de numerosos cubos. Mas a verdadeira potência estava distribuída pelo corpo, criado com uma rede elétrica mortal. Nina sabia que o ponto fraco era a cabeça. Precisava atingi-la com o pedaço de Quartzo.

— Sei muito bem quem é você e como é feito! Não tenho medo.

Ela se colocou em posição de ataque e apertou os olhos de goasil do Gugui no Taldom, disparando um facho de luz vermelha contra o amaldiçoado andróide. Mas só depois de tê-lo atingido é que percebeu a luva esquisita que cobria a mão direita do inimigo. Não havia lido nada a respeito dessa luva e não sabia como neutralizá-la.

Loui Meci Kian ergueu o braço esquerdo provido do sinistro Subdoleq, aparou o facho de luz disparado por Nina, em seguida girou o pulso da mão guarnecida com a luva elétrica e apontou-a para a menina da Sexta Lua.

Uma! Duas! Três! As descargas elétricas envolveram o corpo da mocinha, que foi percorrido por mil relâmpagos coloridos. Nina tremeu como se fosse uma figura recortada em papel; abriu a boca e seus olhos verteram lágrimas de sangue. A poderosa descarga a havia deixado atordoada.

O andróide avançou e, quando apontava de novo o Subdoleq, Cesco interveio, dando-lhe um empurrão. O cruel robô reagiu de imediato com uma poderosa bofetada: em uma fração de segundo Cesco estava estendido no chão. Sem conseguir mexer nem sequer um dedo, o rapazinho ficou caído, enrodilhado, apertando junto ao peito o escrínio de goasil.

Max ergueu-se, furioso, e correu para o inimigo gritando:

— Por que não xe mete comigo? Eu também xou um andróide. Venha, xe for capaz!

Loui Neci Kian ergueu o rosto para o sol cinzento e soltou uma sonora gargalhada.

— Você? É apenas um monte de ferragens inúteis. É só assoprar que eu o desmancho!

O andróide karkoniano ergueu a mão com a luva elétrica para atingir Max, porém Dodô, animado pelo tanquinho de Tarto Amarelo e a pela garrafa de Vintabro Verde, atirou umas dez pedras no cínico chinês. Duas delas acertaram-lhe o peito e Loui Meci Kian reagiu com ferocidade: agarrou a garrafa de Vintabro, jogou-a ao chão e a pisou, quebrando-a em mil cacos. Tarto Amarelo começou a berrar e os outros dois objetos juntaram seus gritos desesperados aos dele. A garrafa estava morta! A xícara de Sália Nana chorava, enquanto o vaso de Quandômio Flurissante, num acesso de raiva, começou a se balançar como doido.

O líquido verde da garrafa se espalhou pelo chão, emanando um odor semelhante ao do amoníaco. O andróide torceu o nariz e se distanciou depressa. O Vintabro Verde era tóxico! Max disse aos amigos que não respirassem as exalações alquímicas da pobre garrafa. Apenas Nina permaneceu onde estava. Não podia se render!

Com os olhos cobertos de sangue, tentou apontar de novo o Taldom para Loui Meci Kian, mas tinha a visão nublada e mirou mal. O andróide vinha em sua direção, e enquanto seus rostos se aproximavam, disse:

— Menininha burra! Jamais conquistará o Quarto Arcano! O Magister Magicum é mais forte e mais inteligente do que você. Você não é nada! Você é poeira! É uma feiticeira inútil! Se não quiser morrer, trate de me obedecer: volte imediatamente para a Vila. Entendeu???

— Nunca!!! Só voltarei para a Vila depois de encontrar o Quarto Arcano — retrucou aos berros a menina da Sexta Lua.

Criando coragem, Roxy e Flor passaram por cima da poça verde e atacaram o robô karkoniano, que as atirou con-

CAP. 6 - Loui Meci Kian e o labirinto de coral

tra a parede da Muralha da China com um só pontapé. Flor bateu a cabeça e Roxy, as pernas.

Loui Meci Kian parecia mesmo invencível!

De repente, uma sombra escureceu mais ainda o céu cinzento. O andróide chinês ergueu os olhos e viu o Gugui chegando. Ativou imediatamente a Heliconda, que o ergueu a mais de dez metros. A hélice de bronze criada pelo conde funcionava maravilhosamente.

— Nina, atire pedaços de quartzo na cabeça dele! — gritou Cesco com todo fôlego que tinha.

A jovem alquimista estava exausta e a dor nos olhos tornava-se cada vez mais forte. Pegou de um bolso os pedaços de Quartzo e tentou ver exatamente onde estava seu inimigo alquímico. Mas Loui Meci Kian já voara lá para cima, pronto para ferir também o pássaro mágico da Sexta Lua, que chegava para socorrer o grupo de amigos.

Uma virada muito rápida e o Gugui driblou o andróide, que estava a uma boa altura, graças à Heliconda.

O pássaro de Xorax pegou Nina com o bico, acomodou-a em sua cabeça e alçou vôo novamente. A mocinha estava quase sem forças, mas o canto do Gugui devolveu-lhe coragem. O andróide agarrou a única perna do pássaro mágico com a mão envolta pela luva e, com os dentes apertados, bradou:

— Volte para Veneza ou queimo todos vocês com minhas poderosas descargas elétricas!

Por fim, com um gesto inesperado, Nina conseguiu atirar um Quartzo na cabeça de Loui Meci Kian.

Os olhos do terrível andróide, que pareciam fendas, tornaram-se enormes, a boca e o nariz vibraram. A Heliconda continuou a girar, elevando ao céu o corpo inerte do robô chinês. Depois do que pareceu um século, a mão com a luva Subdoleq soltou a pata do Gugui e o robô desapareceu lá em cima, entre nuvens. O maldito andróide karkoniano estava quase morto e foi embora, levado pela corrente gélida do Mal.

Gugui abriu o bico e cantou vitória ao mesmo tempo em que planava suavemente sobre a Muralha da China, levando Nina para um lugar seguro.

Seus quatro amigos e Max correram para junto deles e saltaram para a garupa do pássaro de Xorax.

— Adeus, Vintabro, amigo de nossos dias felizes — disseram em coro os objetos falantes, olhando os pedaços de vidro da garrafa.

O Gugui saiu voando para longe daquele lugar lindo, porém amaldiçoado.

Dodô, aterrorizado, apertava junto ao corpo o saco com os onze Dentes de Dragão, enquanto Flor e Roxy, machucadas e doloridas, tinham no colo a xícara, o tanquinho e o vaso, que ainda choravam, derramando litros de lágrimas.

Cesco olhou para Nina. O rosto dela estava marcado por linhas de sangue; com a manga do blusão rasgado, limpou-lhe a boca e as faces. A mocinha esfregou os olhos e olhou para o amigo, dizendo:

— Desta vez não vamos conseguir.

— Nem pense nisso! Estamos a salvo — respondeu Cesco, ajeitando os óculos. — Estamos voando com o Gugui e o Quarto Arcano nos espera.

— Loui Meci Kian não foi totalmente derrotado. Você sabe que o Quartzo espelha a alma dos maus e a bloqueia por algum tempo — disse a menina da Sexta Lua, com voz triste. — Já usamos essa alquimia contra Karkon.

— E o que quer dizer com isso? — Cesco estava muito preocupado. — Que de novo teremos que enfrentar esse andróide?

CAP. 6 - Loui Meci Kian e o labirinto de coral

— Pode ser... E talvez ele não esteja sozinho dessa vez. — Nina apoiou a cabeça nas macias penas de ouro do Gugui. — Com ele poderão estar o conde Karkon e o andróide russo, que com certeza já foi ativado.

— E também Andora! — acrescentou Cesco, perscrutando o céu, que se tornava cada vez mais escuro.

— É... Andora. Sabe-se lá o que ela e Karkon andam tramando. — Nina olhou a estrela que tinha na mão e, ao ver que continuava negra, suspirou. — Veja, o perigo ainda não acabou. Vamos nos preparar para outra luta.

— Juntox xomox fortex e xalvaremox a Xexta Lua — garantiu Max-10pl, interrompendo o diálogo dos jovens.

— Temos que ganhar a parada! — Cesco apertou entre as mãos o escrínio mágico.

E enquanto o vento morno da China acariciava os rostos com sinais de cansaço e de temor dos corajosos jovens alquimistas, Gugui voava veloz para uma meta desconhecida.

— Pa... pa... para onde esta... esta... estamos indo? — perguntou Dodô. — Para casa?

— Não sei — respondeu a mocinha, com o Taldom apertado junto ao peito. — Não entendo mais nada. Só o Gugui sabe para onde vamos.

Roxy se aproximou dela.

— Olhe as folhas do Strade Mundi, talvez encontre algum indício.

A menina da Sexta Lua pegou os mapas e, tomando cuidado para que nenhuma das folhas voasse, olhou-as uma a uma. A terceira folha era muito estranha: tinha um desenho incompreensível que mostrava um enorme emaranhado de linhas cor-de-laranja. No centro, uma flecha azul indicava uma palavra: Labyrinthus!

— Labirinto! — disse Flor, tocando o galo que ganhara ao bater contra a Muralha.

— Interexxante... — comentou Max, observando as linhas cor-de-laranja.

Cesco bufou:

— Entendi. Agora iremos parar num labirinto. Encontrar a saída será brincadeira de criança, não é?

Por fim, Nina sorriu: a ironia de Cesco atenuara a tensão. Naquele momento o Gugui emitiu um gorjeio que eles nunca tinham ouvido. Max girou as orelhas em forma de sino e Nina fitou o horizonte.

— O mar! — tentou ajeitar os cabelos alvoroçados pelo vento.

O pássaro da Sexta Lua desceu e, com a única perna bem junto ao corpo, planou sobre as ondas, por fim amerissou e ficou balançando suavemente sobre a superfície da água.

— E agora? O que devemos fazer aqui, no meio do oceano? E o que...

Roxy disparou uma verdadeira metralha de perguntas, mantendo-se firmemente agarrada às penas do Gugui.

— Olhem lá! — Max pulou de pé.

CAP. 6 - **Loui Meci Kian e o labirinto de coral** 161

A poucos metros havia uma enorme jangada. Parecia sólida; os troncos de árvores estavam bem amarrados com cordas de borracha e no centro erguia-se um mastro com cerca de dois metros no qual panejava uma flâmula verde cheia de pequenas estrelas e meias-luas.

— Acho que devemos ir para a jangada — disse Nina, olhando para os amigos.

O Gugui cantou de novo e suas plumas brilharam tanto que formaram um halo dourado.

Dodô tapou os olhos com as mãos, Flor e Roxy abaixaram a cabeça e Max foi o primeiro a saltar para a jangada, com a enorme bolsa pendurada num ombro.

— Vamox, coragem! Venham. Não podemox perder tempo — exortou-os, piscando para o Gugui.

Nina pulou também e, em seguida, Cesco e os demais saltaram. Sobre as costas do pássaro mágico, ficaram os três objetos falantes.

O Gugui pegou-os, um a um, com o bico e colocou-os na jangada com toda delicadeza. Tarto Amarelo correu com a maior rapidez para junto de Dodô; a xícara Sália e o vaso Quandômio ficaram perto de Roxy.

— Não fiquem tristes — disse Nina, acariciando-os. — A garrafa de Vintabro Verde teria orgulho de vocês.

O Gugui abriu as quatro asas e levantou vôo, cantando. O céu escureceu. A noite desceu em pouco tempo. As estrelas brilharam, refletindo-se na imensidão de água salgada.

— E agora? — perguntou Flor com sua vozinha suave. — O que vamos fazer aqui?

— Dormir. A correnteza do oceano Pacífico nox levará para longe — explicou Max e se deitou de costas, para admirar o firmamento.

— Este é o Pacífico? — surpreendeu-se Nina.

— Claro, é o oceano Pacífico — rebateu a sabidinha Flor de sempre. — Se estávamos na China, que outro mar você queria que fosse?

— É verdade... — assentiu Nina, segurando com força as folhas do Strade Mundi. Em seguida olhou para Max e, deitando-se, sussurrou-lhe: — Mas precisamos dormir mesmo?

— Agora poxxo revelar — respondeu o andróide em voz baixa.

— Revelar o quê? — suspeitou a mocinha.

— Que dexte momento em diante o tempo vai exixtir. Entramox na última faxe da buxca do Arcano da Água.

O que Max dizia foi ouvido por todos os demais, que ficaram aflitos.

— Como assim, o tempo vai existir? — indagou Nina, transtornada.

— Dexte momento em diante o tempo vai exixtir — repetiu Max.

— Acontece que o "Tempo é útil, mas não existe". Esta foi uma das primeiras coisas que vovô me ensinou — replicou a menina da Sexta Lua.

— É verdade. Max para encontrar o Quarto Arcano é necexxário dixparar o Tempo. É uma regra de Xorax — explicou o andróide.

— Você quer dizer que as horas e os dias voltarão a fluir — Nina estava cada vez mais confusa —, como na realidade?

— Ixxo mexmo! Temox apenax que experar — foi a enigmática resposta de Max.

— Esperar o quê? — perguntou Roxy, levantando a voz.

— Temox que atravexxar o oceano e chegar a um determinado lugar — esclareceu o andróide. — Extá tudo marcado nox mapax do Xtrade Mundi.

Só então Nina e seus companheiros compreenderam que precisavam se apressar, que o tempo passava e que isso queria dizer que em Veneza aconteceria sabe-se lá o quê. Os pais ficariam cada vez mais desesperados com a ausência dos filhos, de Ljuba, de Carlo e de José. O pior é que Karkon se tornaria cada vez mais enfurecido.

Nina teve um sobressalto:

— Meu pai e minha mãe... Eles vão sair em missão espacial. Com certeza tentarão falar comigo e não vou poder nem me despedir deles!

— Calma. Não penxe nixxo agora. Durma e recupere ax energiax. A mixxão para encontrar o Arcano da Água é muito complexa.

Max fechou os olhos e adormeceu em seguida, deixando os cinco jovens e os objetos falantes em poder das correntezas do oceano e de suas dúvidas. A balsa navegou a noite inteira, as ondas embalaram os corajosos navegantes, que, abraçados uns aos outros, dormiram tranqüilamente, respirando o ar salobre.

Quando o sol, enorme e amarelo, apareceu de novo no céu, a jangada estava parada sobre um pequeno escolho. A flâmula se sacudia ao vento e no horizonte via-se apenas água. Água e mais nada! Max se ergueu, arriou a flâmula e acordou Nina.

— Chegamox. Exte é o oceano Atlântico — disse, estendendo a flâmula para ela.

— Oceano Atlântico? Que loucura! Passamos de um oceano a outro numa só noite! — admirou-se a jovem alquimista, espreguiçando-se.

— Xim, loucura. E tem maix — acrescentou Max, piscando-lhe um olho.

— O quê? — agitou-se Nina.

— Extamos exatamente no Triângulo das Bermudax — anunciou e indicou o horizonte.

— Triângulo das Bermudas! — repetiram os demais em coro e assustados.

— É aqui que acontecem coisas estranhas — disse Cesco, coçando a cabeça. — Navios desaparecem, aviões são engolidos pelo mar...

— Poxitivo — anuiu Max, sério.

— Viemos parar num belo lugar! — reclamou Roxy, levantando-se.

— O que devemos fazer? — perguntou Nina ao amigo andróide.

— Pegue a flâmula. Há nela uma coixa para você — avisou Max.

Nina virou e revirou o pano verde até que descobriu uma pequena dobra na qual havia uma carta dos Alquimistas e Magos Bons de Xorax. Com as mãos trêmulas, leu-a imediatamente e em voz alta:

Xorax, Mirabilis Fantasio, Sala Azul do Grande Conselho

O CAMINHO DOS JUSTOS

À Nina, 5523312

Documento subscrito pelos Magos Bons e pelos Alquimistas de Xorax.

CAP. 6 - Loui Meci Kian e o labirinto de coral

Sabemos que você deve enfrentar as últimas provas a fim de encontrar o Quarto Arcano e por isso queremos ajudá-la, assim como a seus amigos. O local aonde chegaram é perigoso, os homens o chamam de Triângulo das Bermudas. Aconteça o que acontecer, vocês devem permanecer unidos. O caminho a seguir é apenas um: o Caminho dos Justos. Vocês irão encontrar o que procuram no fundo do oceano, entre algas e peixes.

Não será fácil descobrir o caminho a seguir, um emaranhado de becos sem saída e de túneis induzirá vocês em erro.

Nina, siga sempre sua intuição. Faça o que seu coração mandar. Por meio de outras cartas, você já entendeu o que é a Beleza, o que é a Verdade, o que é a Incerteza e o que é a Coragem.

O Caminho dos Justos nem sempre é o mais fácil: para chegar à Justiça, é preciso lutar e esforçar-se.

Enfrente com serenidade o Mal que virá pela frente.

Lembre-se das Regras da Alquimia da Luz e verá que o Arcano da Água será seu. Faça as andorinhas voarem de novo, devolva o sorriso às crianças da Terra. Liberte o pensamento deles e a Felicidade voltará a reinar.

Agora, pegue o Taldom Lux, leve o bico do Gugui diante de sua boca e deixe que o cetro de ouro realize sua alquimia. Em seguida, faça o mesmo com seus amigos.

Que a força alquímica a ajude!

Apertando a carta em suas mãos, Nina olhou para os companheiros de aventura: Dodô com a cabeça baixa, Flor e Roxy de braços dados e Cesco com os braços cruzados.

Uma coisa eles haviam entendido: tinham de ir para o fundo do mar, com suas insídias e perigos.

— Então, tenho que pegar o Taldom, colocar o bico do Gugui perto de minha boca e...

Max a interrompeu:

— Deve fazê-lo, xim. Não tenha medo — disse e afagou a cabeça da mocinha.

A menina da Sexta Lua assim fez, sem dizer mais nada. Tinha de confiar nos Magos Bons de Xorax. Tinha de confiar em Max.

Assim que o bico de ouro do Gugui se aproximou dos lábios de Nina, abriu-se, e dele saiu uma tênue nuvem azul perfumada. A jovem alquimista abriu e fechou a boca, sentindo um gosto de mirtilo. Não teve tempo de falar, pois, antes que o fizesse, seus lábios se tornaram negros, em seguida foram o nariz e as orelhas a escurecerem.

Flor arregalou os olhos, Roxy caiu numa boa gargalhada, enquanto Dodô e Cesco se entreolharam, assombrados.

— Vo... vo... você ficou pre... pre... preta — disse Dodô, apontando primeiro para a boca e depois para o rosto todo da amiga.

— Preta? — estranhou Nina, saboreando o gosto de mirtilo que ainda havia em sua boca.

— Xim. Xua boca, xuax orelhax e o narix agora xão pretox. É normal — explicou Max, segurando com força a grande bolsa.

— Normal? Em que sentido? E por quê?

Nina não parava de fazer perguntas que ninguém sabia responder.

— Ox Alquimixtax de Xorax dixxeram que você devia fazer ixxo. Garanto que xervirá para alguma coixa. Agora, aproxime o Taldom da boca dox outrox. Coragem! — exortou-a o andróide.

Flor se virou para o outro lado, Dodô cobriu o rosto com as mãos e Roxy permaneceu fria como um peixe.

Sob o sol, retidos em uma jangada no meio do oceano, os cinco jovens tinham de enfrentar uma nova e misteriosa prova alquímica.

Nina se aproximou de Cesco, que, com os olhos fechados, esperou os efeitos do encantamento do Taldom. Depois de alguns segundos ele também ficou como Nina.

— Parece que vocês estiveram em uma mina de carvão — riu o vaso Quandômio, que estava ao lado da xícara Sália Nana.

Todo sem graça, Cesco olhou para o vaso. Em seguida foi a vez de Roxy, que, depois, convenceu Flor a aceitar o encantamento. Como sempre, o último foi Dodô. Ele olhou para os amigos e sacudiu a cabeça.

— Não... Não que... que... quero ficar como vocês. Estão fe... fe... feios.

Max pegou-o por um braço:

— Não tenha medo. Não dói. Você xó vai ficar um pouco preto.

Saltitando, o tanquinho de Tarto Amarelo se aproximou dos pés do rapazinho de cabelos vermelhos e lhe disse:

— Vamos lá! Você não pode fugir daqui mesmo, porque estamos no meio do mar. Vamos, seja forte!

Dodô olhou para o tanquinho e, depois, fitou os olhos azuis de Nina. A jovem alquimista lhe sorriu mostrando os dentes, que pareciam mais brancos ainda em contraste com a boca, negra como a noite.

A fumaça azul envolveu o rosto de Dodô e num piscar de olhos o jovem alquimista tímido se transformou, como os companheiros. Com lábios, narizes e orelhas bem negros, os amigos se olhavam, perplexos. Max girou as orelhas de sino e quando ia começar a falar soprou um vento fortíssimo. Os jovens deixaram de respirar direito e começaram a sufocar. As ondas erguidas pelo vento viraram a jangada e num instante Nina e seus amigos estavam no mar. A correnteza arrastou-os para o fundo. Max desceu mais depressa, como uma pedra, porque sua bolsa estava muito pesada. A xícara, o vaso e o tanquinho agarraram-se a Flor e a Roxy, que estavam de mãos dadas. Cesco e Dodô se debatiam, tentando voltar à superfície, mas a correnteza do Triângulo das Bermudas os havia aprisionado.

Com as bochechas infladas pelo ar, olharam ao redor, mas viram apenas bolhas azuis e brancas que agitavam a água. Um barulho desagradável ressoou em seus ouvidos: quanto mais se deslocavam, mais alto ficava o sibilo que vinha não sabiam de onde.

Nina apertava o Taldom numa das mãos e com a outra procurava evitar que os instrumentos mágicos e os mapas do Strade Mundi saíssem dos bolsos, onde os havia guardado.

Cesco segurava com força o escrínio de goasil e Dodô tentava não perder o saco com os Dentes de Dragão. Transportados pela correnteza do oceano Atlântico, o grupinho de aventureiros penetrou os abismos do Triângulo das Bermudas.

Uma faixa de água gelada arrebatou o grupo para dentro de uma escura caverna submarina. Nina foi bater numa rocha e o impacto a fez abrir a boca. Então percebeu que... Sim! Podia respirar debaixo da água!

— Estou respirandooooo! — gritou, formando enormes bolhas de ar que se espalharam a seu redor.

Cesco voltou-se num gesto rápido e experimentou abrir a boca. Era verdade. A água salgada não o impedia de respirar. Todos começaram a falar e gesticular, movimentando os braços e as pernas como se estivessem em câmera lenta.

— Foi a fumaça azul do Taldom! Ela é que nos adaptou para respirar na água — disse Flor, toda contente, tocando os próprios lábios, nariz e orelhas.

— Ixxo aí! — concordou Max, que fora parar em cima de uma enorme anêmona amarela.

— E você? Como pode ficar aqui embaixo d'água? — perguntou-lhe Cesco.

CAP. 6 - Loui Meci Kian e o labirinto de coral

— Eu não xou humano. A água é um perigo para mim, max apenax porque poxxo enferrujar — respondeu o simpático andróide agitando as mãos. — Portanto, meux carox jovenx, vamox procurar logo um local enxuto.

— Pa... pa... parece men... men... mentira! — disse Dodô, olhando ao redor. — Respiramos e não morremos afogados!

Max, sempre agarrado à enorme bolsa, tentou sair de cima da anêmona, porém algo o impedia. Virou a cabeça para a esquerda e viu uma estranha coisa escura que estava lhe rodeando a cintura. Com as mãos de metal, tentou se libertar, mas assim que quis destacar aquela coisa do corpo percebeu que havia sido apanhado por um ser monstruoso. Um polvo!

O animal saiu de seu esconderijo de repente, agitando os temíveis tentáculos. Dodô e Flor gritaram, indo se esconder no fundo da gruta. A cabeça enorme e mole do polvo se aproximou dos jovens, enquanto os tentáculos ondulavam entre algas e peixes. Dois deles aprisionaram Cesco.

— FUJA, MAX! — gritou Nina, empunhando o Taldom.

Mas outros dois longos tentáculos envolveram o andróide. Nina estava desesperada. Apertou os olhos do Gugui, mas de seu bico não saiu uma única descarga elétrica.

O Polvo avançava, agitando os múltiplos braços providos de ventosas, e ninguém sabia como detê-lo.

Os objetos falantes, desmaiados, foram cobertos pela areia levantada pela movimentação do enorme animal marinho. Roxy colheu uma longa alga verde e tentou enfiá-la num olho do Polvo, mas não conseguiu.

Nina quis de novo usar o Taldom, mas o cetro não obedecia a seus comandos.

O corpo metálico de Max começou a ranger. O pobre andróide não conseguia se livrar do aperto dos enormes tentáculos que o estavam esmagando.

CAP. 6 - Loui Meci Kian e o labirinto de coral

De súbito, chegou uma onda invisível. Movimentando os tentáculos, o Polvo ergueu a cabeça e olhou diante de si.

As algas e as anêmonas, os peixes e pedaços de rocha se ergueram como que manejados por uma força superior.

Uma tempestade de areia e conchas escureceu a água e o oceano se tornou um local sombrio onde reinavam o terror e o medo.

Uma boca enorme se abriu, mostrando uma garganta profunda como uma voragem. Havia chegado a Grande Baleia Branca. O Polvo recuou e agarrou com quatro tentáculos o focinho da Baleia. Uma mordida os despedaçou como se fossem feitos de isopor.

O gigantesco animal agitou a cauda enorme, linda, e atirou contra uma rocha o maldito Polvo assassino.

Max girou dez vezes sobre si mesmo e foi parar de novo em cima da anêmona amarela, Cesco recuperou os sentidos ao chegar ao fundo, entre as algas verdes, e Dodô viu-se no meio de um grupo de um cardume de peixinhos vermelhos e roxos, que até então tinham ficado escondidos em uma enorme concha de madrepérola.

A areia foi assentando lentamente e a água voltou a ficar límpida. O Polvo estava ali, morto, e seus tentáculos flutuavam para todos os lados, sem incomodar ninguém.

— MEGARA! — gritou Max, girando as orelhas. — Obrigado, você nos salvou!

A Grande Baleia entrecerrou os pequenos olhos cinzentos, movimentou o corpo monstruoso com extrema delicadeza e, olhando para Nina, virou a cabeça para o Sul.

— Megara... — disse a menina da Sexta Lua com um fio de voz e se aproximou, mas antes que a tocasse a baleia nadou para longe.

— Xim, é Megara, a Grande Baleia Branca dox abixmox — explicou o andróide, sentando-se.

— Você já a conhecia? — indagou Nina, abraçando Dodô, que ainda tremia de medo.

— Já a conheço bem. Xorax inteira xabe quem ela é — explicou Max, verificando as articulações dos joelhos.

— Os xoraxianos conhecem Megara? Como assim? — perguntou Cesco, aproximando-se de Flor e Roxy, que estavam pálidas e trêmulas.

— Agora não dá para explicar nada. Vocêx vão acabar entendendo. Temox que ir para o Xul, como Megara nox indicou — falou o bom robô, voltando a pendurar a bolsa enorme num dos ombros.

— Para o Sul... Mas para chegar aonde? — quis saber a jovem alquimista, cada vez mais aturdida pelos acontecimentos.

— Olhe os mapas — sugeriu Cesco ajustando os óculos ao rosto, depois de lavá-los, pois haviam ficado cheios de conchinhas minúsculas, cor-de-rosa.

Nina tirou as folhas do Strade Mundi do bolso. Estavam ensopadas e assim que tentou desdobrá-las se despedaçaram e dissolveram na água.

— Oh, nãããooo! — desesperou-se a mocinha. — O que vamos fazer agora?

O pequeno grupo, sem qualquer guia, sentiu-se perdido no fundo do oceano.

Max começou a nadar para o Sul e fez sinal para que os demais o seguissem. O rastro aberto na correnteza por Megara ajudava-os a seguir o caminho certo.

Roxy e Flor pegaram os objetos falantes, que não davam sinais de vida. Mais uma vez estavam se afogando e precisavam sair da água para fazê-los voltar a si. Mas como sair do oceano?

Com a boca, as orelhas e o nariz sempre negros, os cinco amigos nadavam em direção ao desconhecido. A água mudava de cor a todo instante: numa hora era azul, depois verde, em seguida se tornava prateada, e os raios de sol chegavam ao fundo em fachos de luz que lhes permitiam ver as maravilhas do mundo marinho. Peixes-bola, peixes-gato, medusas cor-de-rosa, medusas brancas, anêmonas de mil cores, algas e plantas de folhas largas ou bem estreitas, milhões e milhões de conchas de todo tipo e tamanho.

O mundo submarino era realmente extraordinário. Cardumes de pequenos peixes vermelhos brincavam, entrando e saindo de estranhas rochas cobertas por plantas cor-de-violeta e azuis, seis graciosos cavalos-marinhos galopavam, felizes, movimentando as caudas que acabavam em caracol, enquanto duas enguias nadavam agitando as caudas, como se dançassem.

— Que li... li... lindo! — murmurou Dodô, maravilhado.

— O que será que esses bichos todos pensam de nós? — perguntou Flor, tocando de leve dois pequenos caranguejos de carapaças brancas e amarelas que estavam agarrados a uma rocha enorme.

— Agora que perdemos os mapas, como vamos fazer para encontrar o Labirinto, aquele emaranhado de linhas que estava indicado por uma flecha? — Cesco perguntou a Nina.

— Não sei. Talvez Max esteja nos levando — respondeu a mocinha, que nadava entre bolhas e fragmentos de conchas. — Espero que voltemos logo à superfície.

A água foi se tornando cada vez mais escura e fria. Max-10pl parou, virou-se para os companheiros e ergueu os braços:

— Chegamox. Xigam-me xem falar nada.

Diante dos olhos incrédulos daqueles cinco aventureiros, apareceu uma coisa extraordinária.

Uma montanha de coral cor-de-laranja e vermelha erguia-se para a superfície do oceano. Era imensa.

A seu redor nadavam peixes de cores vivas, com barbatanas transparentes e escamas douradas.

— Que maravilha! — exclamaram Flor e Roxy.

Nina, com os longos cabelos flutuando livremente, aproximou-se, encantada.

— Por todos os chocolates do mundo! Eu nunca tinha visto nada assim! — Foi para junto do andróide e os dois se entreolharam, sorrindo. — É o Labyrinthus, Max?

— É. Devemox entrar nele — e o bom robô apontou para uma fenda de razoável tamanho ao pé da montanha.

— E se de... de... depois não for... for... formos capazes de sa... sa... sair? — indagou Dodô, bem baixinho.

— Temos que encontrar o Caminho dos Justos — respondeu Nina, com os olhos azuis ainda mais azuis no fundo do mar.

Cesco olhou-a com admiração; deram-se as mãos e saíram nadando entre anêmonas e cavalos-marinhos.

Quando Max chegou diante da entrada do Labyrinthus, voltou-se para os jovens e, muito sério, disse:

— Xe nox perdermox, lembrem-xe de que não devemox voltar atráx. Procurem a xaída a qualquer cuxto. Muita gente perdeu a vida nexte labirinto... Todox ox que não conxeguiram encontrar o Caminho dox Juxtos.

Assim que terminou de falar, ele entrou pela abertura da montanha de coral.

Nina e os demais o seguiram sem dizer uma palavra sequer. O ambiente era seco e estava iluminado por uma luz amarelada. Não havia água. Não havia céu. Não havia horizonte. Adiante, atrás, em cima e embaixo havia apenas conglomerados de corais que formavam becos, caminhos e túneis. Uma verdadeira teia de aranha de ramos de coral.

Max enxugou-se todinho com um pano que trouxera dentro da enorme bolsa. Depois, pegou com cuidado os objetos falantes e esfregou-os até que começaram a se mexer. A xícara Sália Nana balançou, o vaso Quandômio soltou um escandaloso espirro, o tanquinho de Tarto Amarelo espreguiçou as perninhas e perguntou:

— Ohhh! Onde viemos parar?

Roxy se aproximou e explicou-lhe que estavam num labirinto de coral. Os objetos ficaram em silêncio.

CAP. 6 - Loui Meci Kian e o labirinto de coral

Nina sentiu um estranho formigamento na boca, nas orelhas e no nariz. Os outros também estavam tendo a mesma sensação. O efeito do encantamento alquímico do bico do Gugui do Taldom estava terminando. O rosto deles já havia começado a clarear: dentro do Labyrinthus podiam respirar normalmente.

— Bocas rosadas e orelhas limpas — disse Flor, passando uma das mãos no nariz.

— É. Estamos prontos para a festa — acrescentou Roxy, torcendo a blusa molhada.

— E aqui não faz frio — como sempre, Cesco tratou de enxugar os óculos.

— Vamox, não há tempo a perder — disse Max, e entrou pelo primeiro caminho à direita, arrastando a bolsa.

— Vamos ficar de mãos dadas para não nos perdermos uns dos outros — sugeriu Flor, pegando os objetos falantes.

Todos concordaram.

Um atrás do outro, em fila indiana, entraram todos na teia de aranha de coral.

As paredes do primeiro caminho eram de um rosa pálido, porém, a distância, percebia-se que iam se tornando um pouco mais escuras. Max avançava, procurando não tropeçar nos buracos que cobriam o piso. Flor foi quem caiu primeiro, largando por um instante a mão de Dodô, mas se levantou rapidamente. O rapazinho perdeu o equilíbrio e também levou um tombo, indo bater na parede à esquerda: fragmentos de coral foram parar entre os cabelos ruivos.

Dodô se levantou e viu que um Dente de Dragão havia caído do saco que trazia às costas.

— Mas que dro... dro... droga! — disse, zangado. — Pre... pre... preciso pres... pres... prestar mais ate... ate... atenção..

Com cuidado, voltou a guardar o dente no saco, tratando de fechá-lo bem. Havia perdido apenas alguns segundos, mas o bastante para não ver mais os companheiros.

Olhou para frente e viu apenas ramos de coral entrelaçados. O caminho em que estava havia desaparecido.

— On... on... onde vocês es... es... estão? — gritou, assustado.

Mas ninguém respondeu.

Flor, que era a última da fileira, percebeu tarde demais a ausência do amigo.

O sentimento de pânico invandiu o grupo.

— Ele se perdeu! — berrou Cesco.

O piso começou a se mexer.

— Um terremoto! — assustou-se Roxy, encostando-se na parede à direita.

— Não! Não é um terremoto! Ox caminhox de coral de vez em quando xe mexem, mudando de direção. Por ixxo o Labyrinthux é tão perigoxo — explicou Max, calmo. — É difícil xaber para onde ir.

— Espero que a gente encontre o Dodô logo — disse Roxy, olhando para Cesco, que estava visivelmente preocupado.

A parede da esquerda também se moveu e a direção mudou mais uma vez.

Os quatro jovens alquimistas e Max andaram durante horas, procurando a saída e gritando de vez em quando o nome de Dodô, na esperança de que ele ouvisse e respondesse.

Mas o rapazinho de cabelos vermelhos estava em outra parede do labirinto. Suado, com o coração batendo acelerado, tentava se orientar, porém o medo o fazia cometer erro após erro.

O teto e o piso mudavam quase que continuamente: as cores do coral variavam a cada segundo e a confusão mental não lhe permitia decidir para que lado andar.

Max parou. Sentou-se, pôs a bolsa o seu lado e sacudiu a cabeça:

— Eu xabia que era difícil xair daqui. Meux amigox andróidex já haviam me contado. Max não imaginei que foxxe, mexmo, tão complicado.

CAP. 6 - Loui Meci Kian e o labirinto de coral

— Temos que encontrar a flecha azul — disse Nina, que não queria se render. — Lembram-se? Estava desenhada no centro do mapa do Strade Mundi.

Cesco apalpou as paredes e empurrou-as, mas não encontrou meio de sair dali.

— Olhem, ali há uma passagem. Vamos por ela — propôs Flor, que estava com sede e não via a hora de encontrar um pouco de água fresca. O grupo a seguiu. Nada. Deram apenas com uma parede de coral vermelho como fogo. Deviam voltar?

— Não. Voltar, não! — gritou Max. — É a única coixa que não devemox fazer.

Entre os ramos de coral, eles se sentiam prisioneiros do Labirinto.

Distante deles, Dodô também não estava nada feliz. Sozinho, com o saco de dentes para carregar, não sabia mais por qual abertura entrar. Então, apoiou o saco entre dois ramos entrelaçados e percebeu que havia uma minúscula saliência azul.

— Azul co... co... como a fle... fle... flecha — disse a si mesmo em voz baixa, lembrando-se do mapa do labirinto.

Com o suor pingando-lhe da testa, encostou um dedo no ponto azul e, para sua surpresa, viu a parede se abrir de repente.

Um vento fresco bateu-lhe no rosto e o acompanhou em sua lenta procura. Desceu três degraus e viu-se numa câmara úmida, de teto altíssimo e quase sem luz.

— Te... te... tem alguém a... a... aí? — perguntou, com a voz despedaçada pelo terror.

Então ouviu uma música suave. O teto, formado por estalactites de coral branco, se abriu e dele desceu uma escadaria de cristal verde.

Dodô se aproximou da escadaria e tocou-a. A música tornou-se mais alta.

— Cesco, Nina, Flor, Roxy, Max!... — gritou o rapazinho tímido e, correndo, subiu degraus acima.

Dessa vez, o grupo ouviu sua voz.

— Ouviram? É o Dodô! — Cesco abriu um largo sorriso.

— Estamos aqui! — respondeu Nina. — Você está bem?

— Es... es... estou bem. A... a... acho que en... en... encontrei a saída — gritou Dodô, em voz bem alta e pronunciando as palavras com muita clareza.

Max girou as orelhas em forma de sino, depois começou a bater com os punhos fechados na parede de coral vermelho à frente deles.

— Está ouvindo nossas batidas? — perguntou Roxy.

Com o rosto vermelho e emocionado, Dodô respondeu:

— Sim! Estou ouvindo!

Os quatro continuaram batendo na parede enquanto Max tirava uma enorme marreta da bolsa. Com muito esforço, conseguiram abrir um buraco na parede de coral e, por fim, viram o rosto de Dodô do outro lado.

— Como é bom ver você, amigão! — disse Cesco, com os olhos brilhando.

As marretadas destruíram a parede de coral e os amigos se abraçaram, rindo.

— Pensei que o tivéssemos perdido — acrescentou Cesco, abraçando de novo o amigo, que sorriu e ficou vermelho.

— Que escadaria mais esquisita — comentou Roxy.

— É... Olhe ali!

Cesco estava admirado com a câmara oval, com paredes cor-de-laranja e amarelas que emitiam uma luminosidade diferente.

— Esta é mesmo a saída? — perguntou Flor, e Max respondeu que não sabia.

— Estão ouvindo essa música? Lembra-me alguma coisa... — disse Nina, que avançava com cuidado. Então, arregalou os olhos. — Parece a Oitava Nota! Sim, é a música da Harmonia do Universo. Lembram-se? No Egito, na Sala da Morte Dançante, quando joguei os três Cubos para derrotar as múmias!

— Sim, lembro-me muito bem — disse Flor, que havia sido gravemente ferida pelas múmias.

— Se é a música da Oitava Nota, quer dizer que estamos salvos! — concluiu Roxy, olhando para o teto de coral branco.

— Talvez. Extamox próximox de nox salvarmox. Max nunca xe xabe — disse Max, tocando a parede fria e sinistra.

O coral alaranjado e amarelo das paredes parecia frágil, mas a luz esverdeada proveniente do teto não permitia enxergar direito.

Cesco percebeu que na parede da direita havia uma mancha mais escura; aproximou-se e passou as mãos na mancha, retirando o pó.

— Olhem! Há uma inscrição! — anunciou.

Acima de uma frase gravada no coral estava a flecha azul que indicava a saída.

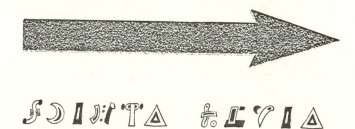

— A flecha! A frase! — animou-se Nina, aproximando-se de Cesco.

— Scinta Levia? — Roxy estava perplexa. — O que quer dizer?

— Devem ser as palavras a serem pronunciadas para encontrar o Arcano da Água — sugeriu Flor.

E era isso mesmo. O Caminho dos Justos descrito pelos Alquimistas de Xorax estava próximo e agora restava apenas prosseguir a viagem rumo à descoberta do último Arcano.

— A flecha azul aponta lá para cima — disse Nina, voltando-se para Max, — mas não vejo nenhuma saída.

O andróide foi na frente e, quando chegou à parede, voltou.

— Não xei onde é a xaída...

Mas enquanto ele falava, o piso começou a se movimentar. O teto de coral tornou-se muito luminoso e no centro da câmara oval formou-se um cone azul.

Os jovens permaneceram imóveis. Os objetos falantes se esconderam atrás das pernas de Max e Nina avançou lentamente na direção da luz azul.

A música da Oitava Nota se tornou poderosa. As vibrações faziam tudo tremer.

De repente, dentro da faixa de luz azulada apareceram as palavras:

— É este o Caminho dos Justos! — Nina se aproximou do cone luminoso.

— Te... te... temos que en... en... entrar aí? — perguntou Dodô, arregalando os olhos.

— Acho que sim — respondeu Roxy, olhando a inscrição.

O grupo se aproximou do cone de luz e a energia os sugou para cima. Levados pelo azul, flutuaram na luz. Cambalhotas, saltos e piruetas. Os cinco jovens alquimistas, Max e os objetos falantes tinham ido parar no túnel que desembocava no Caminho dos Justos: o caminho para a conquista do Quarto Arcano.

Nina e o olho secreto de ATLÂNTIDA

Capítulo 7
O traidor e a Agulha Furaengano

Imersos no azul, dentro da luz que os conduzia para uma nova aventura, Nina e seus amigos iam para o Caminho dos Justos. Precisamente naquele instante, em Veneza, aconteciam coisas realmente inquietadoras.

Eram 12:00 em ponto do dia 13 de abril quando o Magister Magicum, o andróide Andora e o discípulo se aproximavam da ponte de Vila Espásia, na Giudecca. Os guardas estavam ocupados em expulsar um grupo de crianças que, ao sair da escola, tinha ido para lá.

— Vamos, vão para a suas casas! — gritou o primeiro guarda. — Aqui não há nada para ver.

Mas as crianças, imóveis e caladas, não se afastaram um passo sequer. Começara a Revolução Silenciosa. As descobertas dos três Arcanos e o início da descoberta do quarto estavam despertando os pequenos da Terra. O desaparecimento de Nina, Cesco, Dodô, Roxy e Flor havia provocado a revolta: as crianças venezianas tinham começado a pensar livremente. E estavam convencidas de que Karkon era o Mal, de que a culpa por todos aqueles eventos era dele. Dele e de seus malditos falsos órfãos.

O conde agitou o manto roxo e, com raiva, gritou para as crianças:

— O que estão fazendo aqui? Vão embora ou mando prender todos vocês.

A garotada permaneceu em silêncio e ficou olhando fixamente para ele, acompanhando cada um de seus gestos, enquanto umas vinte andorinhas voavam em círculos acima de suas cabeças, emitindo um canto estridente. Karkon parou, observou as andorinhas, cuspiu no chão e, como não houve qualquer resposta por parte das crianças, berrou:

— Vocês são cúmplices de Nina? Vocês também desejaram a morte do prefeito LSL? RESPONDAM!

Os pequenos trocaram olhares de entendimento e ergueram a cabeça para observar o vôo das andorinhas. Mas não disseram uma só palavra. Apesar do silêncio, os pensamentos deles eram tão fortes que incomodavam o conde. E aquelas andorinhas o inquietavam cada vez mais. E como elas chilreavam! Abriam os pequenos bicos e emitiam sons estrídulos que se espalhavam pelo ar.

Karkon perdeu a paciência, avançou contra um menino, mas foi detido por Andora:

— Meu senhor, não perca tempo com esses pirralhos. Temos muita coisa para resolver, vamos entrar na Vila.

O grupo de revolucionários não recuou um milímetro sequer e os guardas começaram a empurrar as crianças a fim de obrigá-las a abrir caminho para o conde e seus dois sequazes.

— Conde Karkon, essa molecada me preocupa — disse o segundo guarda. — Sabemos que o diretor e alguns professores já o haviam avisado que as crianças estavam ficando esquisitas. Atrevidas... Bem, parece que elas não respeitam mais as regras da escola e vivem falando em Nina e em magia.

— Bobagem! Essa meninada não significa perigo algum — afirmou Karkon, que ainda não havia percebido a importância da Revolução Silenciosa.

— Mas, meu senhor... — tentou insistir o primeiro guarda.

— Silêncio! Vocês falam demais! Estão aqui para vigiar a Vila e ainda não descobriram onde foram parar Nina De Nobili e seus quatro terríveis amiguinhos. Saiam da minha frente! Sumam! — urrou o conde, abrindo o portão. — Vocês não prestam para nada!

O discípulo o acompanhou, apressado, e disse aos guardas:

— Sim, podem ir embora. Nós vamos resolver isso.

Andora havia ficado para trás e, sem que o conde notasse, voltou-se para as crianças, piscou-lhes um olho e sussurrou:

— Fiquem calmos. Sou eu, Andora... Entendem? Vou ajudar Nina.

A garotada ficou de boca aberta, sem acreditar no que tinha ouvido.

— É Andora... O nome dela estava escrito no ataúde de LSL — murmurou uma menina. — A voz dela é metálica.

As crianças se olhavam, perplexas, sem entender o que estava acontecendo.

— Mas ela é amiga de Karkon! Está entrando na Vila. Mentira que vai ajudar Nina. Vocês viram: é careca e o rosto dela parece de plástico — acrescentou um rapazinho. — Ela não parece humana.

— Vamos embora — disse outro garoto do grupo. — Precisamos descobrir a verdade!

Juntas e andando depressa, as crianças foram embora, deixando Vila Espásia nas mãos do conde K.

Karkon parou diante da porta e deu-lhe um empurrão. Nada. A porta era sólida e estava bem fechada. Então, ele e o aluno se jogaram contra a porta, fazendo a fechadura ceder. Quando o conde pôs os pés no hall de entrada, Adônis investiu, rosnando. Negro, com dentes afiados, o fila enorme dava medo. Mas não a Karkon! O alquimista maléfico apon-

CAP. 7 - O traidor e a Agulha Furaengano

tou o Pandemon Mortalis para o cachorro de Nina. Andora abriu os braços, pois não sabia como impedir que o conde matasse Adônis sem despertar suspeitas do Mago do Mal. O gato veio da Sala da Lareira e, com o corpo em arco, avançou miando e bufando. Deu um salto e agarrou-se com as unhas na capa de Karkon. O discípulo deu um pontapé no pobre gato, atirando-o contra a parede. Adônis ia saltar em cima dele quando Andora se interpôs entre os dois.

— Fora daqui, cão horroroso! Fora, fora da casa!

Enquanto falava, o andróide escancarou a porta da Vila e o fila saiu da casa, atravessou o jardim e passou pelo portão, que ficara aberto. Em seguida, Andora foi atrás do gato, que havia entrado na Sala das Laranjeiras.

Karkon agitou o manto roxo, aproximou-se da escadaria em caracol, então voltou-se para o aluno e perguntou:

— Subimos?

— Não, Mestre. Venha comigo...

Com o jovem discípulo à frente, os dois atravessaram a Sala da Lareira e entraram na Sala do Doge. O conde observou a enorme biblioteca do professor Michajl Mesinskj e tocou de leve alguns volumes:

— Interessante... Muito interessante esta sala! Quando vim matar o professor Misha, há um ano mais ou menos, não tive tempo para furtar alguns livros de Birian Birov. Estava ansioso demais para tirar o Taldom Lux das mãos de meu inimigo. Pena! Não fiquei nem com o cetro de ouro nem com os livros. Mas, agora, aquela feiticeirinha vai pagar caro e vou me tornar o Alquimista mais poderoso do Universo!

O discípulo se aproximou da porta do laboratório secreto, pois não via a hora de entrar nele e mostrar a Karkon onde Nina fazia suas experiências alquímicas. Ele sabia apenas que havia um sistema esquisito para abri-la, mas não chegou a dizer nada porque ouviram vozes provenientes do hall de entrada.

O andróide, que havia ficado na Sala das Laranjeiras procurando o gato, escondeu-se atrás de um dos divãs. Encolhida e calada, Andora notou que os bigodes de Platão se eriçavam, depois ouviu passos das pessoas que haviam entrado na Vila.

— Não há ninguém aqui? Nina!
— Ljuba! Onde vocês estão?

Eram as vozes de Carmen e Andora, as tias que moravam na Espanha e tinham chegado para uma visita-surpresa.

Carmen deixou as malas no chão e subiu para o piso superior, enquanto a verdadeira Andora, que tinha visto o gato ruivo, entrou na Sala das Laranjeiras. O andróide karkoniano permaneceu atrás do sofá. Pela primeira vez tia Andora e a andróide feita à sua imagem estavam a poucos passos uma da outra.

A tia de Nina pegou Platão no colo e olhou o quadro que retratava sua irmã, a princesa Espásia.

— Você era linda, a mais linda de nós três! Se ainda estivesse viva, Nina iria aprender muito com você — sussurrou, com os olhos fixos no retrato.

Acariciava o gato quando viu surgir atrás do divã seu clone: a falsa Andora!

O andróide abaixou a cabeça pelada e, com um fio de voz metálica, disse:

— Não se assuste, não vou machucá-la.

Tia Andora prendeu a respiração, soltou o gato no chão e fitou a adversária.

— O que faz aqui? — perguntou, aterrorizada. — Você não morreu?

— Sim, morri, mas Karkon me fez despertar. Agora não dá para explicar tudo. É uma longa história e o conde está aqui na Vila. Você e Carmen correm perigo e quero ajudá-las. Quero salvar Nina.

CAP. 7 - O traidor e a Agulha Furaengano

Esta foi a explicação, rápida e concisa, do andróide, que não convenceu tia Andora.

— Não confio em você! Onde está Nina? Há dias que telefonamos para cá e ninguém atende. Nem Ljuba está aqui. Para onde vocês a levaram? — perguntou tia Andora, aproximando-se do andróide com ar ameaçador.

— Nina viajou com seus quatro amigos — respondeu o andróide.

— Viajou? — E, preocupada, a tia insistiu: — Para onde?

— Essa viagem tem a ver com a Alquimia e é difícil para mim responder-lhe agora — tentou convencê-la.

— Alquimia! É, eu sei que Nina seguiu as pegadas do avô, sei de alguma coisa de suas aventuras. Paguei caro por elas e você sabe disso melhor do que ninguém. Você me substituiu e fiquei presa na Torre de Toledo — disse tia Andora, tremendo e com lágrimas nos olhos. — Nunca vou perdoá-la!

— Eu sei e entendo. Mas mudei — explicou o andróide — e quero ajudá-las.

— Nina está em perigo? — perguntou tia Andora, assustada.

— Depois eu explico — prometeu Andora. — Agora, deixe-me ir.

— E Ljuba? — Tia Andora se angustiava cada vez mais. — Ela também viajou?

— Ljuba e Carlo estão na cadeia — respondeu o andróide, com pressa.

— Na cadeia? — tia Andora recuou, apavorada.

— Sim, mas nós a libertaremos. Vocês têm que confiar em mim. Por favor, deixem-me ir para junto de Karkon. Estou fingindo estar do lado dele, mas vou ajudar vocês, de verdade. Entendeu?

A falsa Andora parecia sincera e tia Andora não via saída. Tinha de acreditar nela.

O andróide lhe fez sinal para que ficasse em silêncio e foi para a Sala do Doge, deixando-a no hall.

CAP. 7 - O traidor e a Agulha Furaengano

Carmen, ainda no piso superior, falava sozinha, resmungava, por não ter encontrado nem Ljuba nem a sobrinha. Desceu correndo a escadaria e deparou-se com tia Andora parada no meio do hall, com ar aterrorizado.

— O que foi? — perguntou à irmã. — Está passando mal?

— Não, só estou cansada. Não há ninguém aqui. Sabe-se lá para onde foram! — disse ela, tentando esconder de Carmen o que se passava.

Enquanto isso, o andróide entrou na Sala do Doge, onde estavam Karkon e seu discípulo. Explicou-lhes que as tias de Nina tinham chegado e, por isso, eles não podiam permanecer ali.

O discípulo sugeriu:

— Fiquem aqui. Vou falar com Carmen e Andora.

Rápido, foi para o hall e quando as duas irmãs o viram exclamaram:

— JOSÉ!!!

Sim, o misterioso discípulo de Karkon Ca'd'Oro era ele: o professor espanhol. José havia traído Nina! Havia traído a todos! Mas as tias não sabiam disso, é claro.

— *Hola*, queridas! — cumprimentou-as, sorrindo. — O que fazem por aqui?

— Viemos porque ficamos sem notícias de Ljuba e de Nina. Onde elas estão?

Carmen estava aflita e o traidor tratou de acalmá-la. Tia Andora não entendia mais nada: não sabia se José estava do lado delas ou não, pois Andora não tinha falado nele.

— Ljuba e Nina estão bem — disse o mentiroso. — Foram dar um passeio.

— Mas há dias ninguém atende o telefone — rebateu Carmen.

— O telefone? Ele está com defeito — e o professor traidor disse mais uma mentira.

Adônis entrou pela porta adentro latindo, e foi parar junto de tia Andora. Ela acariciou-lhe a cabeça e notou que havia algo preso na coleira.

— Um bilhete! — surpreendeu-se.

E o leu em voz alta: "Estamos vivos, cuidem destes dois animais."

Embaixo havia as assinaturas de Nina, Cesco, Roxy, Flor e Dodô. Junto havia um pedaço de papel queimado com parte de uma palavra "AC..." e a assinatura "... JOSÉ".

Carmen ficou perplexa:

— O que quer dizer isto?

O professor arrancou os papéis das mãos dela:

— Sua idiota! O que está lendo?

A tia, assustada, olhou para a irmã com o coração explodindo de medo. Não entendia nada, mesmo...

— Nina viajou, eu sei, mas o que quer dizer este pedaço de papel queimado? — a voz de tia Andora ecoava no hall. — "AC JOSÉ", o que quer dizer isto? Foi você quem escreveu!

Platão começou a bufar e Adônis disparou a latir para José.

— O quê? "AC José"? Sim, vou lhes contar. Quer dizer "ACEITO, JOSÉ". Aceitei me tornar discípulo do conde Karkon Ca'd'Oro. Ele é o verdadeiro grande alquimista da Terra. O professor Michajl Mesinskj era um mago de araque, não sabia coisíssima alguma! E Nina é igual a ele. É uma pivete idiota!

Ao dizer aquelas palavras terríveis, os olhos de José ficaram vermelhos como fogo e seu rosto parecia transtornado pela maldade.

— TRAIDOR! — gritou tia Andora, enquanto Carmen chorava descontroladamente.

O professor deu um empurrão em tia Andora; ela foi de encontro a um vaso chinês que caiu, partindo-se em perdaços e Adônis reagiu: saltou em cima de José e arrancou parte de sua capa. O traidor correu para a Sala da Lareira, derrubando mesinhas e poltronas para se pôr a salvo dos ataques do cão e do gato, que estavam enfurecidos. Depois foi para a Sala do Doge, onde Karkon e Andora o esperavam.

— Vamos embora daqui. As duas velhas solteironas são um perigo. Elas podem nos meter numa encrenca — explicou José, nervoso. — Sabem demais...

— ENTÃO VAMOS MATÁ-LAS! — urrou o Magister Magicum.

— Não. Não acho que seja preciso. Matá-las significaria criar outros problemas. Teríamos que procurar outras justificativas — interferiu a falsa Andora, tentando ganhar tempo — e os venezianos se voltariam contra nós.

Naquele instante a cópia do Jambir de Karkon começou a se aquecer de novo. O medalhão assinalava outro deslocamento de Nina.

O conde olhou o Jambir e, voltando o olhar para o alto, gritou:

— Temos que andar logo! Nina está se aproximando do local secreto onde escondi o Arcano da Água!

— Ela não está mais na China? — indagou Andora, ainda mais aflita.

— Não. Acho que Loui Meci Kian não conseguiu impedi-la de prosseguir. Menina maldita! — O conde estava alucinado. — Ela conseguiu escapar de novo!

Num acesso de raiva, José destampou o caldeirão e despejou toda a Meada Pichosa no chão. A substância paralisante espalhou-se rapidamernte. Karkon e o andróide ficaram pasmos. Rindo, José disse:

— Quem entrar aqui terá uma bela surpresa! Vamos, depressa!

Andora não sabia o que fazer, mas pelo menos José não chegara a dizer que ali, a poucos passos, estava o Laboratório e que no fundo da laguna ficava o Acqueus Profundis. Olhou a substância negra, que se espalhava perigosamente, colando-se aos livros que estavam no chão, perto de uma estante.

Olhando para a cara monstruosa de Karkon e para a expressão malvada de José, Andora pensou em Max:

"Ele não corre perigo. Está lá embaixo, no Acqueus Profundis, e talvez consiga ajudar Nina."

Ela não tinha como imaginar que também o amigo de metal estava com Nina e que logo, logo mesmo, iria revê-lo.

Os latidos de Adônis e a gritaria das tias espanholas obrigaram os três intrusos a se apressarem. Karkon não tinha escolha: precisava fugir, alcançar a jovem alquimista e acabar com ela antes que encontrasse o Arcano da Água.

Com um gesto rápido, cobriu José e Andora com a capa; imediatamente os três sumiram numa nuvem de enxofre.

Ao entrarem correndo na Sala do Doge, as duas tias enfiaram os pés na Meada Pichosa e ficaram presas ao piso. Carmen balançava e se apoiou numa estante. Tia Andora foi imobilizada no meio da sala.

— O que está nos segurando? — afligiu-se Carmen.

— Não sei, minha irmã — respondeu tia Andora, tentando erguer os pés. — Parece piche...

CAP. 7 - O traidor e a Agulha Furaengano

Adônis latia cada vez mais alto; Platão continuava a bufar e a miar, torcendo o nariz. Os dois animais se detiveram e recuaram alguns passos porque não queriam se sujar com a Meada Pichosa. Só eles poderiam ajudar as tias espanholas, mas não sabiam o que fazer. Carmen se sentiu mal, ficou branca como um lençol, e tia Andora tentou encorajá-la, mas a situação era um bocado difícil. Rezou por Nina e seus amigos. Queria muito ajudar a pequena Ninotchka, mas primeiro teria de se livrar daquele lodo negro e grudento. Pensou em Ljuba e Carlo, que, como lhe dissera o andróide karkoniano, estavam presos. Com doçura, disse a Carmen:

— Vamos manter a calma. Tudo isso vai acabar bem.

— Onde o José se enfiou? Não há ninguém aqui — A voz de Carmen era um tênue fio.

— Ele é um maldito traidor. Tenho certeza de que foi ele quem jogou essa porcaria no chão. Desapareceu no nada. Sei lá como conseguiu, aqui não há janelas...

Enquanto falava, tia Andora tentava liberar os pés.

O que as tias tinham descoberto sobre José as deixara perdidas. Tudo lhes parecia estranho e terrível. Tinham ido

a Veneza para ver como Nina passava e agora estavam presas ali, em uma nojenta substância negra. Cão e gato, agitados, não se atreviam a entrar na Sala do Doge. Então, tia Andora voltou-se para eles e gritou:

— Vão procurar ajuda. Tragam alguém aqui.

Ela esperava que os animais encontrassem alguém que as tirasse daquela poça de piche fedorento. Adônis e Platão obedeceram de imediato e saíram da Vila Espásia correndo como doidos. O ar da primavera perfumava o parque, mas a beleza e o mistério da morada do querido professor Mesinskj pareciam diminuir de minuto a minuto. A Alquimia da Luz não tinha mais nenhum efeito e a Vila parecia amaldiçoada. O sol resplandecia lá no alto, mas os raios dourados se refletiam nos canais e nas praças, anunciando apenas catástrofes horríveis. O Mal devastava a vida de muita gente.

Apesar de as crianças venezianas estarem se organizando e a Revolução Silenciosa crescer a cada minuto, ainda era cedo. Cedo demais para cantar vitória.

Havia gente sofrendo e magia alguma conseguia eliminar essa dor. Trancados na cela, Ljuba e Carlo estavam deprimidos e com fome. A governante russa chorava sem parar, enquanto o jardineiro gastava as solas dos sapatos andando da parede às barras de ferro vinte horas por dia. Os pais de Dodô, Roxy, Flor e Cesco já quase haviam perdido a esperança de rever seus filhos e sentiam-se muito abalados.

Quanto mais o tempo passava, mais a situação parecia piorar. Enquanto isso, longe de Veneza, no fundo do oceano, depois de ter passado pela prova do Labyrinthus de coral, Nina flutuava na luz azul e tinha a intuição de que deveria agir depressa. Precisava salvar Xorax e voltar para Veneza.

A menina da Sexta Lua e seus amigos vagavam no azul, docemente transportados pela luz através do Caminho dos Justos, em busca do Quarto Arcano. Quando a luz desapareceu, eles se viram em um lugar surpreendente. Uma espécie de sala feita de véus: piso, teto e paredes eram de um finíssimo pano transparente, cor-de-violeta.

Max pôs a bolsa enorme no chão e olhou ao redor.

— Não xei onde extamox.

— Esta sala é um bocado esquisita — comentou Flor, tocando uma parede. — Como fazemos para sair?

Nina empunhou o Taldom e abanou a cabeça:

— Não me parece o Caminho dos Justos.

Assim que ela acabou de falar, no fundo da sala apareceu um caminho iluminado por esferas vermelhas que giravam suspensas no ar. Roxy foi a primeira a se aproximar, seguida por Dodô, Max e pelos objetos falantes.

Cesco deu a mão a Nina e animou-a, sorrindo:

— Mais um esforço e o Arcano da Água será nosso.

O caminho era estreito, tortuoso, e o único rumor que se ouvia era o de água escorrendo. Roxy, que foi a última a chegar, ficou encantada.

— Ohhh... Como é lindo!

Diante do grupo havia uma paisagem espetacular: um vale maravilhoso com prados verdes, montanhas e uma cascata encantadora que desaguava num lindo lago.

Nina e Max correram para a cascata certos de encontrar logo o Quarto Arcano. O tanquinho de Tarto Amarelo saltitou alegremente na grama, enquanto a xícara Sália e o vaso Quandômio relaxaram em cima de uma rocha. Flor e Roxy seguiram Cesco, que tinha visto uma rosa gigantesca ao lado de um enorme carvalho.

— A rosa! — animou-se o rapazinho. — Deve ser a rosa sobre a qual devo colocar o escrínio.

Dodô, arrastando o saco com Dentes de Dragão, andava devagar, olhando ao redor. Então ergueu os olhos e notou que o céu não era realmente um céu.

— Água! O... o... olhem! O céu é á... á... água!

Nina olhou para cima e viu que não havia sol, nem nuvens. Não era o céu: em cima do vale pairava uma massa de água azul, estranhamente suspensa. Ergueu instintivamente o Taldom. Do bico do Gugui surgiu um facho de luz vermelha e no céu de água apareceu uma inscrição:

— Conseguimos! — festejou Nina, abraçando Max.

Assim que o rapazinho colocou o objeto mágico sobre a flor, o escrínio se abriu e uma luz deslumbrante envolveu os aventureiros.

Dentro do escrínio havia quatro cetros de ouro muito semelhantes ao Taldom Lux que não tinham a cabeça do Gugui, mas apenas uma simples abertura circular, como se fossem tubos vazios. Na empunhadura de cada cetro havia um botão com a palavra Vyly (Negro) escrita acima dele.

Um a um, os cetros voaram para cada um dos quatro companheiros de Nina, que os pegaram com delicadeza.

— Por todos os chocolates do mundo! — exclamou Nina, sorrindo. — São quatro cetros Taldom!

Cesco revirou entre as mãos seu objeto mágico; Roxy, Flor e Dodô fizeram a mesma coisa.

CAP. 7 - O traidor e a Agulha Furaengano

— Po... po... posso dis... dis... disparar? — perguntou o rapazinho de cabelos vermelhos.

Ao mesmo tempo em que falava, apertou o botão Vyly e o cetro emitiu um relâmpago escuro que queimou a vegetação.

— Cuidado! Não brinque com o cetro — repreendeu-o Nina severamente, fulminando-o com um olhar. — É perigoso.

— Com estes cetros Taldom poderemos ajudá-la quando Karkon aparecer! — exclamou Roxy, animada.

— Sim, acredito que sirvam também para isso. Estou contente por vocês serem donos de um cetro de Xorax! — Os olhos da menina da Sexta Lua brilhavam e seu coração batia mais forte de tanta alegria. — Quer dizer que vocês também são alquimistas, entendem?

Cesco e Flor apertaram seus cetros contra o peito e quando olharam para Max caíram na risada.

O andróide sacudiu a cabeça:

— Expero que vocêx ox uxem bem.

Roxy olhou dentro do escrínio e viu uma folha de papel. Era uma carta do professor Michajl Mesinskj. Pegou-a e leu-a em voz alta.

Xorax, Mirabilis Fantasio
Sala Azul do Grande Conselho

O JUSTO
E OS QUATRO CETROS DE OURO

Meus caros jovens. Dirijo-me a vocês pela primeira vez. Devo agradecer-lhes por tudo que fizeram até agora. Mas outras provas os esperam até que alcancem a meta. Estes quatro cetros de ouro irão ajudá-los. Usem-nos com inteligência. Foram feitos com Ouro Filosófico.

Peço-lhes que jamais traiam a Alquimia da Luz, porque só por meio dela Xorax poderá viver. Vão para a cascata e digam em uma frase o que significa para vocês a palavra Justo. Antes de falar, pensem bem e lembrem-se do que lhes ensinei na Vila Espásia, antes de Nina chegar.

Tenho outro pedido para minha adorada Ninotchka: você precisa compor uma poesia sobre a existência humana.

Suas palavras deverão resumir o que lhe ensinei e o que você já aprendeu.

Se tudo que disser corresponder aos sentimentos de seu coração, a cascata os ajudará.

1004104

Vovó Misha

Os cinco amigos olharam a cascata e suspiraram. A prova que deviam enfrentar não era assim tão difícil, porém exigia algum esforço.

Max pegou os objetos falantes, caminhou com eles para a margem do lago e todos se acomodaram para assistir à cena.

Roxy e Flor subiram numa pequena rocha, enquanto Dodô e Cesco escolheram uma bem mais alta. A água escoava veloz e a força dos jatos produzia rajadas de vento fresco e úmido. Roxy semicerrou os olhos e, pensando nos pais que estavam em Veneza, caminhou até diante da cascata e disse:

— Justo é respeitar as regras do Bem.

Assim que acabou de falar, a água do laguinho se encrespou e na superfície apareceu a frase da garota escrita em letras do alfabeto de Xorax:

CAP. 7 - O traidor e a Agulha Furaengano

JUSTO E RESPEITAS

AS REGRAS DO BEM

Então foi a vez de Flor. Ela também pensou nos pais e lágrimas lhe desceram pelas faces.
— Justo não é comandar, mas sim viver em harmonia.

E imediatamente sua frase apareceu no laguinho, embaixo da frase de Roxy:

JUSTO NÃO É

COMANDAR MAS SIM

VIVER EM HARMONIA

Dodô criou coragem e bradou seu pensamento:
— Justo é escutar o coração e apagar o ódio.

JUSTO É

ESCUTAR O CORAÇÃO

E APAGAR O ÓDIO

Por fim chegou a vez de Cesco, que, tirando a malha suja e rasgada, disse com clareza:

— Justo é lutar para manter a lei dos Justos.

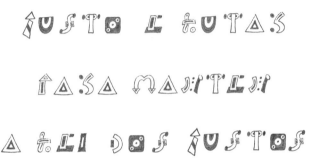

A água da cascata ia se tornando cada vez mais límpida e luminosa. As frases pronunciadas pelos jovens ocupavam toda a superfície do laguinho, que se tornara uma espécie de quadro-negro líquido.

Max e os objetos falantes estavam assombrados, olhando as palavras escritas na água e esperando que Nina dissesse sua poesia.

Os quatro amigos se voltaram para a menina da Sexta Lua. Seu rosto estava calmo e os olhos azuis refletiam a luminosidade da água. Como num filme veloz, reviu as cartas que havia recebido do avô, lembrou-se dos ensinamentos importantes que ele lhe deixara. Depois recordou os conselhos do místico Systema Magicum Universi, os livros de Biran Birov e de Tadino De Georgis. Em sua mente surgiu uma imagem familiar: Vera e Giácomo sentados no divã da Sala do Canto das Rosas. Depois, reviu o rosto de Ljuba, de Carlo e da extraordinária Etérea. Todos eles lhe haviam ensinado algo da vida.

Tranqüila, ergueu a cabeça e recitou a poesia que seu coração ditava:

Como a flor não morre
   com suas pétalas e haste
   porque nos alegra com seu perfume
e a borboleta não morre
   com suas asas e seu vôo
   porque nos dá a beleza
e a Terra não morre
   com as montanhas e os oceanos
   porque tem riquezas ainda secretas.
Assim eu também não morro
   com meus braços e meus pés
   porque tenho um coração que dá amor.
Nós, seres humanos,
   podemos ser infinitos
   porque sabemos pensar.

Max aplaudiu e os objetos falantes exultaram. Os quatro amigos sorriram para Nina, que se emocionou.

Um barulho chamou a atenção do grupo: estava acontecendo algo com a cascata. A água se tornava mais e mais luminosa, tanto que deixou de ser líquida, mais parecendo que era feita de... luz. Uma luz tão intensa e poderosa que todos tiveram de fechar os olhos. De súbito, no centro do lago formou-se uma onda espumosa da qual emergiu uma grande harpa de prata, com mais de quatro metros de altura. As cordas movimentavam-se por si e mais uma vez se ouviu a música da Oitava Nota.

— Por todos os chocolates do mundo! — admirou-se Nina. — De onde veio essa harpa?

Max se pôs de pé e, abrindo os braços, gritou:

— A harpa nox levará ao Quarto Arcano!

Os cinco jovens se reuniram e ficaram olhando o gigantesco instrumento que flutuava como se não tivesse peso. A luz e os reflexos da harpa de prata criavam uma sensação de magia. Do céu desceu uma corda que tinha na extremidade um rolo de papel verde. Com os narizes erguidos, os amigos observaram o estranho céu daquele vale encantado. Nina pegou o rolo, soltou-o das cordas e viu que nele estava desenhada a Agulha Furaengano.

— O que quer dizer isto? — indagou em voz alta.

— Talvez que você deva usar o Furaengano — sugeriu Flor.

— Sim, isso eu também entendi. Mas onde e quando deverei usá-lo?

A harpa, deslizando acima da água, deslocou-se para a margem do pequeno lago e se deteve perto dos jovens alquimistas.

Cesco tocou-a. E, ao fazê-lo, notou que em sua base havia cinco pequenos furinhos.

— Olhe, Nina, ela é furada. Experimente enfiar a agulha num desses furos.

Mais uma vez Cesco tivera a intuição certa.

A menina da Sexta Lua pegou o Furaengano e o enfiou no primeiro furinho.

Não aconteceu nada.

Experimentou enfiá-lo no segundo furinho, no terceiro e no quarto. Só quando a encaixou no último a harpa de prata começou a mudar de forma. O Furaengano girou vertiginosamente sobre si mesmo, saiu do furinho e ficou voando ao redor da harpa, criando um rastro de minúsculos brilhantes e fragmentos de estrelas. A estrutura do instrumento musical se dilatou, depois alongou-se e as cordas se entrecruzaram de modo a formar uma estreita e longa escada que subia para o céu de água. O Furaengano se tornou muito, mas muito longo e se transformou no corrimão da original escadaria.

— Ohhh... É extraordinário — manifestou-se Flor.

— Muito extraordinário! Exta é a Excadharpa — explicou Max, para surpresa de todos. — Eu a vi num dexenho feito pelox xoraxianox quando extive em Xorax.

CAP. 7 - O traidor e a Agulha Furaengano

— Escadharpa? Onde ela vai dar? — perguntou Nina.

— Ixxo eu não xei — respondeu o bom andróide, girando as orelhas.

Dodô guardou seu cetro de ouro num bolso e, todo animado, pegou o saco com Dentes de Dragão, pronto para subir a Escadharpa mágica.

— Gostei! Nã... nã... não tenho me... me ... medo de su... su.... subir.

Os cinco amigos formaram fila, com Max e os objetos falantes, e subiram, um atrás do outro, com Nina à frente, sem imaginar aonde a Escadharpa ia levá-los.

Quando chegava aos últimos degraus, Nina percebeu que o céu de água escurecia. Uma sombra agitava a massa líquida e a menina da Sexta Lua começou a sentir um pouco de medo. Continuou a subir lentamente, empunhou o Taldom Lux e espetou o céu com o bico do Gugui.

— Parece da mesma matéria da folha líquida do Systema Magicum Universi. O que acham? — perguntou Nina. — Entramos e vemos no que dá?

— Bom, acho que sim, porque não podemos voltar — respondeu Cesco, que era o último da fila

— Por quê? — perguntou Flor.

— Porque a Escadharpa está desaparecendo atrás de nós — explicou o rapazinho, sem alarde.

— Desaparecendo? — repetiu Roxy, olhando para baixo.

E era verdade. Atrás deles já não havia nenhuma escada, portanto teriam de entrar no céu de água ou cairiam na cascata.

— Então, não há outro jeito: entramos — disse a corajosa Roxy, engrossando a voz.

Seus corpos se aventuraram na massa líquida e tiveram a imediata sensação de estar nadando numa mistura de ar e água: seus movimentos eram fluidos e nada parecia ter

peso. Quando emergiram, tiveram uma grande e inesperada surpresa.

— Estamos no Zero Nevoento! — surpreendeu-se Nina, olhando de um lado e de outro.

Estavam mesmo.

O grupo de aventureiros em busca do Quarto Arcano tinha ido parar no mar do Zero Nevoento sustentado pelo Céu Debaixo e coberto pelo Céu de Cima. Fortes e sólidas, erguiam-se as nove colunas dos Números Bons, que Nina já conhecia bem.

Dodô se agarrou a Max:

— É lin... lin ... lindo!

Flor e Roxy nadaram para as colunas, em busca de um lugar onde pudessem se enxugar, mas tiveram de parar porque no centro do mar a água se encrespou, criando ondas espumosas. Entre bolhas de ar e respingos que se lançavam para o alto, surgiu uma mão monstruosa. Tinha unhas roxas e pele verde, áspera.

— Fiquem parados, ela não vai nos fazer mal — avisou Nina.

Dodô enfiou-se de novo embaixo da água, para se esconder, mas o mergulho durou pouco. Cesco, Roxy e Flor trocaram um rápido olhar e levantaram seus cetros ao mesmo tempo. Max, sem qualquer susto, nadou tranqüilamente para a mão verde e fez sinal para que os demais o seguissem.

A mão girou, virando a palma para cima, como se desejasse recolher os jovens, que, um a um, se aproximaram com cuidado.

Max foi o primeiro a subir e se acomodou junto ao dedo mínimo. Roxy e Flor, com nojo, agarraram-se ao pulso gigantesco e, depois de subir, foram sentar-se junto ao enorme polegar. Como sempre, Cesco ajudou Dodô, que segurava o saco com Dentes de Dragão entre os dentes.

— E se a... a... agora ela nos es... es... esmagar? — perguntou o rapazinho ruivo, pálido, falando com dificuldade.

— Que esmagar, que nada! Vamos, suba logo — ordenou-lhe Cesco.

A última a subir na mão foi Nina. Ficou de pé e observou o horizonte.

— Por que viemos para cá? — perguntou aos outros em voz baixa. — Eu não trouxe as tiras com números...

Max foi para junto dela, tomando o cuidado de não cair na água.

— Tudo que acontece tem um xentido. Atravexxar o Zero Nevoento talvez xirva para você lembrar do que lhe foi enxinado. Não acha?

— Sim, é verdade, Max. Aliás, eu já sabia que seria muito complicado encontrar o Quarto Arcano — disse a jovem alquimista, olhando os dois céus do Zero.

— É inacreditável que estejamos aqui — acrescentou Roxy, que havia andando sobre o dedo médio da mão.

— É... Passar dos abismos do oceano Atlântico para o Labyrinthus, em seguida do Caminho dos Justos para o Zero Nevoento é... extraordinário — comentou Flor, muito orgulhosa por ter a sorte de estar com seus amigos, como se via pela expressão de seu rosto.

— Mas, se estamos dentro do Zero, isso significa que devemos fazer alguma coisa com os números? — perguntou Cesco, limpando as lentes dos óculos com o agasalho agora bastante rasgado.

— Não sei. Talvez o Zero Nevoento seja apenas uma etapa para chegar ao Quarto Arcano — respondeu Nina.

CAP. 7 - O traidor e a Agulha Furaengano

Naquele exato momento, o Céu de Cima escureceu. Tornou-se azul-escuro e depois negro. Milhares de estrelas se acenderam iluminando o Mar. O Céu Debaixo se tornou vermelho e um espetacular sol começou a se pôr, diluindo a neblina que cobria o Zero. Naquele momento, da terceira coluna do Céu Debaixo se destacaram dois números 6, da primeira coluna do Céu do Alto destacaram dois 1 e da terceira coluna, dois 5. Os números, grandes e azuis, voaram na direção dos jovens e pairaram acima da mão verde e rugosa.

— Por todos os chocolates do mundo! O que temos de fazer com esses números? — perguntou Nina, hesitante.

Não sabia para que eles serviam.

Max fitou-a com uma expressão esquisita:

— Vocêx todox, olhem bem os númerox e penxem!

A jovem alquimista e seus amigos disseram quase ao mesmo tempo:

— Temos dois 6, dois 5 e dois 1...

Dodô sussurrou:

— Se... se... será que são os nú... nu... números do có... có... código da água?

Nina olhou para o rapazinho ruivo e depois o abraçou, contente:

— Isso aí! O código alquímico do Quarto Arcano é 6065511!

— É verdade, mas... — duvidou Cesco.

— Mas o quê? — indagou Nina.

— Aí não tem o 0 — disse ele.

— Estamos dentro do Zero, Cesco! Entende? — explicou a menina da Sexta Lua em tom de leve caçoada.

Cesco abaixou a cabeça e assentiu:

— É. Você tem razão... Estamos no 0!

Os números permaneceram suspensos no ar por mais alguns segundos, depois se tornaram pequeninos e se colocaram, delicadamente, dentro da Sália Nana, que ficou imóvel.

— Ei! O que vocês pensam que estão fazendo — zangou-se a xícara.

— Fique quieta! — ordenou-lhe Max. — Você, agora, é prexioxíxxima!

Os jovens riram da cena. O tanquinho Tarto Amarelo cruzou as perninhas e bancou o ofendido por não ter recebido um número sequer.

Mas o momento agradável logo terminou. A mão verde começou a se fechar. Os dedos dobraram-se um a um e as unhas roxas e luminosas tocaram de leve a testa dos jovens. Max se escondeu atrás da enorme bolsa e Dodô não teve tempo para gritar: a mão imergiu na água.

Nina pensou ter errado, achou que talvez deveria ter feito alguma coisa com aqueles números. A idéia de que a mão monstruosa do Zero iria jogá-los de volta no vale do Caminho dos Justos aterrorizou-a. Não havia mais a Escadharpa e o tombo seria muito perigoso.

Mas a mão desceu para o fundo do mar em velocidade acelerada, indo sabia-se lá para onde.

Sacudidos e imersos no oceano, presos entre unhas afiadíssimas, nenhum dos cinco podia fazer qualquer movimento. Aos poucos a água ia mudando de cor e de temperatura. Com os olhos fechados e as bochechas cheias de ar, eles estavam quase se afogando. Não havia mais oxigênio em seus pulmões.

Os objetos falantes agarraram-se à bolsa de Max e Dodô permanecia grudado ao saco com os Dentes.

Afinal a mão se abriu e pôs o grupo todo numa correnteza de água gelada. Um turbilhão de cores e vozes envolveu-os e no instante seguinte eles estavam estendidos numa praia. Ergueram-se, completamente molhados, doloridos e atordoados. Quando abriu os olhos, Nina ficou estarrecida.

O que via era demais! Era muito, muito bonito!

CAP. 7 - O traidor e a Agulha Furaengano

Tinham ido parar na Atlântida!

A cidade estava imersa na misteriosa profundeza dos abismos oceânicos. Recoberta por uma enorme cúpula de crystal, acima e ao redor da qual nadavam tubarões e golfinhos, medusas e baleias, polvos gigantes e moréias perigosíssimas, Atlântida se apresentava em toda a sua magnificência.

Palácios de coral cor-de-rosa e branco, praças e ruas de granito vermelho, fontes de esmeralda, estátuas de diamante e milhares de postes de luz de quartzo azul iluminavam a cidade mais misteriosa do mundo. A distância viam-se amplos prados de um verde-claro e uma rede de rios circulares que os banhavam, irrigando-os. Atlântida era rodeada por uma muralha não muito alta, decorada com milhões de minúsculas pedras formando mosaicos.

— Parece um sonho — murmurou a menina da Sexta Lua.

Cesco apoiou-se em uma coluna de mármore verde e ficou olhando ao redor, incapaz de dizer uma palavra sequer, tão grande era sua emoção.

Encantadas, Flor e Roxy ergueram os olhos e passaram a admirar o enorme número de peixes coloridos que nadavam do lado de fora da cúpula de cristal. Dodô aproximou-se de Max e segurou-o por um braço.

— Vo... vo... você já es... es... esteve aqui an... an... antes?

— Não, Dodô. Max meux amigox andróidex e muitox xoraxianox já me haviam falado a rexpeito. Atlântida é um local que ox homenx não vixitam há muito tempo — respondeu Max, apreciando os palácios e as estátuas lindíssimas.

Os objetos falantes, ainda molhados, recuperavam-se lentamente.

— Atchiimmm — espirrou o vaso Quandômio.

O tanquinho Tarto Amarelo moveu as perninhas e se dirigiu para perto de um altar em cujo centro ardia fogo. A xícara Sália ficou ao lado de Max, que, mais uma vez, abriu a bolsa enorme e tirou uma toalha para se enxugar.

Com os sapatos cheios de água e as roupas ensopadas, os cinco jovens seguiram o tanquinho, indo aquecer-se em volta do fogo. Flor leu uma inscrição pintada no altar: Flama Ferax. Mas, quando ia falar, seus companheiros disseram, ao mesmo tempo:

— É latim e quer dizer Flama Fértil.

Flor fez uma careta:

— Pelo jeito, vocês também são craques no latim.

Max girou as orelhas em forma de sino e sorriu. O crepitar do fogo era o único rumor que se ouvia. As chamas iluminavam a parede de mosaico azul, sobre a qual se destacavam dois grandes olhos amarelos e negros.

— E... e... esses olhos são im... im... impressionantes — disse Dodô, mordendo as mãos.

Os demais não deram atenção ao tímido do grupo; deitaram-se de costas sobre as almofadas recobertas por seda vermelha que estavam espalhadas ao redor do altar e admiraram os peixes, as algas e as rochas do abismo. Roxy viu que atrás do altar havia uma laje de pedra na qual estava gravada uma inscrição.

— Olhem o que encontrei!

Todos se reuniram em torno da pedra e Flor começou a ler, em voz alta:

ATLÂNTIDA DIVIDIDA EM SEISCENTOS KLEROSSUS

"EM TEMPO MUITO DISTANTE, UM FILÓSOFO ESCREVEU QUE EXISTIA UMA ILHA ENORME CHAMADA ATLÂNTIDA. A ILHA ERA RETANGULAR, 540x360 QUILÔMETROS, RODEADA POR MONTANHAS QUE A PROTEGIAM DOS VENTOS FRIOS.

CAP. 7 - O traidor e a Agulha Furaengano

A PLANÍCIE ERA IRRIGADA POR UM COMPLEXO SISTEMA DE CANAIS PERPENDICULARES ENTRE SI QUE A DIVIDIAM EM SEISCENTOS QUADRADOS DE TERRA CHAMADOS KLEROSSUS. A CIDADE ERA CONTORNADA POR UMA MURALHA CUJA CIRCUNFERÊNCIA MEDIA 71 QUILÔMETROS. NO INTERIOR DA MURALHA HAVIA RIOS CIRCULARES QUE ATRAVESSAVAM PRADOS IMENSOS. MAS A BELEZA DE ATLÂNTIDA NÃO DUROU: MENTES MALVADAS USARAM A ALQUIMIA DAS TREVAS E A OCUPARAM; O OCEANO A ENGOLIU E OS HOMENS SE ESQUECERAM DE SUA INISTÊNCIA."

— A Alquimia das Trevas? — indagou Nina. — Então foi Karkon!

— Xim. Ox alquimixtax malvadox xe apoxxaram de Atlântida, que, xubmerxa, permaneceu no fundo do oceano e foi exquecida por todox — explicou Max.

— Mas Karkon a conhece bem. Quantos anos será que o conde tem? — indagou Cesco.

— É um dos mistérios dele. Ninguém sabe sua idade — respondeu Nina. — Isso não estava escrito no caderno negro do meu avô.

— Quer dizer que Atlântida está em poder dele! — Flor começara a tremer de tanta ansiedade. — Talvez isto seja uma armadilha.

— Não. Não é uma armadilha — confortou-a Max. — Exte local conxerva xegredox importantex de Xorax.

— Se... se... segredos im... im... importantes? — gaguejou Dodô.

— Xim. E nóx extamox aqui por cauxa dixto. Xertamente o Quarto Arcano extá excondido aqui, em algum lugar — explicou o andróide. — Precixamox encontrá-lo antex que Karkon chegue.

— Mas o que são, exatamente, os klerossus? — perguntou Flor, curiosa, relendo a inscrição na pedra.

— Xe bem me lembro, ox kleroxxux xão enormex quadradox de terra que compõem a Atlântida. Enfim, a cidade inteira extá dividida em seiscentos kleroxxux.

— Quer dizer que neste momento estamos num klerossu? — disse Cesco, olhando o chão.

— Xim, e lá adiante começa outro kleroxxu. Vejam que no mármore vermelho há linhax divixóriax — acrescentou Max, indicando o chão, mais adiante.

— É verdade. Eu gostaria de conhecer a Atlântida inteira...

E, assim dizendo, Cesco apoiou uma das mãos numa esmeralda incrustada na parede e um estranho maquinismo se pôs em movimento: sobre o altar, ao lado da Flama Ferax, exatamente embaixo dos olhos amarelos e negros pintados na parede, emergiu do piso uma placa de mármore sobre a qual havia um mapa desenhado da Atlântida.

— Ohhh — surpreenderam-se os amigos.

Nina se aproximou e viu que a cidade era mesmo dividida em seiscentos quadrados, os klerossus.

— Estamos aqui... — disse a menina da Sexta Lua. — No 150º klerossu está indicada a Flama Ferax.

O mapa era claro e os jovens logo compreenderam que em muitos klerossus escondiam-se perigos. Em alguns palácios e ruas, em rios e praças, havia desenhado um K com uma caveira.

— K? Karkon!!! — Cesco ajustou os óculos ao nariz.

Os jovens alquimistas trocaram um rápido olhar e concluíram que a Atlântida não era uma cidade tranqüila e segura: Karkon a havia enchido de armadilhas!

Em detalhes, o mapa assinalava com três enormes Ks algumas zonas. No 600º klerossu havia um grande edifício: o Palácio das Anêmonas Gigantes e, ao lado da Flama Ferax, sobre um pequeno edifício, estavam assinalados dois K. Esse local chamava-se Verminário. O mapa mostrava outro local perigoso: o 444º klerossu, onde se erguia o Teatro das Sereias.

— Por todos os chocolates do mundo! — Nina empunhou o Taldom. — Precisamos tomar cuidado!

— É melhor descansarmos antes de agir — sugeriu Cesco. — Estamos cansados demais para enfrentar riscos.

Todos concordaram. Aquele não era o momento de sair andando pelas ruas e prados para conhecer os seiscentos klerossus.

— Algumas horas de sono irão nos fazer bem — acrescentou Nina, deitando-se sobre um almofadão macio.

Portanto, Atlântida estava deserta. Nenhuma presença. Nenhum sinal de vida. Mas logo o Mal mostraria a pior face da Alquimia das Trevas.

Cansados, esgotados, os jovens adormeceram pensando em seus pais tão distantes e no que deveriam fazer a fim de voltar para casa e libertar Xorax definitivamente.

Capítulo 8
O 600° klerossu e o Poço da Shandá

Longe do altar da Flama Ferax, exatamente no Palácio das Anêmonas Gigantes, o 600° klerossu, uma faísca, seguida por uma nuvem de enxofre amarelo, iluminou as paredes de coral.

Num instante apareceram Karkon, José e Andora. O conde ainda tinha na mão o Jambir, cópia do medalhão mágico, que havia permitido aos três transferir-se da Sala do Doge, na Vila Espásia, para o local onde Nina se encontrava.

— Chegamos à Atlântida — disse Karkon, agitando o manto roxo.

José olhou ao redor e Andora também teve curiosidade de ver a cidade misteriosa.

— Precisamos nos organizar muito bem — explicou o conde. — Em primeiro lugar, vou entrar no Poço da Shandá.

— Poço da Shandá? — perguntou José.

— Sim, aquele lá — respondeu Karkon e indicou com o Pandemon Mortalis o centro da sala no Palácio das Anêmonas Gigantes.

No chão de mármore negro havia uma grade de ferro, circular, que cobria um poço.

Andora e o professor espanhol aproximaram-se e olharam: era apenas um poço negro e muito profundo.

— E o que tem aí? — perguntou o andróide.

— A Shandá! Uma taça preciosíssima, de ouro e diamantes, que contém a Água: o Quarto Arcano — respondeu Karkon, orgulhoso.

— O senhor o escondeu muito bem! — disse José, fazendo uma mesura com o chapéu em ponta. — Não acredito que Nina consiga encontrá-lo.

— Não confio naquela bruxinha. Sei que ela já está aqui. Por isso, vou verificar se a Shandá continua no lugar.

Karkon apontou o Pandemon e apertou um dos três Ks gravados no punho da espada maléfica. Em um segundo, uma das paredes da sala se moveu e apareceu um computador.

— Isto sim é que eu chamo de organização! — surpreendeu-se José. — Prezado conde, o senhor é realmente um grande alquimista.

— O melhor. O maior. Eu sou o Magister Magicum e logo vou me tornar o dono do Universo! — gritou Karkon, erguendo o rosto para o alto.

— E o que vai acontecer agora? — indagou Andora, cada vez mais nervosa, ansiosa por encontrar Nina e colocá-la em segurança.

— Vou entrar no poço. Vocês devem esperar aqui.

Karkon digitou a palavra de ordem no teclado do computador. A grade se abriu e ele desceu lentamente os degraus, deixando seus seguidores sozinhos.

José havia se encantado seguindo os gestos do conde e não percebeu a saída de Andora do Palácio das Anêmonas Gigantes. Assim que percebeu, saiu também à procura dela.

Andora andava muito depressa pelas ruas de Atlântida, sem saber para onde ir, uma vez que não dispunha de um mapa. Correndo como doida, atravessou as pontes sobre os rios circulares, passou por praças maravilhosas circundadas por casas e torres de coral. Ofegante, chegou ao fim do 151º klerossu: um prado lindíssimo de flores marinhas. Olhou adiante e viu uma avenida iluminada por postes que emanavam uma luz azulada. Foi para lá, com a esperança de estar no caminho certo.

José havia ficado para trás e perdera a orientação. Entrou em alguns palácios, mas estavam vazios.

O tempo passava e, enquanto Karkon se encontrava no Poço da Shandá verificando se o Quarto Arcano permanecia no lugar e continuava intacto, lá em cima acontecia uma coisa que teria perturbado muito os jovens alquimistas se a vissem.

Dodô roncava ao lado de Flor, que também dormia profundamente. Roxy estava perto de Nina, enquanto Max e os objetos falantes ressonavam. Cesco, entediado, se virava e revirava, dando fracas cotoveladas no tanquinho de Tarto Amarelo, que assobiava, além de roncar.

Quando Andora chegou ao 151º klerossu, viu o altar e os jovens adormecidos. Sentando-se junto a um poste, suspirou, certa de que havia conseguido. Não via a hora de abraçar Max de novo, de contar a Nina tudo que acontecera. Mas não sabia que reação eles teriam, uma vez que ela era um andróide karkoniano. Pegou um punhado de conchinhas de uma fonte e jogou-as nos cinco amigos.

A primeira a acordar foi Roxy, que ergueu a cabeça do almofadão de seda vermelha, mas, cansada como estava, voltou a dormir. As conchinhas atingiram também o rosto de Cesco, que se ergueu de um salto. Andora também se ergueu e, escondendo-se atrás do poste, começou a tossir.

Max ergueu a cabeça e olhou ao redor:

— Quem está aí? — perguntou, contrariado.

Foi então que Nina acordou. A menina da Sexta Lua empunhou o Taldom, ergueu-se com calma, observou a avenida dos postes de luz e, em tom decidido, disse:

— Seja você quem for, dê um passo adiante!

A essa altura todos já haviam acordado. Com a cabeça baixa, Andora saiu de trás do poste e caminhou para eles.

Nina estava pronta para disparar!

Mas, quando se encontrava a poucos metros dela, Andora disse:

— Sou eu! Não estão me reconhecendo?

— Andora! — gritou Max-10pl, correndo ao encontro dela.

Os dois andróides se abraçaram, apertado, bem apertado. Max acariciou-lhe a cabeça pelada, em seguida fitou-lhe os olhos.

— O que Karkon fez com você? Por que extá aqui?

Cesco ergueu seu pequeno Taldom, apontou-o para Andora e disse a Max:

— Não toque nela e venha para cá! Andora é perigosa!

Nina e os demais também apontaram seus cetros Taldom para o andróide karkoniano, porém Max protegeu-a com o próprio corpo e implorou:

— Não, não. Não dixparem, ela é boa!

— Sim, é verdade. Deixei de ser má como antes. Acreditem! Karkon me acordou, mas não estou do lado dele. Tenho fingido que estou. Foi a sensação de culpa que acabou comigo. Por isso me matei, desligando-me. — A voz de Andora não era mais a voz da tia de Nina: tornara-se metálica. — Voltei porque quero remediar o que fiz. Por favor, acreditem em mim!

— Acreditar em você, como? — perguntou a menina da Sexta Lua, com um olhar desconfiado.

— Precisam confiar, Karkon está aqui — disse Andora, trêmula. — Posso ajudá-los a libertar o Quarto Arcano!

Max pegou-a pela mão e caminhou com ela em direção aos jovens.

Dodô permaneceu sentado onde estava, olhando para o andróide feminino, e a agitação provocou-lhe um tique nervoso: começou a piscar rapidamente. Flor e Roxy acompanhavam cada movimento da mulher de metal, prontas para atirar.

Assim que chegaram diante da Flama Ferax, Max segurou o rosto de Andora com ambas as mãos e disse:

— Xenti tanto a xua falta! Xofri demaix com a xua morte. Max agora você voltou e xou o andróide maix feliz do univerxo.

Ela chorou. Com as lágrimas descendo pelas faces brilhantes, inclinou de leve a cabeça para a direita ao erguê-la para fitar Max. E, como namorados, trocaram um doce beijo.

Nina e Cesco admiravam a cena, emocionados.

Ninguém tinha coragem de falar.

— Estou feliz por ter encontrado vocês. Foi muito difícil para mim. — Andora se aproximou de Nina. — Querida, tenho tanta coisa para lhe dizer! Mas não há tempo. — E ela explicou: — Karkon está se apossando do Quarto Arcano.

— Onde ele está? — perguntou Nina, alarmada.

— No Palácio das Anêmonas Gigantes — respondeu Andora.

— No 600º klerossu? — a jovem alquimista lembrava-se bem do mapa da Atlântida.

— Sim. Está dentro do Poço da Shandá — explicou Andora, apressada.

— Shandá? — repetiram os cinco jovens em coro.

— É a taça que contém o Arcano da Água. Você precisa deter Karkon, Nina — exortou o andróide feminino.

Um rumor de passos velozes interrompeu a conversa. Na avenida dos postes azuis vinha correndo um homem com capa e chapéu em ponta.

Andora deu cinco passos à frente, disposta a enfrentar o perigo. Nina, Max e os demais não sabiam se era Karkon. Quando o homem estava a poucos metros de distância, todos ficaram boquiabertos com a surpresa.

— PROFESSOR JOSÉ! — gritaram Nina e Cesco.

— *Hola*! Até que enfim encontrei vocês! — disse o professor espanhol, sorrindo com os dentes apertados.

— Não acreditem! É mentira — interveio Andora, indo para junto de Max. — Ele traiu vocês.

— O que está dizendo, andróide idiota? — retorquiu José, prontamente. — Seu cérebro não funciona mais direito.

Nina olhou para Andora e depois para o professor. Não sabia em quem acreditar.

— Pro... pro... professor, es... es... estou contente por ver o se... se... senhor! — conseguiu Dodô dizer, por fim.

— Meu amigo, venha me dar um abraço!

José abriu a capa para acolher Dodô, mas Roxy deteve o amigo.

CAP. 8 - O 600° klerossu e o Poço da Shandá

— Nada disso! Fique aqui, Dodô — e a garota de cachinhos loiros segurou-o por um braço.

— Por quê? Vocês não querem cumprimentar seu professor? — José se esforçava para sorrir.

Nesse instante, Nina se adiantou:

— O que faz aqui, professor? Como conseguiu vir?

— Por acaso, não sou também um alquimista? Não fui discípulo de seu avô Misha? Por que essa surpresa toda? Simplesmente, usei o computador do Acqueus Profundis e vim me encontrar com vocês.

Mas tal explicação não convenceu Nina.

— O computador? Não pode ser. Só se pode voar anulando espaço e tempo com o Jambir — retrucou de imediato.

— Isso! Isso mesmo! Como eu, José veio com Karkon. Entende, Nina? O conde tem a cópia do Jambir e nos trouxe aqui para determos você — Andora, falava cada vez mais depressa. — Viemos da Sala do Doge direto para cá.

Nina teve um sobressalto:

— Na Vila Espásia?

— Sim. E o professor derramou um líquido no chão que imobiliza quem pisa nele: a Meada Pichosa — esclareceu Andora, sem esconder o nervosismo.

José se cansou do falatório do andróide feminino e saltou para ele disposto a agredi-lo. Cesco e Max interferiram detendo o professor, que babava de raiva.

— E há mais — continuou Andora, fitando os olhos de Nina. — Suas tias chegaram e a procuraram pela casa inteira.

— Minhas tias vieram de Madri? E onde estão agora?

A menina da Sexta Lua estava na maior confusão mental e seus amigos demonstravam grande agitação.

— Elas vão morrer! — urrou José, com voz rouca. — A Meada Pichosa as prenderá para sempre e ninguém poderá salvá-las!

— Como teve coragem de fazer isso? Justamente você, o discípulo predileto de meu avô! Você, que me ensinou tantas coisas! Você, que está vivo porque nós o salvamos do encantamento de Karkon...

Os olhos de Nina brilhavam de lágrimas. Mantinha o Taldom apertado contra o peito e estava prestes a desmaiar. Não podia suportar aquela ignóbil traição. Lembrou-se, de repente, da carta sobre o Destino que vovô Misha lhe escrevera. Nela e nas conversas que haviam tido em Xorax ele a prevenira. Já lhe havia falado do destino de José. Só naquele momento Nina compreendeu e sentiu o sangue gelar.

— Simplesmente decidi que o Magister Magicum é quem tem razão. A Alquimia das trevas é muito mais poderosa do que a Alquimia da Luz! — José gritou, desafiando a garota: — E acho que agora você também já sabe disso!

— Você enlameou o nome de meu avô! — disse Nina, indignada.

— Sim. E fiz com que prendessem Ljuba e Carlo. Não se admira de minha habilidade em enganá-la?

— Foi você quem pôs a garrafa de Venenosia na cozinha? — a menina da Sexta Lua estava cada vez mais transtornada.

— Claro! E você também irá apodrecer numa cela escura da Prisão do Chumbo.

José estava pronto para a luta e convencido de que iria vencer.

— Seu traidor infame — descontrolou-se Roxy, que apontou seu Taldom para José e apertou o botão negro, disparando-o.

Um relâmpago azul atingiu o ombro esquerdo do professor, que fez uma careta de dor e reagiu com violência. Saltou na direção de Andora e deu-lhe um soco que a fez girar duas vezes sobre si mesma.

Então a raiva de Max explodiu:

— Nunca maix toque nela!

José segurou-o com as duas mãos, **arrancou-lhe um braço** e jogou-o perto de Dodô.

O andróide bom cambaleou. Seus fios e circuitos entraram em pane. Ele estremeceu, arregalou os olhos, girou as orelhas velozmente e caiu, sem sentidos. Andora correu para ele, abraçou-o e, desesperada, começou a chorar:

— Max, Max! Acorde! Por favor, não me deixe!

Enquanto isso, José saíra correndo na direção do 149º klerossu, seguido por Nina. Cesco, Roxy e Flor ficaram ao lado de Max, que não dava sinais de vida.

A xícara Sália Nana estava tão assustada que foi se esconder atrás do altar e o tanquinho Tarto Amarelo seguiu-a. Só o vaso Quandômio Flurissante permaneceu com os jovens ao lado do pobre andróide.

Cesco tentou reanimar Max: com a ajuda dos amigos ergueu-lhe a cabeça com cuidado para ver se ele voltava a si.

Em prantos, Andora se pôs de pé e gritou:

— José, eu vou matá-lo!

O professor não tinha saída: chegara à muralha de Atlântida. Fez um movimento brusco, deu um salto e esquivou-se de Nina, que disparou o Taldom contra ele, e voltou corren-

do para o local onde estava antes, babando e com os olhos vermelhos como fogo. Depois de correr alguns metros, o professor encontrou-se diante de Andora.

— Vou acabar com você — disse o andróide.

José deu dois enormes saltos, rápidos, chegando junto ao grupo de jovens. Ia pegar Roxy como refém, mas Cesco lhe acertou um pontapé no peito e Flor disparou seu pequeno Taldom, ferindo-o de raspão.

— Pivetes malditos! Vocês vão se arrepender!

José ergueu Cesco acima da cabeça e jogou-o na direção de uma pequena construção de coral, o Verminário. A porta se abriu com o impacto e o rapazinho foi parar no meio de milhares de vermes nojentos. O professor espanhol ia fechar a porta quando Roxy e Flor se aproximaram, furiosas.

As duas mocinhas dispararam seus cetros Taldom, várias vezes e de qualquer jeito; como não tinham nenhuma prática no manejo dos cetros mágicos, não conseguiram atingir José. O professor agarrou-as pelos cabelos e atirou-as no Verminário ao lado de Cesco, que gritava como doido. Em seguida, o alquimista do Mal fechou a porta e arrancou a maçaneta, de modo que ninguém pudesse abri-la.

Nina empunhou o Taldom Lux, mirou com precisão e disparou, atingindo um pé de José, que deu um salto e aterrissou em cima do pobre vaso Quandômio, fazendo-o em pedaços. Ouviu-se apenas um grito estridente e do objeto falante restaram alguns cacos dos quais saiu uma fumaça negra que obscureceu a visão de todos.

Dodô, aterrorizado e em estado de choque, andava na direção da avenida dos postes de quartzo azul, levando consigo o braço metálico de Max. Balbuciava frases desconexas e tossia por causa da fumaça, que acabou fazendo-o perder a direção.

A nuvem negra causada pela quebra do vaso complicava muito a situação.

José também começou a tossir e, uma vez que o ferimento no pé doía demais, caiu no chão e ficou encolhido. Foi nessa posição que Andora o viu. Ela ficara de fora da nuvem negra. No entanto, estava cega de ira e atirou-se contra o professor, segurou-o pelo pescoço e suas mãos metálicas o apertaram. Apertaram mais e mais.

O rosto de José se tornava cada vez mais vermelho. O traidor quase não podia respirar.

— Solte-o! — gritou Nina.

Andora soltou o homem e se voltou para a mocinha. O professor estava quase morto. Quando José viu os olhos azuis de Nina, ajoelhada a seu lado, lembrou-se dos olhos do professor Michajl Mesinskj. Num segundo viu toda a sua vida passar diante dos olhos. Com a língua de fora, fazendo um esforço desumano para respirar, pronunciou apenas uma palavra:

— P-e-r-d-ã-o... — exalou o último suspiro e fechou os olhos para sempre.

Nina abraçou-o e começou a chorar. Chorava em desespero, molhando com as lágrimas o rosto do traidor.

— Não sei se posso perdoá-lo, professor — soluçou a jovem alquimista —, apesar de ter certeza de que o senhor não se tornou mau por vontade própria. Foi Karkon quem o transformou. Sei que foi isso! Sinto que foi!

Nina estava arrasada. Nunca imaginou que assistiria ao assassinato de José pela mão de um andróide karkoniano. Os papéis se haviam invertido de repente. Ele, bondoso e amigo, tornara-se muito ruim. Ela, malvada e a serviço do conde, parecia ter renascido na bondade.

Nina olhava para José sem conseguir conter as lágrimas. Então notou que o corpo do professor estava se modificando. O rosto parecia se tornar de papelão e as mãos iam ficando esqueléticas. O cadáver de José se decompunha a uma velocidade impressionante.

A menina da Sexta Lua ergueu a capa negra do traidor para cobrir-lhe o rosto, depois se ergueu com dificuldade e dirigiu-se a Max. Acocorou-se ao lado do amigo de metal, com o olhar perdido entre as cúpulas de Atlântida, em sua maravilhosa paisagem submarina, e jurou vingança. Uma tremenda vingança contra o Inimigo Número Um!

Nesse meio-tempo, a fumaça negra foi se diluindo e o pranto desesperado do tanquinho e da xícara se espalhava pela cidade misteriosa: o vaso de Quandômio Flurissante também havia sido morto!

Era o segundo objeto falante que acabava mal.

Nina recolheu os cacos com delicadeza e colocou-os sobre o altar da Flama Ferax, fitou os dois enormes olhos amarelos e negros na parede, depois aproximou-se do Tarto e da Sália. Carinhosa, afagou-os.

— Sinto por seu amigo. Eu não soube protegê-lo.

— Aquele homem com chapéu de ponta era mesmo muito mau — disse o tanquinho, entre lágrimas.

— Sim. Muito mau! — anuiu Sália Nana. — Estou contente que tenha morrido.

— E pensar que até há pouco tempo ele era meu professor de alquimia — comentou Nina, com tristeza. — Era um ótimo professor e um homem muito bom.

— É horrível ser traído por um amigo, não? — perguntou o tanquinho Tarto Amarelo, balançando as perninhas.

— É a pior coisa que pode acontecer: parte o coração da gente — disse Nina, caminhando na direção de Max, que continuava sem sentidos.

Max era um amigo verdadeiro, nunca a havia traído. Ao contrário, sempre lhe dera uma ajuda preciosa.

A menina da Sexta Lua e Andora acariciaram as orelhas em forma de sino do andróide bom, que permanecia com os olhos fechados.

— Desligou! Ele desligou! — suspirou Andora num fio de voz.

Nina e o olho secreto de ATLÂNTIDA

— Calma. Vamos recolocar o braço nele e Max ficará como antes — assegurou-lhe Nina.

— Mas Dodô levou o braço embora! — disse Andora.

— Dodô? E para onde ele foi? — perguntou Nina, preocupada.

— Não sei — respondeu o ex-andróide de Karkon. — Com toda aquela fumaceira, não vi.

Enquanto isso, Cesco, Roxy e Flor gritavam a plenos pulmões. Presos no Verminário, os três amigos não se sentiam nada bem.

— Por todos os chocolates do mundo! — Nina ergueu-se de um salto. — Temos que soltá-los.

— Deixe que eu cuido disso. Você precisa ir atrás de Karkon. Se ele se apoderar do Quarto Arcano, estaremos perdidos. — E Andora a incitou, com lágrimas descendo pelo rosto semi-humano. — Vá, Nina, e vença o conde Karkon!

— E Dodô? — indagou a mocinha, arregalando os olhos.

— Depois pensaremos nele. Deve ter se escondido em algum lugar — disse Andora. — Você sabe: ele tem medo de tudo.

— Não estou sossegada — hesitou Nina.

— Confie em mim. Vá ao 600º klerossu e pegue o Quarto Arcano.

Aos olhos desesperados da jovem alquimista, Andora pareceu segura de si.

O andróide se aproximou e abraçou-a. Reconfortada por aquele abraço, Nina empunhou o Taldom Lux e saiu correndo em direção ao Palácio das Anêmonas Gigantes. Atravessou num piscar de olhos a avenida dos postes azuis, passou pelas pontes dos rios circulares e, com as faces vermelhas e a respiração ofegante, correu até chegar ao perigosíssimo Poço da Shandá, no 600º klerossu.

Enquanto isso, Andora tentou libertar os três jovens alquimistas presos no Verminário, até que deu um pontapé tão violento na porta que a fechadura quebrou. Cesco Roxy

CAP. 8 - O 600º klerossu e o Poço da Shandá

e Flor estavam cobertos por enormes vermes brancos que deslizavam por seus corpos e cobriam-lhe as cabeças.

— Atirem neles! Atirem neles! — gritou Andora.

Por fim, os três amigos conseguiram apertar o botão negro de seus pequenos cetros Taldom e fulminaram os nojentos vermes da Atlântida. A reação foi tremenda: Flor vomitou até a alma, Roxy cuspia sem parar e Cesco teve que se deitar no chão para conseguir respirar a plenos pulmões.

— Descansem — disse Andora, afagando cada um dos três jovens para incutir-lhes coragem. — Logo Nina estará de volta e tudo acabará. Vocês vão ver... Dodô também vai voltar e poderemos consertar Max.

Naquele momento, Nina chegava ao Poço. Olhou dentro dele e o medo a gelou até os ossos.

Negro. Um poço negro e profundo dentro do qual estava Karkon.

A menina da Sexta Lua estava indecisa. Devia entrar ou não?

Em seguida, olhou para o Taldom, fechou os olho e pensou no avô.

— Tenho que conseguir! Só falta o Arcano da Água para Xorax se salvar e as crianças da Terra enfim serem livres para pensar — dizia a si mesma à meia voz, enquanto seu coração saltava no peito.

Desceu a escadaria e rezou para que tudo acabasse o quanto antes.

O poço parecia não ter fim. As paredes negras foram se tornando roxas e, depois, vermelhas. Havia pouca luz e o único ponto luminoso ficava lá no fundo. Ela parou e tentou ver Karkon. Mas só conseguiu perceber a voz dele ressoando dentro do poço:

— Maravilhosa! Você é a taça mais preciosa! É minha! Apenas minha — repetia o Magister Magicum.

Nina viu a silhueta de Karkon e, antes de descer o último degrau, empunhou o Taldom Lux com a mão direita, pronta para disparar. O conde estava de costas e seis tochas de fogo amarelo presas na parede o iluminavam.

Nina andou lentamente e notou que a câmara era pequena e perfeitamente circular.

Um erro ou distração durante a luta que se seguiria acabaria em morte certa.

Apontou a cabeça do Gugui para a capa de Karkon e disparou sete vezes, atingindo as costas do inimigo.

O conde deixou cair a Taça da Shandá e, rosnando como um animal enfurecido, disparou seu Pandemon Mortalis. As línguas de fogo atingiram Nina de raspão.

— Maldita!!! Você está aqui! — berrou Karkon com os olhos em fogo, como os do diabo.

— Chegou sua hora! — A menina da Sexta Lua falou, entre lágrimas. — O Quarto Arcano será meu!

— Jamais! Vou matá-la, agora!

Karkon apontou a espada maléfica para a testa da mocinha e disparou uma rajada violenta. Por sorte, Nina agachou-se a tempo e saltou para o lado esquerdo. As chamas queimaram-lhe um pouco os cabelos.

Do Taldom partiu um raio laser azul, poderoso, que atingiu a mão direita de Karkon. O conde atirou-se sobre Nina, segurou-lhe a cabeça e tentou batê-la contra a parede.

A jovem alquimista disparou de novo, ferindo-o nas pernas, mas as fagulhas queimaram também o rosto do Magister Magicum e começou a escorrer sangue por suas faces. Os disparos do Taldom sucederam-se e Karkon foi ferido também na barriga. Ele se dobrou para frente, pegou a Taça da Shandá e acabou caindo. Dores lancinantes impediam-no de se levantar, mas mesmo assim segurou firme o Pandemon com a mão direita e mirou Nina:

— Você não vai conseguir acabar comigo! — afirmou, babando.

— Você merece uma condenação eterna — respondeu a menina da Sexta Lua, controlando os menores movimentos do inimigo.

— Eterna? Acho que não...

O conde cuspiu sangue e observava, com seu olhar diabólico, a mocinha que tremia.

— Você manipulou a mente de José e agora ele está morto — Nina o acusou, chorando.

— Um professor idiota! Um aluno estúpido! Ele não tinha caráter — disse Karkon, que, de súbito, conseguiu se levantar e abriu a capa.

Com os olhos velados pelas lágrimas, Nina se apoiou contra a parede e atirou de novo, mas não o atingiu.

— Como você o matou? — perguntou Karkon, erguendo a cabeça.

— Foi Andora que o matou! Seu amado andróide traiu você. Como vê, todos nós estamos sujeitos à traição — respondeu a orgulhosa alquimista. — Agora ela está do meu lado.

— Andora??? — o conde arregalou os olhos.

— Isso mesmo, Andora — confirmou a jovenzinha, preparando-se para recomeçar a luta.

— Não acredito. Não é possível! — O Magister Magicum estava chocado. — Ela sempre me foi fiel!

— Mas é verdade — insistiu Nina.

O conde dirigiu-lhe um olhar de profundo ódio e, reunindo as poucas forças que lhe restavam, começou a subir a escadaria do poço, deixando atrás de si uma trilha de gotas de sangue.

A menina da Sexta Lua limpou o rosto numa das mangas da blusa. Seus ferimentos ardiam e ela estava quase sem fôlego. Quando ergueu os olhos, viu que Karkon estava fugindo com o Quarto Arcano.

Saiu correndo para a escada e agarrou uma ponta da capa roxa de Karkon, que, com grande dificuldade, continuava tentando subir os degraus depressa. Quando percebeu que tinha sido apanhado, deu um puxão e uma sacudida na capa, fazendo Nina cair.

A menina da Sexta Lua foi atirada para trás, mas não largou o Taldom Lux.

O Magister Magicum saiu pela boca do poço, arrastou-se até o computador, colocou a Taça da Shandá junto ao teclado e com a mão boa ficou segurando o Pandemon Mortalis com toda força. Digitou o código que fechava a grade: queria aprisionar Nina para sempre naquele poço. Quando digitou o segundo algarismo do código, a grade começou a se movimentar.

Nina estava quase no fim da escadaria quando percebeu a armadilha. Enganchou o bico do Gugui numa das barras e tentou fazer a grade parar. Atirou: uma chama espantosa envolveu a grade e ela se sentiu perdida.

Karkon começou a tossir por causa da fumaça e não conseguia digitar o último algarismo do código. A grade havia fechado apenas metade da boca do poço. Com as chamas brilhando diante dos olhos, Nina chamou pelo avô e, como se isso lhe tivesse devolvido a coragem, atravessou as chamas.

Saiu do amaldiçoado poço sentindo-se muito mal: tinha as roupas e os cabelos chamuscados.

Nesse meio-tempo, Karkon havia pegado a Taça da Shandá e, na ansiedade da fuga, soltou o Pandemon. A espada maléfica volteou no ar e foi cair dentro do poço.

Enfurecido, o Magister Magicum se precipitava na fuga sem imaginar que poderia também perder o Caderno Vermelho e a cópia do Jambir. Foi o que aconteceu. Não houve jeito de Karkon parar a fim de pegar os dois preciosos objetos porque Nina estava logo atrás dele, disposta a matá-lo.

A misteriosa cidade de Atlântida, que por tanto tempo guardara o segredo do Quarto Arcano, estava se tornando o teatro do maior fracasso do conde Karkon Ca'd'Oro.

CAP. 8 - O 600° klerossu e o Poço da Shandá

Com ar sarcástico, a menina da Sexta Lua viu o Pandemon voar para dentro do poço escuro, depois tratou de pegar o Caderno Vermelho e a cópia do Jambir. Respirou fundo e, ao ver seu inimigo correndo desesperado, em busca de um refúgio, murmurou:

— Vá, pode ir... Você não é mais perigoso. Agora é uma presa fácil e eu vou pegar o Quarto Arcano.

Guardou o caderno novo de Karkon num bolso e jogou a cópia do Jambir no poço.

Em seguida saiu correndo atrás do conde ferido.

Assim que se viu fora do Palácio das Anêmonas Gigantes, notou que a trilha de sangue de Karkon indicava que ele fora para o 444º klerossu e seguiu o rastro, tomando cuidado para não ser apanhada. Virou a esquina, numa pequena casa de coral verde, e encontrou-se diante do Teatro das Sereias.

— Por todos os chocolates do mundo! — exclamou olhando a construção maravilhosa. — Estou no 444º klerossu, e no mapa este é um local assinalado como perigoso.

Era um enorme teatro de coral cor-de-violeta e de cristal cor-de-rosa, ornamentado por grandes estátuas de sereias lindas em harmoniosas posições de dança com elegantes golfinhos. Nada havia de ameaçador naquele teatro. Ao contrário. Nina entrou pela porta principal que se abria ao rés do chão e onde havia gotas de sangue.

"Karkon está aqui!", pensou, segurando o Taldom com firmeza.

Ao entrar, a primeira coisa que viu foi a platéia, com poltronas feitas de conchinhas e, em cima, dez lampadários de gelo iluminavam o palco e a galeria: tudo era decorado com ouro e pedras preciosas.

— Que maravilha! — disse para si mesma, em voz baixa. — Quem sabe os espetáculos e concertos que antigamente eram apresentados aqui...

CAP. 8 - O 600° klerossu e o Poço da Shandá

Um leve rumor proveniente do palco a distraiu dos pensamentos. Olhou para lá e viu que os refletores se acendiam lentamente. O cenário era de uma representação primaveril: no fundo era azul como o céu e nas laterias havia árvores floridas e fontes que esguichavam água límpida. De repente, lá de cima, vieram voando unas vinte andorinhas que evoluíram por cima das fontes e por fim pousaram nos ramos das árvores.

Nina vibrou:

— As andorinhas! O Quarto Arcano!

No entanto, estava enganada: a Shandá ainda se achava em poder de Karkon. Claro que aquelas não eram as andorinhas dos pensamentos das crianças da Terra. Na verdade, aquela cena era uma armadilha mortal!

Nina subiu ao palco e, feliz como nunca, tentou se aproximar das andorinhas, porém ecoou um barulhão terrível que fez tremer o teatro inteiro. Dos bastidores surgiram seis esferas gigantes de ferro incandescente que, rolando pelo chão, puseram fogo nas árvores e em todas as peças da cenografia.

A menina da Sexta Lua estava no meio do palco e tratou de evitar ser apanhada pelas esferas de fogo. Como um enorme morcego roxo e agarrado a uma corda, Karkon voou de uma das traves que se entrecruzavam sobre o palco e, mostrando a Taça da Shandá, cantou vitória. Nina foi atingida por uma das esferas e jogada contra uma árvore em chamas, de onde as andorinhas caíam, mortas...

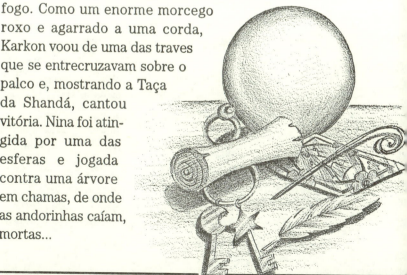

O fogo devorou rapidamente boa parte da platéia e a fumaça invadiu o teatro de Atlântida. Nina rastejou no palco, procurando um refúgio, mas as chamas lhe atingiam as costas como se fossem chicotadas. Uma leve rajada de ar passou-lhe pelo rosto. Sempre rastejando, ela foi na direção de onde entrava o ar e conseguiu encontrar a saída daquele inferno. Exausta e ferida, com os pulmões sufocados pela fumaça e a pele ardendo pelas queimaduras, a jovem alquimista sentou-se junto de uma fonte para beber água e se refrescar. Karkon havia fugido, sim, mas logo seria apanhado.

Quando voltou a respirar normalmente, a menina da Sexta Lua tratou de ver se os objetos mágicos continuavam em seus bolsos. Por sorte, lá estavam todos: a esfera de Vidro, o Anel de Fumaça, a Pluma do Gugui, as chaves com a meia-lua e a chave com a estrela, o documento do Dragão Flamejante, a Scriptante — a caneta mágica que Sia Justitia lhe dera — e por último o Alquitarô, Qui Amas. Enquanto guardava esses objetos, ouviu um lamento que vinha de uma ruela próxima. Ergueu-se lentamente e, cuidadosa, deu alguns passos adiante. Apareceu uma sombra ameaçadora, com três braços.

"Um monstro!", ela pensou, apavorada.

Prendendo a respiração, avançou, com o Taldom Lux em riste, e estava por atacar o "monstro" quando...

— DODÔ!

O rapazinho de cabelos ruivos estava de pé e movimentava desengonçadamente o braço de Max. Chorava perdidamente e não parava de dizer:

— Não fu... fu... fui eu... Nã... nã... não fu... fu... fui eu!

— Dodô, meu amigo! Encontrei você!

Nina abraçou-o com bastante força. O olhar de Dodô estava perdido no nada.

— Ni... Ni... Nina me... me... me acuda — gaguejou o rapazinho, desesperado. — Te... te... tenho que le... le... levar o bra... bra... braço para Max!

CAP. 8 - O 600° klerossu e o Poço da Shandá

— Fique sossegado, não tenha medo. Vamos, mas tome cuidado — advertiu-o Nina –, Karkon anda por aí.
— Kar... Kar... Karkon? — Dodô tremia inteiro.
— É... Só que ele não tem mais o Pandemon Mortalis e não pode nos machucar. Mas pegou o Quarto Arcano.
— Oh, não! — o rapazinho ruivo mostrou-se cada vez mais transtornado.
— É, ele está com a Taça da Shandá! Mas nós dois vamos pegá-la e depois vamos consertar Max, certo?
Nina recuperava suas forças e Dodô, segurando com força o braço de Max, parou de chorar. Os dois amigos saíram caminhando, tentando descobrir a direção que deveriam seguir para encontrar-se com os demais, no 150° klerossu.

Karkon, com os ferimentos ainda sangrando, havia conseguido chegar à avenida dos postes azuis. Sim, estava com a Taça da Shandá, mas não sabia onde se esconder: era como um prisioneiro em Atlântida! Não podia voltar para Veneza porque perdera o Jambir e sem o Pandemon Mortalis seus poderes eram quase nulos.
— Olhem, é Karkon! — gritou Roxy, apontando-o.
Cesco e Andora se colocaram diante das mocinhas, prontos para enfrentar o Inimigo Número Um e defendê-las.
Flor se ajoelhou junto ao corpo de Max e, com ternura, afagou-lhe a testa gelada:
— Vamos ficar com você — sussurrou-lhe, chegando os lábios perto da orelha em forma de sino. — Nunca o abandonaremos.
Os objetos falantes permaneceram escondidos atrás do altar da Flama Ferax. E, abraçadinhos, o tanquinho de Tarto Amarelo e a xícara de Sália Nana tremiam e rezavam para que aquilo terminasse o mais depressa possível.
— Traidora!!! — ressoou o urro do conde para Andora.
— E tenho orgulho disso! Olhe como acabou seu novo discípulo! — rebateu o andróide, indicando o cadáver de José, que se decompunha.

— Malditos! Vocês o mataram! — Karkon estava cheio de ódio, mesmo enfraquecido pela grande perda de sangue por um ferimento na barriga.

— E agora é sua vez! — a falsa Andora se aproximou perigosamente de seu pérfido criador.

Karkon ergueu a Taça da Shandá, o ouro brilhava e a água que o objeto mágico continha era sólida: não caiu uma só gota.

— O Quarto Arcano está comigo — gritou o Magister Magicum. — Venha pegá-lo, se tiver coragem.

Cesco sussurrou para Roxy e Andora:

— Ele está ferido. Deve ter sido Nina, mas ela não veio... E se ele a tiver... matado?

Andora arregalou os olhos e abriu a boca para gritar, mas abafou o urro metálico e gritou:

— Atirem neles, jovens, atirem!

Roxy, Cesco e Flor apertaram ao mesmo tempo o pequeno botão preto em seus cetros e atingiram o corpo do conde com rajadas de laser.

Karkon recuou, tentando se proteger com a capa. Andora deu um salto e o agrediu, a taça rolou pelo chão, porém a água sólida permaneceu intacta. Ele esticou o braço para pegar de novo o Quarto Arcano, mas o andróide lhe deu um pontapé na boca. O conde reagiu com violência: agarrou a cabeça de Andora e tentou arrancá-la à força.

Quando a falsa pele estava por se romper junto ao pescoço, Andora conseguiu dar um soco na barriga do adversário, atingindo-o onde já estava ferido. Karkon urrou de dor e caiu, ofegante. Com rapidez, o andróide ficou de pé, ajustou a própria cabeça e correu para pegar uma rede de pesca que tinha visto perto do Verminário. Os jovens rodearam Karkon com os cetros apontados para ele. Cesco se inclinou lentamente e tirou-lhe a Taça da Shandá da mão.

— Nãããooo!

CAP. 8 - O 600° klerossu e o Poço da Shandá

O conde gritava como um possesso, tentando se erguer para surrar o corajoso rapazinho. Todavia, naquele momento, mais uma poderosa descarga elétrica atingiu pela enésima vez o corpo de Karkon.

Cesco voltou-se, surpreendido e...

— NINA! DODÔ!

Os dois amigos haviam chegado a tempo e a menina da Sexta Lua tinha acertado o Magister Magicum com seu Taldom. O conde tremia inteiro e não conseguia mais controlar os movimentos. Andora jogou a rede em cima dele e, com a ajuda dos jovens alquimistas, enrolou-a no corpo do conde, de modo a não lhe deixar saída.

Cansados, com medo e com o coração palpitando na garganta, eles olhavam o prisioneiro em silêncio. Tinham conseguido. O Mago da Alquimia das Trevas ali estava diante deles. Moribundo.

Dodô agitou o braço de Max e, todo sem jeito, disse:

— Eu o tro... tro... trouxe!

Nina abraçou-o e Roxy deu-lhe a mão:

— Acalme-se, cabelo-de-fogo! Vamos consertar o Max.

A menina da Sexta Lua ficou séria, aproximou-se de Karkon, tocou na rede com o bico do Taldom e, com voz firme, disse:

— Você vai pagar por tudo que fez! Terá que se arrepender e ajoelhar-se aos pés de todas as crianças do mundo!

Com os olhos brilhantes e cheios de raiva, Nina fitava seu eterno inimigo. Andora se aproximou dela e abraçou-a, enquanto Flor, diante de Karkon, que se lamentava, comentou toda satisfeita:

— Nessa rede, você parece um estúpido e grande tubarão pescado!

Cesco chamou Nina para mostrar-lhe a Taça da Shandá:

— Ei, moça, olhe o presente que tenho para você!

— O Quarto Arcano! — gritou a menina da Sexta Lua.

— É o último — e, assim dizendo, Cesco escondeu a Taça da Shandá atrás das costas.

— Ei, Cesco, qual é a sua? — perguntou Nina.

— Quero uma recompensa — sugeriu o rapazinho esperto.

— O quê? — Nina ficou sem jeito.

— Um beijo. Só um — respondeu Cesco, exibindo uma perfeita cara-de-pau. — Acho que bem mereço.

Nina sorriu, mas apontou o Taldom Lux para o coração do amigo:

— Não brinque! Não é o momento de brincar. Dê-me a Taça da Shandá.

Bufando, Cesco sacudiu a cabeça e entregou a preciosa Taça à amiga alquimista.

— Tá, tudo bem. Não precisa se zangar. Não se pode brincar com você!

Nina olhou-o de lado e ficou séria ao lhe dizer:

— Acha que este é um momento para brincadeiras? Vamos, temos que consertar Max.

O bom andróide ali estava, caído no chão, ao lado do altar da Flama Ferax. Andora recolocou o braço no lugar, mas as ligações e os circuitos estavam interrompidos.

Cesco, que ficara sério, abriu a enorme bolsa de Max, pegou duas pinças, alguns fios elétricos e uma solda especial.

— Dêem-me licença. Eu cuido disso.

Nina controlava cada movimento do amigo querido e, apesar de estar irritada por seu comportamento insolente, teve de reconhecer que ele era habilidoso.

Enquanto o rapazinho executava a delicada operação com a preciosa ajuda de Andora, Flor e Roxy foram para junto de Karkon, a fim de vigiá-lo.

O conde perdia muito sangue, com certeza viveria por pouco tempo.

CAP. 8 - O 600° klerossu e o Poço da Shandá

Naquele momento as chamas do altar se ergueram, de repente, e os olhos negros e amarelos desenhados na parede de mosaico azul se iluminaram. Além da cúpula transparente que envolvia Atlântida, todos os peixes, grandes e pequenos, pararam de nadar e ficaram observando a cena com a cara colada no vidro.

Uma voz poderosa elevou-se das chamas do altar Flama Ferax:

— *Somos os dois Olhos de Atlântida. O sacrifício está diante de vocês. O Mal está na rede. Mas é preciso o Arrependimento. Tragam o corpo do conde Karkon Ca'd'Oro para o altar e deixem que exerçamos nossa ação purificadora.*

As chamas permaneceram altas e os olhos na parede se tornavam cada vez mais luminosos.

Nina e Andora foram pegar Karkon e o arrastaram até junto do altar. Flor, Dodô e Roxy mantiveram-se em silêncio, o tanquinho e a xícara foram para perto de Cesco, que ainda tratava de Max. Ao ouvir a voz do fogo, ele havia interrompido o trabalho, escutara e voltara a consertar o amigo de metal.

Depois de a menina da Sexta Lua e o andróide feminino terem se afastados alguns passos do conde, uma língua de fogo de destacou da Flama Ferax, voou acima de Karkon e falou novamente:

— *Magister Magicum, mágico diabólico, alquimista pérfido, está ouvindo minha voz?*

O conde, envolvido pela rede, olhou o fogo que ardia acima de sua cabeça e, com voz fraca, respondeu:

— Sim, ouço sua voz. Estou morrendo.

— *Não vai morrer. Pronuncie a frase que já sabe. Purifique-se!*

Karkon tinha a garganta seca e, mal movimentando os lábios, pronunciou a frase que o livraria dos terríveis pecados cometidos durante sua vida:

— *Conscientia opprimor.*
— *Repita em voz mais alta.*

O conde fez um esforço sobre-humano e gritou, com o pouco fôlego que lhe restava:

— *Conscientia opprimor.*

A voz de Karkon ressoou por todos os cantos, assustando os peixes e as medusas, que se distanciaram da cúpula de Atlântida. Só então Nina sentiu uma força enorme como que lhe percorrendo as veias.

— Ele se arrependeu! — exultou. — Karkon se arrependeu!

Surpreendida, Flor foi para junto do alquimista do Mal:

— *Conscientia opprimor*... Quer dizer que se sente oprimido pelo sentimento de culpa? Admite isso? Finalmente!

O conde parecia mesmo arrependido.

Então a Alquimia da Luz havia triunfado?

A chama se alongou formando um círculo, os olhos de Atlântida se moveram, as pupilas amarelas e negras abriram-se, mostrando dois buracos de luz. O fogo da Flama Ferax se apagou e a parede de mosaico azul abriu-se entre os dois olhos, mostrando a saída.

— Uma porta! — alegrou-se Nina.

Os jovens e Andora estavam imóveis. Karkon se agitava dentro da rede e, aproveitando o momento de distração dos outros, tirou uma carta de baralho do bolso: Got Malus.

O mais poderoso dos Alquitarôs Malignos. A carta mágica ficou no chão. Parecia inócua, mas não era bem assim.

Ninguém percebeu o que acontecia. Mais uma vez, o Magister Magicum não se rendera, sua maldade não fora anulada: ele não se arrependera!

Cheio de curiosidade, Cesco quis saber para onde dava a misteriosa saída, então tratou de terminar logo o conserto do braço do andróide: os sofisticados circuitos da rede nervosa de Max 10-pl se reativaram; ele mexeu as mãos, os pés, depois abriu os olhos e começou a respirar.

— Onde extou? — perguntou, erguendo do chão a cabeça brilhante. — O que aconteceu?

— Max, meu amor!

Andora precipitou-se para ele e o abraçou ternamente.

— Andora... Como é bom ver você de novo!

O homem de metal estava comovido e, girando lentamente as orelhas em forma de sino, ofereceu-lhe um amplo sorriso.

Flor e Dodô cumprimentaram Cesco; Nina e Roxy também fizeram o mesmo, com um aperto de mão: o jovem alquimista havia feito um ótimo trabalho consertando o braço do andróide.

— Estávamos preocupados com você, Max — Nina entregou-lhe o último vidro de geléia de morango.

— Obrigado, Cexco. Você xalvou a minha vida. Nunca me exquecerei...

O andróide ergueu o braço consertado e o movimentou para mostrar que funcionava muito bem. Engoliu quatro colheradas de geléia de morango e logo se sentiu ótimo. Foi então que viu o corpo de José, inerte, perto do altar da Flama Ferax.

— Vocêx o mataram? — indagou, nervoso.

— Fui eu. Ele se tornou malvado — explicou Andora, fitando os olhos de Max. — Não consegui perdoá-lo.

O rosto do andróide se tornou sombrio. Ele sacudiu os ombros e começou:

— Você fez uma coixa terrível. Mexmo que Joxé tenha xe tornado mau...

Foi interrompido por Andora.

— O Mal já o havia transformado. Foi ele que arrancou seu braço!

A mulher de metal pegou Max pela mão e foi mostrar-lhe o prisioneiro: Karkon envolto na rede de pesca.

— Ele? Também extá morto? — perguntou o bondoso andróide ainda mais transtornado.

— Não — respondeu Nina, contente. — E se arrependeu.

— Arrependeu? Impoxxível! — retrucou o Max.

— É verdade. Pode crer. Mas agora temos que nos separar — disse Andora, criando um certo mal-estar.

— Separar? — perguntaram os demais, em coro. — Por quê?

Andora foi para perto de Max e, voltando-se para os jovens, explicou sua idéia:

— Vou levar Karkon para Veneza. Ele tem que ser julgado e condenado. É muito fácil para ele morrer assim. Mesmo arrependido, terá que pagar durante a eternidade o mal que causou a tanta gente.

Nina assentiu com a cabeça e os outros também concordaram.

— Vocês precisam terminar a missão, entregando o Quarto Arcano a Xorax. Depois nos encontraremos, em Veneza — concluiu Andora com sua voz metálica.

A menina da Sexta Lua entregou-lhe o Jambir e a Esfera de Vidro:

— Leve estes objetos mágicos. E, preste atenção, quando entrar no Acqueus Profundis, tome cuidado para que Karkon não escape. Coloque-o no trólé e leve-o para o laboratório da Vila. Esta Esfera é que abre a porta. Boa sorte!

— Vai dar tudo certo. Vou pedir a ajuda de suas tias e das crianças da Giudecca. Estamos no caminho certo; só falta chegarmos ao fim. — Andora estava orgulhosa. Olhou para Nina, para seus amigos e, sorrindo, assegurou-lhes: — Vou cuidar também de seus pais. Não se preocupem, tudo vai dar certo.

Dodô abaixou a cabeça, Flor e Roxy se abraçaram e Cesco apertou a mão da mulher de metal que os ajudava.

Max tirou da bolsa um tubo de aço muito parecido com o que havia usado ao partirem do Acqueus Profundis e voltou-se para Andora:

— Pegue-o com a mão exquerda e com a direita xegure o Jambir. Depoix pronuncie a fraxe: *A luz me acompanhará. Acendo meu coração e irei para Veneza. O Arcano da Água extá em boax mãox. Finalmente Xorax xerá xalvo. VOAR PARA VIVER!*

Nina e Roxy exclamaram:

— É a mesma frase que você disse no Acqueus Profundis!

— Exato. Bem, então vá, agora. Ainda vamox fazer muitax coixax juntox! — disse o andróide para Andora, exortando-a a partir.

— Sim, uma vida juntos! — respondeu a mulher de metal, piscando.

Os jovens abraçaram Andora, que, com o Jambir em uma das mãos e o tubo na outra, pronunciou a frase mágica. Ela e Karkon desapareceram imediatamente, levados por um facho de luz vermelha. Não ficou nem sinal deles junto da Flama Ferax.

Dodô abriu os braços e, alarmado, perguntou:

— E co... co... como vamos vol... vol... voltar para ca... ca... casa sem o Jam... Jam... Jambir?

— O Gugui vai se encarregar disso — Nina respondeu, sorrindo. — Pelo menos, é o que espero.

— O Gugui? Onde ele está? — indagou Flor.

— Não sei, mas sem dúvida virá nos buscar.

Nina tinha certeza e Cesco anuiu. Roxy deu umas pancadinhas no ombro da amiga alquimista:

— E o que vamos fazer com "aquilo"? — apontou para o cadáver de José.

— Vamos deixá-lo aqui. Não tenho nenhuma intenção de sepultá-lo — foi a resposta cínica e dura de Nina. — Ele está se decompondo rapidamente e daqui a pouco nada restará de seu corpo.

O corpo de José se transformou logo em um material seco e marrom; pouco tempo depois a única coisa que restava do professor José era uma mancha no chão. A mancha foi mudando de forma diante do olhar espantado dos jovens alquimistas e formou uma palavra: "Proditor"!

Flor escondeu o rosto com as mãos e sussurrou:

— Proditor! Traidor! Este é o fim do professor José: dele só resta esta palavra amaldiçoada.

Max e os demais abaixaram a cabeça e ficaram em silêncio.

Nina estava com tanta raiva que não conseguia nem sequer chorar. Pegou a Taça da Shandá e, olhando para a passagem entre os dois olhos de Atlântida, fez sinal para que todos passassem por ela.

Mas uma perigosa insídia estava prestes a impedir a viagem para a entrega do Quarto Arcano.

Ninguém havia percebido a presença de Got Malus, o Alquitarô Maligno que Karkon jogara ao chão.

Capítulo 9
A Revolução Silenciosa e os ovos do Quásquio

Um halo vermelho vivo clareou o Acqueus Profundis. No interior dessa luz, ao lado do trono de vidro, Andora materializou-se e junto dela surgiu também o corpo do conde preso na rede.

O laboratório no fundo da laguna estava silencioso e a enorme tela se achava desligada, embora o computador estivesse funcionando regularmente. Karkon agonizava e não tinha percebido que se encontrava no local mais secreto de Nina e do professor Misha.

Andora olhou ao redor, lembrando-se do tempo que ficara lá e de como Max cuidara dela com amor. Virou a cabeça e olhou a vidraça, observou o fundo do mar, depois passou as mãos sobre a bancada. Tudo estava como havia deixado meses atrás. Colocou o Jambir sobre o Strade Mundi e começou a arrastar a rede. Karkon era pesado, mas tinha de dar apenas mais alguns passos para chegar à porta.

— Maldito conde! — ofegou, cansada. — Como pesa!

Quando saiu do Acqueus Profundis, a porta de rocha fechou-se às suas costas. Ninguém mais poderia entrar; apenas Nina, porque tinha o Anel de Fumaça.

Andora se aproximou do trólé e, com um esforço tremendo, colocou Karkon dentro dele. O corpo caiu no vagãozinho como um saco de batatas, o andróide ergueu a alavanca e, num instante, o trólé partiu e chegou ao fim do túnel. Chegando lá, teria de subir a escadaria levando aquele peso nas costas! E, quando chegou a hora, nem mesmo ela sabia como, Andora encontrou um jeito para mover o conde, que ainda delirava e perdia muito sangue. Com a língua de fora, a mulher de metal chegou ao alçapão e, por fim, puxou a pesada rede para cima.

O relógio do laboratório marcava 23:11:45 do dia 13 de abril. Desde que ela viajara pelo espaço com Karkon e José, haviam passado apenas dez horas.

Andora olhou para a bancada de experiências, os desenhos e mapas afixados nas paredes, os mil vidros, alambiques, os montes de pedras preciosas. Pensou em Nina, na aventura que a mocinha vivia e nas dificuldades que ainda teria de enfrentar. Deu um pontapé em Karkon, que emitiu um fraco gemido. Em seguida, pegou a esfera de vidro e encaixou-a na concavidade na porta, que se abriu de imediato. A luz azulada do laboratório iluminou a Sala do Doge, que até aquele momento permanecia em absoluta escuridão. Na penumbra, viu uma cena arrepiante: as duas tias ali estavam, aprisionadas pela Meada Pichosa. Cansadas, com os rostos transtornados pelo desespero, assim que viram o andróide começaram a gritar.

— Calma, fiquem calmas. Vou livrá-las — disse Andora, acendendo a luz.

— ANDORA! ELA É IGUALZINHA A VOCÊ! — gritou a pobre Carmen, sentindo uma violenta vertigem.

— Sim... Não... É... Ela é igual a mim — resmungou tia Andora — e não é má!

— Não se assuste, Carmen. Sou um andróide construído pelo conde Karkon Ca'd'Oro. Acontece que passei para o lado de vocês. Estou ajudando Nina, entende?

A falsa Andora achou que havia sido bastante clara, mas tia Carmen entrou numa crise histérica. Começou a agitar os braços e tentou escapar, mas os pés pareciam cimentados na Meada Pichosa.

— Calma! Não se agite assim! É pior se você se mover tanto — tentou explicar a irmã, mas Carmen não queria saber de nada.

CAP. 9 - A Revolução Silenciosa e os ovos do Quásquio

Então, Andora escancarou a porta do laboratório e mostrou Karkon preso na rede.

— Olhem! Ele é o culpado de tudo. É o conde do Mal. Temos que prendê-lo.

Quando Carmen viu o Magicum Magister, soltou um grito muito mais forte do que os anteriores. Tia Andora também gritou. O andróide, com raiva, deu um soco na parede e ordenou:

— Agora chega! Vocês têm que ficar calmas. Em primeiro lugar, preciso encontrar uma substância alquímica que dissolva a Meada Pichosa, depois vocês me ajudarão a levar Karkon para a polícia. Está bem?

Por fim, mas ainda assustadas, as irmãs se calaram. Naquele momento um estranho ruído vindo da última prateleira de uma das estantes fez as três mulheres olharem para cima. Um candelabro de ferro batido se moveu um pouco e derrubou um livro que foi cair aos pés de Andora. Tinha capa amarela e o título era *A força do ácido pomposo*, de Birian Birov.

O andróide pegou-o, enquanto as duas mulheres faziam um montão de perguntas, pedindo explicações. Sem responder, a mulher de metal começou a percorrer as primeiras páginas do livro e logo exclamou:

— A fórmula!

— Que fórmula? — perguntaram as tias espanholas.

— A fórmula do ácido pomposo. Ele serve para dissolver qualquer substância mágica criada com piche — respondeu Andora, toda alegre. — É a solução do problema, entendem?

— Não. Na verdade, não entendi — resmungou Carmen, balançando a cabeça, enquanto tia Andora dizia que sim.

— Mas faz muito tempo que não crio substâncias alquímicas — disse Andora, preocupada. — Não fui projetada para isso.

CAP. 9 - A Revolução Silenciosa e os ovos do Quásquio

— Você tem que tentar! Faça-o por nós — pediu tia Andora.

A mulher de metal voltou para o laboratório com o livro. Procurou entre vidros e caixas os ingredientes, enquanto o conde, sempre moribundo, de vez em quando abria os olhos e agonizava. Andora precisava agir depressa. Pegou a ampola nº 111, que continha Suco de Acelga, pingou dez gotas em uma tigela, acrescentou dois gramas de Ouro em Pó e sete gotas de Benza Pompônia, um líquido perigosíssimo. Mexeu por cinco minutos e um fio de fumaça vermelha começou a sair da tigela.

— Vai funcionar! — garantiu, confiante.

Com a tigela nas mãos, saiu do laboratório e disse às duas irmãs:

— Agüentem firmes. Vou jogar ácido pomposo no chão e acho que ele vai dissolver a Meada Pichosa. Pelo menos, é o que espero.

Nem bem acabou de falar, derramou a mistura alquímica sobre o piso.

A fumaça vermelha se espalhou pela crosta da Meada Pichosa e a dissolveu no mesmo instante. Os pés de tia Andora e de Carmen se aqueceram e, por fim, as irmãs puderam mover as pernas.

— Livres! — disseram ao mesmo tempo, abraçando-se.

Depois voltaram-se para o andróide e lhe estenderam as mãos. A Andora de metal abaixou a cabeça.

— Deu certo! Agora espero que confiem em mim.

Tia Andora abraçou seu clone e Carmen sorriu:

— Eu sabia que Nina é uma menina especial e que é apaixonada por alquimia. Mas nunca imaginei me ver numa situação como esta.

— Nina está bem — garantiu Andora —, não se preocupem com ela. Logo estará aqui. Os outros jovens também estão ótimos, mas agora não tenho tempo para explicar os acontecimentos.

Tia Andora e Carmen fitaram os olhos da mulher metálica e sem cabelo. Suspiraram. Naquele momento Karkon se mexeu.

O andróide e as duas tias de Nina puxaram a rede.

— Vamos levá-lo para a cadeia — propôs tia Andora.

Mas a Andora de metal discordou.

— Falta pouco para a meia-noite e a escuridão poderia nos ajudar, porém não posso me arriscar a ser vista pelos guardas. Eles jamais acreditarão no que eu disser. É fácil ver que não sou humana. — Voltou-se para tia Andora: — E como vamos explicar que somos idênticas, se não somos sequer irmãs?

Carmen não entendia nada e começou a chorar. Tia Andora teve uma boa idéia:

— Eu e Carmen vamos entregar Karkon à polícia. Eles vão acreditar em nós.

O andróide sorriu:

— Perfeito! Então, eu vou para o Edifício Ca'd'Oro buscar Alvise, Barbessa e Viscíolo. Eles vão confiar em mim, não suspeitarão de nada e me deixarão entrar. Assim, todos serão presos.

As três mulheres se apertaram as mãos em sinal de amizade.

Juntas, arrastaram a grossa rede com Karkon até o portão da Vila Espásia. Mas tiveram uma surpresa.

Do outro lado da ponte havia uma multidão de crianças em silêncio. Eram mais de trezentas. Imóveis como estátuas

CAP. 9 - A Revolução Silenciosa e os ovos do Quásquio

de granito, firmes como soldadinhos prontos para marchar, olharam as três mulheres e não hesitaram. Entre as crianças estavam Platão e Adônis, também calados.

Bateu meia-noite. O som dos sinos marcou o início de uma nova fase da Revolução Silenciosa. E as andorinhas ainda estavam lá: sobre os tetos e os postes de luz, junto às janelas das casas. Voavam com suas asas estreitas e pontudas, criando turbilhões de ar.

O andróide avançou alguns passos:

— Sou Andora, a do caixão — disse em voz alta. — Lembram-se?

Todas as trezentas crianças balançaram afirmativamente a cabeça, enquanto Adônis olhava ao redor como se quisesse ver se todo mundo respondia.

Com orgulho, Andora mostrou o conde Karkon aprisionado. Um murmúrio elevou-se para o céu escuro.

As crianças exultaram, erguendo as mãos. Mas a mulher de metal lhes fez sinal para que mantivessem silêncio, pois poderiam acordar os venezianos e o caso ainda não estava resolvido. Apenas Platão e Adônis se aproximaram da rede e, farejando a grande presa, tiveram uma reação inusitada: os dois fizeram xixi em Karkon, que não moveu um dedo sequer.

O exército de crianças não emitiu nenhum ruído e o andróide disse:

— A Revolução Silenciosa de vocês é muito importante. Acompanhem as tias de Nina à Prisão do Chumbo e entreguem o pérfido Karkon à polícia. Façam isso por Nina. E pela liberdade do pensamento de vocês.

Um menininho se aproximou:

— Você não é humana!

— Tenho pele falsa, não tenho cabelos, em lugar de veias e artérias tenho circuitos elétricos e cabos que são percorridos por uma substância similar ao sangue. Porém, hoje, mais do que nunca, eu me sinto humana. Há algo batendo no lugar onde deveria estar meu coração. Confiem em mim e não vão se arrepender.

Tia Andora e Carmen arrastaram o corpo de Karkon até além da ponte, seguidas pelo cão e pelo gato, triunfantes. A multidão de crianças abriu caminho. Era a primeira vez que se via o conde naquelas condições ruins, arquejante, semimorto e sangrando. O andróide saiu correndo:

— Façam o que eu disse. Vou ao Edifício Ca'd'Oro. Encontro com vocês daqui a uma hora, na Prisão do Chumbo.

As trezentas crianças acompanharam com passos lentos as duas tias de Nina, que arrastaram o prisioneiro por ruas e pracinhas desertas, iluminadas apenas pela luz dos postes. Grupos de andorinhas continuavam a esvoaçar acima do grupo de rebeldes.

Karkon começava a se refazer e, com os olhos arregalados, tentava encontrar um modo de fugir: via claramente centenas de andorinhas voando acima de sua cabeça. Sentiu-se sufocar: temia ter chegado ao fim de seus dias.

Aquelas andorinhas representavam a libertação dos pensamentos e as crianças se haviam tornado seus inimigos mais ferozes. Depois pensou em Atlântida e que as coisas não deveriam acabar bem para Nina e seus amigos.

O Alquitarô Got Malus logo iria agir, desferindo um ataque violentíssimo. Enfim, o conde achava que não estava completamente derrotado, apesar de se sentir muito humilhado com a situação, aprisionado naquela rede.

Enquanto as tias espanholas o arrastavam por ruas e pracinhas, a Andora de metal agia segundo seu plano.

Quando chegou diante do portão do Edifício Ca'd'Oro, tocou a campainha. Viscíolo, que estava dormindo, levou alguns minutos até abrir o pequeno visor para olhar, com o olho são, é claro, quem estava querendo entrar ali àquela hora da noite.

— Andora! — sur-preendeu-se.

— Vamos, abra logo — disse o andróide, com modos autoritários. — Estou com pressa.

Assim que Andora entrou no pátio, perguntou pelos gêmeos. Mas Viscíolo a segurou por um braço e, sacudindo-a, indagou:

— Onde está o conde? Vocês não foram à Vila Espásia aplicar a Meada Pichosa?

— Largue-me! O conde está me esperando... diante da cadeia — disse, fitando o tapa-olho do caolho.

— Cadeia? E o que vocês vão fazer lá? — quis saber o servo, enquanto a seguia escadaria acima.

— Temos que torturar Carlo e Ljuba — respondeu a Andora de metal, inventando uma mentira estratosférica.

— Torturar? Que bom! — Viscíolo animou-se. — Posso ir junto?

Aquele pedido do seguidor do conde era tudo que Andora queria.

— Pode, mas temos que levar também Alvise e Barbessa.

— Vamos buscá-los, eles estão no quarto — esclareceu Viscíolo, satisfeito da vida.

Mas ao ver Andora, Alvise e Barbessa ficaram muito agitados.

— Vai ser preciso torturar Carlo e Ljuba? — pergunta-ram, tentando dar um jeito nos cabelos alvoroçados e vestindo a malha com o K.

— Não tenho tempo para dar explicações — rebateu o andróide. — O conde está nos esperando.

— E o novo discípulo do conde? Vocês usaram a Meada Pichosa? — perguntaram os gêmeos enquanto desciam a escadaria.

— José? Bom... Sim... É, ele está com Karkon — respondeu Andora, toda apressada. — E sim, a Meada Pichosa funcionou muito bem.

— Então, vocês pegaram Nina? — perguntou Barbessa, terminando de fazer as tranças.

— Nina? Bem, ainda não. Mas falta pouco — e Andora encerrou a conversa.

Viscíolo e os gêmeos não desconfiaram de nada: ao contrário, acharam que tudo ia maravilhosamente bem. E, assim, saíram do edifício karkoniano confiantes de que o andróide dissera a verdade.

Correndo, atravessaram a Praça San Marco, mas pouco depois perceberam que alguma coisa estava errada: grupos de crianças achavam-se sentados ao lado da coluna da estátua do Leão Alado. O felino de mármore ali estava, imóvel e sem vida. Acima da imponente estátua esvoaçavam dezenas de andorinhas.

Alvise olhou o leão por instantes. Depois voltou-se para Barbessa:

— Esquisito as crianças de Veneza estarem na rua a esta hora. O Leão me parece sossegado. Não acredito que Karkon não tenha conseguido reanimá-lo.

— O Leão? Ora, o conde tem coisas mais importantes a fazer. Mas você tem razão, também me parece esquisito ver as crianças na rua de madrugada — concordou Barbessa. — Porém, o mais estranho são essas centenas de andorinhas...

Viscíolo andava com dificuldade, observando as crianças venezianas com seu único olho. Elas se mantinham impassíveis.

Quanto mais se aproximavam da Prisão do Chumbo, mais aumentava o número de crianças. Andora deu as mãos

CAP. 9 - A Revolução Silenciosa e os ovos do Quásquio

aos gêmeos, que estavam com medo e não queriam continuar. O Caolho também parou.

— O que há? — perguntou a Andora.

Ela não respondeu, apenas deu um sorriso irônico.

Alvise tentou voltar e Barbessa começou a se debater para soltar-se da mão do andróide. Mas a multidão de crianças cercou o grupinho, impedindo-os de voltar. As andorinhas resolveram criar a maior confusão, voando cada vez mais baixo.

Quando os gêmeos e o Caolho chegaram diante do portão do presídio, Andora gritou:

— Prendam-nos!

Cinco dos rapazinhos maiores e mais fortes agarraram Alvise, Barbessa e Viscíolo, que começaram a saltar e a morder, gritando como doidos. Ficaram petrificados ao ver Karkon no solo, imobilizado pela rede e sangrando.

— Meu senhor! — gritou Viscíolo, ajoelhando-se.

— Mestre! — exclamaram Alvise e Barbessa, apavorados.

As duas tias espanholas e a falsa Andora abriram caminho entre a multidão. Carmen se aproximou dos gêmeos e deu uma poderosa bofetada em cada um. Viscíolo ergueu um braço para defendê-los, mas tia Andora se aproximou e, com desprezo, ordenou:

— Parado! Mais ninguém pode fazer mal a Nina e às crianças do mundo inteiro!

Karkon se mexeu e resmungou poucas palavras. O andróide se agachou e percebeu que ele queria apenas uns goles de água.

— Batam à cadeia e levem-nos para dentro — disse Andora. — É melhor que não me vejam, senão as coisas podem complicar.

O andróide voltou, rapidamente, para o Edifício Ca'd'Oro, dizendo que tinha algo muito importante a fazer.

As tias bateram no portão do presídio e, quando os guardas viram aquela confusão, mandaram avisar imediatamente os dez conselheiros municipais e o presidente do Tribunal.

— Não podemos jogar o conde Karkon em uma cela! — disse o primeiro guarda. — Atualmente ele é nosso prefeito!

— E que tem isso? Ele é culpado! Queria matar Nina e seus quatro amigos da Giudecca! — gritou tia Andora, enquanto a multidão de crianças permanecia em silêncio. — Vocês sabem muito bem que ele é um sem-vergonha!

Poucos minutos depois chegaram correndo os pais de Dodô, Flor, Roxy e Cesco. Os olhos deles brilhavam. Assim que viram as tias espanholas, pediram notícias dos filhos.

— Onde eles estão? Estão bem?

A rajada de perguntas pôs as duas irmãs em confusão, mas tia Andora criou coragem e garantiu que logo estariam de volta.

— Como vocês conseguiram fazer isso com Karkon? — perguntou o pai de Cesco.

— É uma longa história. Agora, sosseguem — disse Carmen, com um fio de voz. — Não há mais nada a temer.

Os pais de Dodô se aproximaram do conde.

— O que vo... vo... você fez com o no... no... nosso filho? — perguntou o pai dele, com raiva.

Karkon emitiu um gemido e movimentou uma perna.

O sangue que perdera se espalhara pelo chão e os pais dos quatro amigos de Nina se alarmaram.

— Ele está machucado! — assustou-se a mãe de Flor, à beira de um desmaio. — Temos que fazer alguma coisa, não podemos deixá-lo aqui, assim.

Os guardas desfizeram o nó das cordas da rede e libertaram lentamente Karkon sob o olhar vigilante de Platão e Adônis. Naquele instante, arquejantes, chegaram os dez conselheiros e o juiz do Tribunal.

— O que está havendo? — perguntou o conselheiro mais velho, olhando para o chão. Quando viu Karkon mori-

CAP. 9 - A Revolução Silenciosa e os ovos do Quásquio

bundo, soltou um urro: — Conde?! Quem fez isso com o senhor?

Andora se adiantou:

— Ele queria matar Nina. Está na hora de terminar esta farsa. O conde Karkon Ca'd'Oro é um homem malvado.

— Como se atreve a dizer tal coisa? — horrorizou-se o presidente do Tribunal. — Olhe que eu mando prendê-la!

— Prender-me? Engano seu. É Karkon que deve ser preso! — enfureceu-se tia Andora e Carmen tentou acalmá-la.

— E vocês aí? Que fazem na rua a esta hora? Deviam estar na cama há muito tempo — gritou o presidente para a multidão de crianças que mantinha a boca fechada.

— Vão para casa! — acrescentou o homem, com voz potente.

— Sim, eles irão. Mas primeiro o senhor tem que prender Karkon, os dois gêmeos e Viscíolo — responderam com firmeza os pais de Roxy.

— Agora chega! Todo mundo para casa! Nós resolveremos o que fazer com o conde.

O presidente do Tribunal e os dois conselheiros fizeram sinais aos guardas para que levassem o conde, o caolho, Alvise e Barbessa para uma saleta.

Carmen e tia Andora permaneceram ao lado dos pais dos quatro amigos de Nina e o pai de Cesco perguntou:

— Como teremos certeza de que eles vão prender esses quatro? E onde estão nossos filhos?

— Seus filhos estão bem. Na verdade, minha irmã e eu não sabemos onde estão, mas Nina logo irá aparecer. Quanto ao conde e os outros, temos que ter confiança. Os conselheiros municipais, os guardas e o presidente do Tribunal não podem libertá-los depois de toda esta confusão.

Com essa resposta, tia Andora procurava tranqüilizar os pais dos jovens, mas não conseguiu: as mães estavam ansiosas demais.

Timidamente, Carmen sussurrou:
— Só a Andora de metal sabe a verdade sobre as crianças...
— Andora de metal? — surpreenderam-se os pais.
Tia Andora interveio de novo, lançando um olhar atravessado para a irmã:
— Bem, é... Nós a chamamos assim porque ela se parece um pouco comigo... Mas agora não dá para explicar, é complicado demais. Quando...
Os pais de Flor a interromperam:
— Complicado? Apenas queremos nossa filha de volta. Agora!
— Escutem, Nina e o filho de vocês desmascararam o conde. Agora não correm mais perigo algum. Eles voltarão logo para casa, vocês vão ver.

Com estas palavras, por fim Carmen conseguiu serenar os ânimos, embora os pais não estivessem completamente tranqüilos. Olhando o mar de crianças que voltavam a passos lentos para casa, compreenderam que só lhes restava uma coisa: esperar.

A noite passou veloz, mas ninguém conseguiu dormir. As crianças imaginavam processar Karkon enquanto os pais de Roxy, Dodô, Flor e Cesco ficaram acordados pensando nos filhos. Tia Andora e Carmen, tendo ao lado o cão e o gato, não saíram da frente da Prisão do Chumbo: queriam notícias de Carlo e de Ljuba. Tinham de conseguir que os libertassem o quanto antes.

A agitação e o nervosismo perturbavam a tépida noite da primavera veneziana. Aos primeiros raios do amanhecer, uma janela do Edifício Ca'd'Oro se abriu, dando alívio ao andróide karkoniano que ainda estava lá, com os olhos cansados e o rosto marcado por aventuras em demasia.

Finalmente Andora tinha conseguido entrar em contato com Vladimir, o Enganador, o andróide russo que vigiava os pais de Nina. Com um sutil estratagema, havia digitado o código dele no computador do Laboratório K e enviado uma mensagem urgente como se fosse Karkon.

Vladimir, a missão espacial deve ser interrompida. Traga os pais de Nina para Veneza. Use a transferência lenta, porque Vera e Giácomo podem não suportar a rápida. Eles não são andróides e seus corações talvez não suportem. Venha para a Edifício. Estou à sua espera. Conde Karkon.

Claro, Vladimir não suspeitou da mensagem com a assinatura de Karkon e iniciou o processo de transferência mágico-alquímica para Veneza.

Giácomo e Vera estavam dormindo: o destino deles se encontrava nas mãos do andróide e ninguém no Ferk percebera o que acontecia. A pequena nave espacial já estava pronta e os dois cientistas deveriam partir no dia 15 de abril. Médicos, pesquisadores, professores e astrônomos estavam agitados por causa da missão mais importante do século. Todos pensavam que Vera e Giácomo se achavam em seu alojamento, se preparando para o grande evento, no entanto os pais de Nina eram reféns de Vladimir, que se infiltrara habilmente no Ferk fingindo ser um funcionário.

Seriam necessárias pelo menos mais 24 horas para que o andróide russo pudesse ativar completamente a transferência para Veneza. Portanto, Andora ainda tinha tempo para avisar as tias espanholas. Cansadíssima, com as pernas doendo, ela saiu do Edifício e foi de novo para diante da Prisão do Chumbo.

Tia Andora e Carmen ainda estavam lá, sentadas na base de uma coluna e amorosamente circundadas por uma centena de andorinhas. Quando o andróide lhes explicou que Giácomo e Vera iam chegar, elas se emocionaram e acharam que tudo ia mesmo se resolver da melhor forma possível.

Adônis uivou e Platão soltou um poderoso miado, mas logo os fizeram se calar. Enquanto as três mulheres conversavam, os dez conselheiros saíram do presídio, fazendo barulho o bastante para fazer as andorinhas levantarem vôo formando uma nuvem de pó.

O semblante dos conselheiros estava sério, seriíssimo. Aumentaram o susto dos pássaros com amplos movimentos dos braços, mas sem dizer uma só palavra. A Andora de metal se escondeu atrás de uma coluna e depois que os homens estavam longe disse às tias que iria voltar para o Edifício.

— Preciso lidar com o computador do laboratório K para preparar a chegada de Vladimir. Espero que ele não perceba logo que o enganei. Quando se virem na casa de Karkon, Giácomo e Vera vão ficar perturbados.

— Quer que a gente vá com você? — perguntou tia Andora.

— Não, fiquem aqui. É importante que vigiem. Hoje à noite nos veremos, quando eu levar os pais de Nina para a Vila — explicou o andróide. — Eles vão ficar felizes ao vê-las.

— Mas quem é exatamente esse Vladimir? — perguntou candidamente tia Carmen, cada vez mais confusa.

— É um andróide, só que menos sofisticado do que eu. Sou o último modelo criado pelo conde. Sou mais forte e mais esperta. Eu o derrotarei porque conheço todos os pontos fracos dele.

— Andróide? Mas quantos andróides Karkon construiu? — perguntou Carmen cada vez mais apavorada.

— Agora não tenho tempo para explicar: fique tranqüila.

Assim que acabou de falar, Andora se despediu das irmãs e se dirigiu para o Edifício Ca'd'Oro.

A tensão era cada vez maior e as tias espanholas não conseguiam acalmar a ansiedade. Também a Andora de metal estava nervosa: sabia que Nina e seus jovens amigos ainda teriam muito a enfrentar para conseguir o último Arcano. Sim, em Veneza havia acontecido muita coisa, as crianças estavam em plena Revolução Silenciosa enquanto

CAP. 9 - A Revolução Silenciosa e os ovos do Quásquio

Karkon, os dois gêmeos e Viscíolo tinham sido detidos na Prisão do Chumbo, mas...

Faltava Nina!

Faltavam os jovens alquimistas!

Faltava a entrega do Arcano da Água!

Nas profundezas dos abismos onde ficava a misteriosa cidade de Atlântida, Nina e seus amigos iniciavam uma nova e aflitiva aventura. O túnel escuro que se abrira entre os dois olhos amarelos e negros na parede ao lado do altar da Flama Ferax estava pronto para recebê-los. Nina queria muito poder consultar o Systema Magicum Universi, que, com certeza, a ajudaria por meio de um conselho exato, porém não havia mais o Livro Falante. Ele desaparecera no Laboratório da Vila e Nina só podia confiar em sua intuição e na coragem dos amigos.

Os jovens empunharam seus cetros, Max pegou a bolsa enorme e colocou-a num ombro. Estavam prontos para entrar quando um vento gelado irrompeu de repente do túnel e apagou o fogo do altar. Apenas a luminosidade proveniente da avenida de postes azuis permaneceu se refletindo na parede de mosaico.

Em meio à penumbra e com o coração na garganta, o grupinho de corajosos entrou. As paredes do túnel eram enxutas e macias, pareciam feitas de espuma de borracha, enquanto o pavimento era rígido e brilhante. No final da estranha galeria percebia-se um círculo azul no qual, exatamente no centro, havia um grande ponto branco.

— Onde será que este túnel vai dar? — cismou Roxy, caminhando lentamente.

Sem se voltar, Nina respondeu:

— Não sei. Mas vamos encontrar um modo de entregar a Taça da Shandá e ativar o Quarto Arcano.

Nina verificou se os números trazidos do Zero Nevoento ainda estavam na xícara Sália Nana e prosseguiu, sempre com os olhos fixos no círculo azul à sua frente.

— Mais alguns metros e saberemos onde viemos parar — disse Cesco, afagando o tanquinho de Tarto Amarelo.

Mas atrás deles, numa emboscada silenciosa, o Alquitarô Maligno os seguia, esperando o momento certo para se transformar e aparecer em toda a sua feiúra. A carta de baralho deslizava devagar sobre o pavimento brilhante, com um roçar quase imperceptível, e todos os seus movimentos eram escondidos pela escuridão.

A menina da Sexta Lua percebeu que a estrela de sua mão direita se tornara negra. Seu coração disparou, principalmente por não saber ao encontro de que perigo estava indo.

"Karkon está aprisionado na rede. José morreu e LSL também. O que pode me ameaçar?", pensou sem nada dizer aos demais, que a seguiam. Segurou o Taldom com força e, como tantas vezes já fizera nos momentos difíceis, pronunciou em voz baixa o nome do avô para criar coragem. Quando chegou ao fim do túnel, abriu os braços e falou:

— É outro olho!

De fato, o círculo azul era o Olho Secreto de Atlântida. A pupila, branca e perfeitamente circular, brilhava como uma pequena lua cheia. Os jovens fitaram o olho e até Max, que estava com os dois objetos falantes, se espantou.

— O que xignifica ixxo? — indagou em voz alta.

Dodô segurou uma das mãos de Cesco e abaixou a cabeça, atemorizado.

Naquele momento, do alto do olho secreto surgiu o peixe de Xorax, Quásquio. Nina se surpreendeu:

— É você! Fiquei com medo de que...

— De quê? — quis saber Cesco.

— Nada. Não se preocupe. Vai ver estou cansada e me deixo levar por maus pressentimentos — respondeu a jovem alquimista e se aproximou do peixe xoraxiano.

O Quásquio abriu a boca num largo sorriso; Roxy e Flor o cobriram de afagos. A pele dele, de um azul-turquesa, era macia e as barbatanas se movimentavam no mesmo ritmo da cauda. Pequeno e desajeitado, o peixe mágico girou sobre si mesmo algumas vezes e, com uma nadadeira, indicou o centro branco do Olho Secreto.

— Devemos entrar aí? — indagou Nina.

O Quásquio fez que sim com a cabecinha.

Max apoiou a pesada bolsa no chão para olhar, curioso, o comportamento do peixinho, que caminhava sustentando-se apenas sobre as nadadeiras, movendo-se como se dançasse. Depois de cada pirueta, punha minúsculos ovos luminosos. Os jovens ficaram em silêncio, apreciando o balé alquímico do estranho animal aquático da Sexta Lua.

— Como esses ovinhos são lindos! — admirou-se Roxy, pegando alguns.

Dodô e Cesco também pegaram um punhado. Max e Flor se entreolharam com ar interrogativo e decidiram pegar também.

— São ovos mágicos — explicou Nina, dando um beijinho na cara do Quásquio. — Contêm pedras preciosas que possuem propriedades alquímicas.

— Propriedades alquímicas? — perguntou Flor, apertando um dos ovos com a ponta de um dedo.

— Sim, mas ainda não sei para que servem — respondeu Nina, pegando uns dez ovinhos.

— Por quanto tempo o Quásquio pode ficar fora da água?

A pergunta de Roxy veio mesmo a calhar.

— Acho que por muito tempo — disse Nina, tranqüilizando o grupo. — Quando fui a Xorax, eu o vi passeando com o Esbáquio e o Tilinto.

Max segurou o estranho peixe e, semicerrando os olhos, falou:

— Meu caríxximo Quáxquio, é um prazer vê-lo de novo. Tenho certeza de que você vai nox ajudar. Quando há perigo, você axxobia, não é?

O bom andróide girou as orelhas com forma de sino e o peixinho mexeu as barbatanas, divertido.

— Assobia? — Cesco quis saber, surpreendido. — O Quásquio assobia para avisar que estamos em perigo?

— É verdade. E assobia muito alto — admitiu Nina, contente.

O peixe turquesa saltou das mãos de Max e se aproximou dos objetos falantes. Brincou com eles, logo travando amizade. O tanquinho Tarto Amarelo estendeu uma das mãozinhas e apertou uma barbatana, enquanto a xícara Sália Nana se balançou alegremente.

CAP. 9 - A Revolução Silenciosa e os ovos do Quásquio

— Sim... sim... simpáticos! — admirou-os Dodô.

Mas aquele não era momento para brincar. O centro branco do Olho Secreto de Atlântida se abriu lentamente e um facho de luz roxa iluminou o grupo. Ao mesmo tempo, todos os ovos do Quásquio voaram até a altura do olho, posicionando-se exatamente ao redor da pupila azul. Os jovens alquimistas permaneceram imóveis e apenas o peixinho deu um salto, indo apoiar-se na beira da fenda por onde se filtrava o facho de luz. Os ovos se abriram todos ao mesmo tempo, as cascas caíram no chão e ao redor do Olho de Atlântida havia dezenas de pedras preciosas coloridas. Rubis, topázios, esmeraldas, safiras e pequenas gemas de goasil brilhavam a ponto de quase cegar os cinco amigos. Relâmpagos de luz azul-anil e vermelha, verde e amarela azul e rosa coloriram suas expressões extasiadas.

A pupila branca e azul se abriu mais, mostrando o interior do olho: um espaço de luminosidade roxa. Parecia um mar gomoso, uma mistura de água e luz.

— O... o... olhem só que ma... ma... maravilha! — Dodô estava boquiaberto.

As pedras preciosas começaram a girar ao redor do Olho Secreto e, quanto mais depressa se moviam, mais a pupila se abria. Ao longe ouvia-se a melodia da Oitava Nota. Mais uma vez a Harmonia do Universo envolveu os pensamentos dos jovens alquimistas, que chegavam à sua meta.

De repente um odor nauseabundo chamou a atenção dos amigos. Nina olhou para trás e viu que alguma coisa se movimentava no túnel. Alguém!

Olhou a palma da mão direita: a estrela estava negra ao extremo!

— Cuidado! Estamos em perigo! — gritou a menina da Sexta Lua.

Max e os objetos falantes ficaram parados, enquanto os jovens, com enorme dificuldade, desviaram o olhar da cena maravilhosa das pedras preciosas para o túnel.

O Quásquio, que já se encontrava dentro do Olho Secreto, agora quase todo aberto, começou a assobiar de modo ensurdecedor, a ponto de encobrir a suave música da Oitava Nota.

Ali estava o perigo. A poucos passos dos jovens alquimistas.

Os cinco amigos empunharam seus cetros e, em posição de ataque, esperaram que o novo inimigo se mostrasse.

E ele estava pronto. Feroz. Cheio de ódio.

Got Malus era o último Alquitarô Maligno. O mais poderoso. O mais malvado. Era a carta que encarnava o mal puro. Sedento de sangue e vingança, ele se materializou em um segundo.

— O diabo! — gritou Flor, aterrorizada.

Era verdade. Got Malus era meio homem, meio bode, com chifres e cascos. De sua boca nojenta, saíam línguas de fogo, ao mesmo tempo que a cauda, longa e peluda, chicoteava o ar.

Grande, horrível e malvadíssima, a última criatura de LSL, que havia sido modificado por Karkon, estava pronta para matar.

Capítulo 10
O poder de Got Malus e o Flatus dos Abismos

O assobio do Quásquio era insuportável. O peixe turquesa tremia todinho e, sempre dentro do Olho Secreto, agitava as barbatanas, fazendo sinal para os jovens alquimistas o seguirem. Max pegou a bolsa enorme e, voltando-se para os companheiros, gritou:

— Venham, deprexxa! Vamox entrar no Olho.

Mas Nina deteve os quatro amigos:

— Vá você, Max, nós ficamos aqui. Vou jogar o Alquitarô Qui Amas e esse maldito diabo será derrotado.

A menina da Sexta Lua tirou rapidamente a carta mágica e lançou-a ao ar. Um perfume intenso misturou-se ao odor nauseabundo emanado por Got Malus.

Qui Amas apareceu em toda a sua beleza. Era uma mulher jovem, alta e loira, com cabelos lisos que desciam até os quadris. Ao redor dela girava o pequeno planeta cor-de-rosa Vênus. Com passos leves, ela avançou para o Alquitarô Maligno e seu vestido longo, de seda, com véus cor-de-rosa, roçava de leve no pavimento brilhante do túnel.

Qui Amas tinha uma expressão serena e numa das mãos trazia um grande lírio branco, muito perfumado. Nina e os amigos ficaram atrás dela, prontos para interferir, caso fosse preciso.

O homem-animal abriu a enorme boca babosa; ao redor de sua cabeça, com chifres de bode, girava uma pequena esfera: o planeta Marte, vermelho. Bateu os calcanhares no solo e, rápido, saltou na direção de Qui Amas. A mulher abriu os braços e, com voz doce e musical, disse:

— Não tenho medo de você. Eu encarno a liberdade, a beleza, a ordem e a pureza. Não posso temer o que não deve existir.

Got Malus ergueu a cauda peluda e tentou chicotear o rosto da jovem mulher, que respondeu com um movimento do lírio capaz de bloquear a ação maléfica.

Nina apontou o Taldom, pronta para atacar, mas Qui Amas voltou-se para ela num repente:

— Não! Não use violência contra quem a aplica.

A jovem alquimista recuou o cetro e mergulhou em silêncio. As palavras do Alquitarô Benigno a fizeram pensar.

O mau cheiro de Got Malus se tornava cada vez mais penetrante, tanto que os jovens sentiam vertigem e ânsias de vômito. O tanquinho Tarto Amarelo correu para o Olho Secreto, seguido pela Sália Nana, que tomava todo cuidado para não perder as tiras de algarismos do Quarto Arcano.

O Alquitarô Maligno ergueu as mãos monstruosas, arreganhou os dentes e cuspiu fogo até que as chamas atingiram o tanquinho. Tarto Amarelo incendiou-se no mesmo instante e seus gritos se misturaram ao assobio do Quásquio. Ninguém podia intervir e, assim, o objeto falante queimou miseravelmente.

Sália Nana gritou, desesperada, ao ver o amigo tanquinho morrer. Flor e Roxy a pegaram e a levaram para Max, que estava prestes a entrar no Olho Secreto.

— Ele vai matar todos nós — chorava Flor.

Qui Amas ergueu a mão esquerda, levou-a à altura do coração e jogou pedaços de Estanho Vagante. Imediatamente o cheiro nojento de Got Malus desapareceu: restava apenas a fragrância do lírio. A mulher caminhou até o Diabo e, com voz convincente, disse-lhe:

— Você só sabe matar os indefesos. Atinja a mim. Atinja a verdade, se é que tem coragem.

Got Malus empunhou dez fios elétricos e, com os olhos amarelos repletos de ódio, berrou:

CAP. 10 - O poder de Got Malus e o Flatus dos Abismos

— Eu encarno o Numeromago 3. Sou poderoso e vou aniquilar você.

Os fios voaram como flechas na direção do Alquitarô Benigno, que conseguiu usar o lírio como escudo e girou seis vezes sobre si mesmo, produzindo um vórtice perfumado que formou uma onda de ar capaz de arrasar o Alquitarô Maligno. Got Malus agitou os braços, bateu os cascos e lançou um punhado de Cinza Adormecida no Olho Secreto. A luminosidade roxa da massa gomosa que havia dentro do olho movimentou-se, criando instáveis bolhas de ar. O Quásquio balançou assustadoramente.

— Nããããooo — gritou Nina, correndo para Max.

— A Cinza Adormecida desperta matéria e metais! Se não detivermos Got Malus, o Olho Secreto poderá dissolver-se — afligiu-se Cesco, incitando os amigos a dispararem.

Dodô estava paralisado pelo medo e apenas Roxy conseguiu apontar seu pequeno cetro, mas atingiu apenas o pavimento do túnel. Quásquio e Max continuavam a se movimentar em desespero, e Flor, com a xícara Sália Nana entre as mãos, chorava, gritando para que Nina fosse ajudá-los. Mas a menina da Sexta Lua não podia deixar Qui Amas sozinha.

Got Malus investiu contra a mulher e, com os fios elétricos, a envolveu-a num abraço fulminante.

O Alquitarô Benigno caiu. Parecia desmaiada. Nina, desobedecendo a Qui Amas, disparou rajadas de laser contra o Diabo, que, em vez de se assustar, soltou uma gargalhada sarcástica.

— Feiticeirinha de meia-tigela! Eu me alimento de fogo e seu Taldom me dá uma comida deliciosa.

E, assim dizendo, ele deu um pontapé na jovem alquimista e atingiu a cabeça dela com o casco.

A mocinha foi jogada contra o círculo luminoso das pedras mágicas do Quásquio e começou a escorrer sangue pelo rosto dela. O amaldiçoado Alquitarô a havia apanhado.

Qui Amas movimentou os braços e, afastando os cabelos do rosto, ergueu-se com graça. Got Malus estava pronto para atingi-la de novo, mas ela conseguiu passar a pétalas do lírio no rosto monstruoso. A pureza da flor, em contato com a pele enrugada e peluda do homem-animal, foi devastadora: das feridas não saiu sangue vermelho, mas sim um líquido negro e enfumaçado. O Diabo babou e, tentando proteger o rosto, acocorou-se, emitindo um urro bestial.

— Sofrimento e arrependimento. Dor e derrota. Fique ajoelhado diante de mim e nunca mais se erga — proferiu Qui Amas, em tom decidido.

De repente, Got Malus agitou de novo o rabo peludo, que envolveu o corpo do Alquitarô Benigno num piscar de olhos.

— Você está morta!

Sua boca nojenta se aproximou do rosto doce de Qui Amas, mas de repente o planeta Vênus cor-de-rosa engoliu o Marte vermelho e um relâmpago dourado e prateado iluminou o túnel.

— Entrem depressa no Olho — gritou Qui Amas aos jovens alquimistas. — Não há mais tempo!

Cesco pegou Dodô por uma das mãos e, junto a Nina, Flor e Roxy, também chegaram perto de Max e do Quásquio.

O Olho Secreto, por efeito da Cinza Adormecida lançada pelo Alquitarô Maligno, começou a se fechar e, quando todos já estavam no interior da pupila, viram Got Malus segurar a cabeça de Qui Amas e mordê-la ferozmente. Nina gritou, aterrorizada, e nesse momento a mulher jogou para cima o lírio branco, que se transformou em um enorme sino de espinhos prestes a descer sobre Got Malus.

Desceu. O Diabo foi bloqueado, tornando-se prisioneiro de uma armadilha eterna. Qui Amas se levantou e, movimentando seu vestido de véus de seda, cumprimentou os jovens corajosos erguendo as mãos:

— Vão. O Quarto Arcano os espera. A liberdade está no horizonte.

CAP. 10 - O poder de Got Malus e o Flatus dos Abismos

E Qui Amas desapareceu, levando o maléfico Alquitarô.

O Olho Secreto se fechou e o círculo de pedras preciosas iluminou pela última vez o túnel de Atlântida.

Nina abraçou Cesco e, apertando ao peito a Taça da Shandá, disse:

— Vamos conseguir, não é?

O rapazinho afagou-lhe os cabelos e, em seguida, limpou-lhe as faces sujas de sangue:

— Você duvida de nós? Duvida mesmo?

A menina da Sexta Lua tocou o ferimento na cabeça, olhou para os amigos e, com um suspiro profundo, deixou-se levar.

— Estou cansada, como vocês todos. Não vejo a hora de entregar o Quarto Arcano e voltar para casa. Quero ver de novo meus pais. Quero abraçar Ljuba e Carlo.

Dodô se aproximou:

— Nós tam... tam... também que... que... queremos voltar para ca... ca... casa.

Por fim, o Quásquio parou de assobiar e, mexendo a cauda, mergulhou na maré gomosa de luz roxa.

Flor amparou a xícara Sália Nana, ainda transtornada pela perda do Tartáro Amarelo, enquanto Roxy pegou Max pela mão e perguntou:

— Onde estamos, exatamente? E para onde o Quásquio vai?

— Extamox dentro do Olho Xecreto e o peixinho turquexa extá nox indicando o caminho — foi a tranqüila resposta do andróide.

— Tomara que não encontremos mais monstros esquisitos — declarou Flor, olhando para Nina.

— Não. Não há mais Alquitarôs e minha estrela voltou a ser vermelha — respondeu ela.

Por fim, a mocinha voltava a sorrir, olhando Quásquio, que flutuava na estranha substância violácea. Aproximou-se da maré a pequenos passos.

— Vamos! — chamou e mergulhou sem medo.

Um depois do outro, todos mergulharam perto do peixe. A maré gomosa roxa era feita de água e luz. O Quásquio vibrava, feliz, e os jovens também logo ficaram à vontade. Movimentavam o corpo como se estivessem... ao mesmo tempo nadando e voando.

Ao redor deles havia apenas luz molhada.

— Que máximo! É uma delícia estar aqui dentro — Roxy nadava com braçadas rápidas.

Max ergueu os olhos, girou as orelhas em forma de sino e anunciou:

— Olhem! Lá em cima há uma forma exquixita de metal vermelho.

Curiosa, Nina observou. O Quásquio agitou as barbatanas e a cauda, formando círculos de luz sólida que se espalharam ao redor.

A maré gomosa foi se tornando rala e o tom roxo foi perdendo a luminosidade. Exatamente acima da cabeça dos jovens, apareceu uma grande construção vermelha, de formato alongado.

— O que é isso? — perguntou Flor, arregalando os olhos.

Nina e Cesco esticaram as mãos para tocar na barriga daquela "coisa" esquisita. O Quásquio estava diante deles e sinalizava para que o seguissem.

O grupo todo avançou sem que ninguém tivesse coragem de dizer uma palavra sequer. O que viam era algo extraordinário: um lindo submarino de uns vinte metros.

Max começou a movimentar pernas e braços velozmente, distanciando-se do grupo, deixando Nina e os demais perplexos: não entendiam por que o andróide tinha tanta pressa para chegar ao submarino.

— O que está fazendo, Max? — gritou Nina.

— Venham, venham. É maravilhoxo — respondeu o agitadíssimo andróide, que já estava em cima da embarcação.

Dava impressão de que Max conhecia aquele submarino há séculos.

Cesco e Dodô se aproximaram, curiosos, enquanto as três garotas observavam, desconfiadas, os 11 hélices de bronze que sobressaíam na popa do submarino.

— É grandioxo! — gritou Max, passeando tranqüilamente em cima da embarcação.

Nina o alcançou com grandes saltos e, depois de também subir, ficou perplexa: o submarino estava exatamente no limite da maré gomosa roxa-brilhante, com uma barreira imensa de água sólida. Uma paisagem extraordinária aquela.

— Uma barreira? — disse Cesco, aproximando-se de Max.

— É o fim do Univerxo Humano — respondeu o andróide, calmo.

— Que história é essa, agora? — cobrou Roxy, que não entendia aonde haviam chegado.

— O fim do Universo? — acrescentou Flor, espantada.

— Va... va... vamos voltar. A... a... aqui vamos nos me... me... meter em uma en... en... encrenca de no... no... novo! — gaguejou Dodô, apertando instintivamente o pequeno cetro e verificando se tudo estava bem com o saco de Dentes de Dragão.

Nina observou a água sólida: era de uma cor indefinível, com reflexos azuis e verdes. Imóvel e misteriosa, a barreira representava a entrada para o espaço infinito.

Max ajoelhou-se e tocou o teto do submarino, vermelho e muito brilhante. E só naquele momento a turminha percebeu que do lado ele tinha uma enorme inscrição prateada em idioma xoraxiano.

CAP. 10 - O poder de Got Malus e o Flatus dos Abismos

— Flatus dos Abismos? Nome esquisito para um submarino — observou Flor, traduzindo de imediato. — Em latim quer dizer sopro, respiração. E nada tem a ver com água.
— É um xubmarino expecial. Mágico. Vocêx vão ver!
Com as fortes mãos metálicas, Max girou uma estranha manopla verde. A tampa redonda no centro do teto do Flatus se abriu e o Quásquio ficou olhando, apenas movendo a cauda.

Antes de descer pela escadinha que levava ao interior do submarino, Max viu um papel roxo sobre o primeiro degrau. Pegou-o: era para Nina 5523312.
— É para você — disse-lhe Max, entregando-lhe a folha de papel.

A jovem alquimista leu atentamente, era um bilhete de Etérea.

Você está se aproximando do término da missão. Com Max e seus Amigos, conseguiu chegar até aqui e tem algo importante a fazer. Pegue a Taça da Shandá e ponha-a sobre o submarino; em seguida, coloque os algarismos da xícara Sália Nana sobre a barreira que vê diante de si. Não se preocupe: os algarismos permanecerão em pé e não vão desaparecer. Pegue, então, a Scriptante, a caneta mágica que Sia Justitia lhe deu, e escreva na água o código do Quarto Arcano mais as palavras Scinta Levia. Assim que tiver feito esta operação, entre com seus amigos no Flatus dos Abismos. Max sabe o que fazer.
Boa viagem alquímica!

Nina seguiu as indicações da Grande Madre Alquimista diante dos olhares atentos dos companheiros. Quando pegou a Scriptante, lembrou-se de girar o aro de ouro, como o Alquitarô Sia Justitia lhe dissera, para fazer sair a pena de ouro na outra extremidade do estranho objeto. Em pé sobre a barreira e olhando os algarismos, escreveu sobre a água sólida o código 6065511.

Os números gravados na água se tornaram enormes, engoliram os algarismos e a barreira tremeu como se fosse feita de gelatina. Nina, atemorizada, escreveu Scinta Levia.

Assim que a última vogal foi impressa na maré sólida, a Scriptante escorregou da mão de Nina e, como um projétil, afundou na água.

No mesmo momento, a Taça da Shandá se dissolveu e ficou suspenso no ar apenas seu conteúdo: uma pequena gota de água branca e azul. Um facho de luz roxa iluminou a gota do Quarto Arcano e a transportou para dentro da barreira.

Mais uma vez os jovens alquimistas haviam assistido a um acontecimento alquímico raríssimo: a libertação do último Arcano.

Max fez um sinal e desceu rapidamente a escadinha, entrando no submarino. Nina o seguiu e os demais foram atrás dela. A escotilha fechou-se hermeticamente, deixando o peixinho turquesa de fora. Os jovens, uma vez descida a estreita escadinha, encontraram-se na sala das máquinas do Flatus. Por uma das vigias, viram o Quásquio rir, acenar com as nadadeiras, depois mergulhar na barreira e desaparecer em um instante.

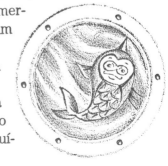

Nina ficou preocupada, porém Max tranqüilizou-a:

— Nóx também vamox entrar na água xólida. Deixaremox o Univerxo Humano para entrar no Univerxo Alquímico que você já conhece, não?

CAP. 10 - O poder de Got Malus e o Flatus dos Abismos

— Quer dizer que entraremos naquela espécie de água e vamos voar para Xorax? — indagou Nina, que não cabia em si de tanta ansiedade.

— Ixxo mexmo! Agora, você e ox demaix devem ficar xentados e quietox. Eu guiarei o Flatux — explicou Max, rápido.

— Está bem, faremos o que você mandar — assentiu Nina, olhando para os amigos.

Os cinco sentaram-se num comprido banco de madeira negra, onde estavam afixadas umas tiras.

— Coloquem ox cintox de xegurança e não xe mexam — ordenou Max, movimentando-se com agilidade entre os comandos do Flatus.

Flor segurava com um braço a xícara de Sália Nana, que estava completamente aterrorizada.

— Precixo dox Dentex de Dragão — disse Max, de repente.

Dodô entregou o saco ao andróide dizendo:

— Mas vo... vo... você sabe gui... gui... guiar mesmo es... es... esta coisa?

— Claro que xei! — Max se sacudiu, todo alegre — Fomox nóx, andróidex, que o construímox.

— Construíram este submarino em Xorax? — perguntou Cesco, aturdido.

— Xim. E, agora, preparem-xe: a Xexta Lua nox expera — Max estava eufórico.

— VAMOS PARA A SEXTA LUA? — indagaram em coro Dodô, Cesco, Flor e Roxy.

— Ixxo mexmo!

A essa altura, Max apertou dois botões na parede direita do submarino e, como que por encanto, do pavimento elevou-se um timão de ouro. O andróide moveu uma alavanca e do teto do Flatus desceu um periscópio de cobre.

Em seguida, ele colocou os Dentes de Dragão em pequenos buracos no pavimento. Cada buraco correspondia a cada uma das 11 hélices e os Dentes serviam para movimentá-las. Pequenas nuvens de vapor vermelho saíram de dois respiradouros laterais e Max anunciou:

— Partida!

O submarino partiu e enfiou o "nariz" na água sólida: em uma fração de segundo, o Flatus dos Abismos deixou o Universo Humano e entrou no Universo Alquímico.

Os cinco companheiros olharam pela escotilha e viram uma mistura de água, nuvens, fachos de luz e miríades de fragmentos de estrelas.

O Flatus se deslocava velozmente, as paredes estremeciam e a sala das máquinas parecia prestes a explodir de um momento para outro.

Max controlava o timão com uma das mãos e com a outra manejava o periscópio.

— Agora o tempo vai deixar de exixtir para nóx. Xó na Terra ox minutox, horax e diax paxxarão.

— Como assim? Você disse que para encontrar o Quarto Arcano era necessário que o tempo transcorresse regularmente também para nós — argumentou Nina.

— Até extarmox em Atlântida era axxim. Agora você conquisxtou a Taça da Shandá para nóx e devemox entregar o Arcano da Água em um lugar exato do Univerxo Alquímico — explicou Max 10-pl, sério. — E você xabe muito bem que aqui o tempo não exixte.

— Sei, sim. O vovô Misha sempre tem razão. O tempo serve, mas não existe. É uma das regras da Alquimia. É a regra de Xorax — completou Nina, olhando pela vigia.

— Mas na Terra o tempo continuará passando. Vamos voltar para Veneza a tempo? Quero dizer, Karkon já terá sido preso?

Às perguntas de Roxy juntou-se a de Cesco:

— O que nossos pais vão pensar ao ver que não voltamos? — parecia tão preocupado que apavorou Dodô ainda mais.

CAP. 10 - O poder de Got Malus e o Flatus dos Abismos

— Em Xo... Xo... Xorax tudo é de luz. Não po... po... podemos mais ir em... em... embora — gaguejou o rapazinho de cabelos vermelhos.

— Vocês têm os cetros mágicos — disse Nina, sorrindo. — Chegamos juntos até aqui e juntos voltaremos. Eu acho que Etérea quer conhecer vocês.

— Logo voltaremox para Veneza e tudo xerá rexolvido. Não xe preocupem.

O andróide puxou duas vezes a alavanca de câmbio e a velocidade do Flatus diminuiu.

— O que foi? — perguntou Flor. — Já chegamos?

— Chegamox ao ponto certo — respondeu o andróide, visivelmente feliz.

A escotilha se abriu num repente e os jovens soltaram os cintos de segurança gritando:

— VAMOS SAIR!

Max os deteve.

— Tudo que acontecer lá fora vai xer uma experiência única para vocêx. Não tenham medo. Agora o Quarto Arcano foi entregue.

Dodô coçou a cabeça, Cesco acomodou os óculos, Roxy espirrou e Flor acariciou a xícara, que ainda chorava a perda do amigo tanquinho. Nina foi a primeira a subir a escadinha e, quando chegou ao teto vermelho do Flatus, respirou fundo.

— Por todos os chocolates do mundo! Estamos no centro do Universo Alquímico!

Lá fora, no ar denso porém leve, em meio à água misturada com luz, entre matéria e energia, a maravilha do Universo Alquímico estava diante dos olhos dos cinco amigos. Milhares e milhares de andorinhas se aproximaram chilreando e seu canto se espalhou no espaço infinito.

— As andorinhas! Como pode ser?

Cesco não acreditava no que via. Os pássaros da Terra chegavam em massa e voavam felizes naquela parte do Universo, onde reinavam apenas a magia e a alquimia.

— O Arcano da Água foi libertado e agora ax andorinhax trazem ox penxamentox dax criançax para Xorax — gritou Max, movimentando vertiginosamente as orelhas em forma de sino. — A Xexta Lua extá xalva!

— Conseguimos!!! — exultou Roxy, abraçando Nina.

Dodô pegou a mão de Max e se emocionou enquanto o andróide lhe indicava, apontando para o alto:

— Veja elax extão chegando! Ax baleiax extão chegando!

Todos ergueram a cabeça e em meio a milhares de andorinhas viram aparecer cinco enormes baleias. Nadavam... voavam na atmosfera densa de água e nuvens.

— BALEIAS VOADORAS! — embasbacado, Cesco punha e tirava os óculos sem parar.

— Nunca vi isso — Flor não conseguia acreditar que estava diante de coisas reais.

Nina ergueu o Taldom Lux e, com os olhos brilhando, disse:

— Vocês são lindíssimas.

As cinco baleias se aproximaram do Flatus e os jovens reconheceram Megara, a Grande Baleia Branca que haviam encontrado antes de chegar a Atlântida. O poderoso cetáceo havia trazido quatro de seus baleotes cor-de-rosa.

CAP. 10 - O poder de Got Malus e o Flatus dos Abismos

Megara movimentou a cabeça e espirrou bem alto um jato de água fluorescente, ao qual Max respondeu com uma reverência em sinal de cumprimento:

— Eu e Nina vamox com Megara. Há um baleote para cada um de vocêx. Vão ver como é xenxacional voar-nadar no Univerxo Alquímico — disse o andróide saltando para o dorso da meiga Baleia Branca.

O chilreio das andorinhas tornaria ainda mais feliz aquela viagem fantástica que os jovens alquimistas iriam realizar. Nina pulou para cima de Megara e se agarrou a Max. Cesco deu um empurrão no medroso Dodô, que estava com medo de cair no vazio. O garoto de cabelos ruivos abraçou seu baleote, que o olhou com afeição e, de contentamento, espirrou com mais intensidade seu jato de água pelo orifício no alto da cabeça.

As cinco baleias estavam prontas e, quando Nina ergueu o Taldom Lux, os demais também empunharam seus cetros.

— Aqui vamos nós, Sexta Lua! — gritou a neta do professor Misha, com os grandes olhos azuis mais iluminados ainda.

As baleias movimentaram as caudas enormes e nadaram-voaram junto às andorinhas.

Entre miríades de estrelas, planetas grandes e pequenos, cometas de prata e rios de meteoros, o galope das baleias e o vôo das andorinhas perderam-se na imensidão do infinito. Mil luas clareavam o caminho e mil sóis iluminavam o percurso, enquanto relâmpagos de luzes provenientes das galáxias fendiam o horizonte do Universo Alquímico.

Flor se conservava agarrada à sua baleia enquanto a xícara Sália Nana saltitava tentando manter o equilíbrio. As correntezas de ar formavam ondas gigantescas que pareciam as de um oceano. Roxy ria e o ar fresco agitava seus cachos dourados. Cesco segurava os óculos contra o rosto com medo de perdê-los, enquanto olhava, extasiado, o cenário à sua frente. E Dodô? Estava como que hipnotizado, admirando estrelas e galáxias, seus olhos espelhavam apenas o encantamento da beleza do universo.

Nina voava com os braços erguidos, parecendo querer acolher todo o Bem da Galáxia de Alquimídia, os cometas e os misteriosos planetas que giravam, lentos, e pareciam lhe conferir uma força jamais recebida até então. Em seu coração havia um amor enorme pelo avô, que lhe ensinara o valor da vida: o valor da conquista das coisas.

Max tinha o rosto radiante, mesmo porque antecipava o momento de encontrar seus velhos amigos andróides, os xoraxianos, e, principalmente, o professor Misha.

— Olhem lá, ao longe: — gritou Nina, indicando um enorme halo de luz verde-esmeralda — é Xorax!

Baleias e andorinhas se dirigiram para a Sexta Lua, enquanto a melodia da Oitava Nota começava a soar, límpida. Uma trilha de pó de diamantes indicava o caminho a seguir e, quando o grupo já estava perto de Xorax, o espetá-

CAP. 10 - O poder de Got Malus e o Flatus dos Abismos

culo de luz e cores imprimiu-se em seus corações. Resplandecendo no espaço luminoso, não havia um único sol, mas sim três. A Sexta Lua brilhava como uma jóia. Um mergulho, um vôo, um salto da fantasia, com os olhos fechados e as bocas sorridentes, o grupo dos corajosos jovens alquimistas entrou no planeta da alquimia, em que espaço e tempo são uma coisa só.

Como que por encanto, as baleias flutuavam num estranhíssimo mar azul e as andorinhas, com as asas abertas, apresentavam evoluções no ar feito de luz verde e rosa.

Quando os jovens amigos e Max reabriram os olhos, tiveram uma única sensação: não precisavam da voz. As palavras não tinham som. Só se ouviam o chilreio das andorinhas, o arfar do misterioso mar azul e a música da Oitava Nota.

A única maneira de comunicação em Xorax era a telepatia: Nina e Max foram os únicos a não a estranhar a situação, porque já sabiam como agir.

Só uma coisa importava: o pensamento.

Apenas as palavras pensadas tinham senso, só a energia da mente era importante.

Pela primeira vez, Dodô percebeu que podia transmitir aos outros seus pensamentos sem gaguejar, Flor começou a rir e Roxy ria mais ainda. Cesco olhou para Nina e para Max: não conseguia se expressar, tal era sua desorientação. A xícara de Sália Nana permaneceu muda: por ser um objeto mágico criado por LSL, nunca poderia se comunicar com seres feitos de luz, mesmo tendo sido boa a viagem toda e tendo ajudado os jovens alquimistas.

Nina olhou ao redor sem saber definir onde se encontrava exatamente. Nunca tinha estado no mar de Xorax, tinha visto apenas o lago em que Quásquio nadava. Naquele momento compreendeu: talvez aquele não fosse um mar, mas apenas o lago!

"Então, estamos perto da Floresta de Koranna", pensou, agitando o Taldom.

E era isso mesmo. As baleias flutuavam no lago azul da misteriosíssima e proibida floresta da Sexta Lua.

O pensamento de Nina foi recebido por todos e Dodô, com os olhos arregalados, pensou:

"Koranna! Então, estamos mesmo na Sexta Lua!"

"Sim, Dodô, estamos", respondeu Nina, com entusiasmo.

"E onde está Etérea? E o professor Misha?", perguntou Roxy em rajadas de pensamento.

"E Tadino De Giorgis e Birov...", Flor também não continha mais a ansiedade.

Max interferiu, aquietando os jovens, e Dodô notou imediatamente que o andróide enviava seus pensamentos mantendo sempre o x no lugar do s.

"Calma. Ainda não é o momento de ver ninguém. Exta é a entrada da mixterioxa Florexta de Koranna e é precixo manter a calma."

"Por que não gaguejo com o pensamento e você continua com seu defeito de pronúncia?", indagou o menino de cabelos ruivos.

CAP. 10 - O poder de Got Malus e o Flatus dos Abismos

Max ficou de cara feia:

"Não é um defeito. Eu falo e penxo axxim!"

Dodô abaixou a cabeça, quase se envergonhando de sua pergunta.

Nina e os demais riram, Cesco deu um empurrãozinho em Dodô, que ficou vermelho como um tomate maduro.

"Então o que faremos agora?", quis saber Roxy, afagando seu baleote.

Nina ia responder quando Cesco começou a se agitar, apontando para um grosso tronco de árvore que flutuava solitário. Megara o viu e, movimentando a cauda, avançou veloz; Max se esticou e viu que no tronco havia uma carta. Para Nina.

A menina da Sexta Lua abriu o envelope e, com o coração saltando no peito, viu que era de Etérea.

Releia o Documento do Dragão Flamejante e faça o que deve fazer. O Yin e o Yang criam a harmonia. Só assim Xorax poderá acolher você, Max e os quatro jovens alquimistas.

Como sempre, Etérea se mostrava um tanto enigmática. Nina se concentrou ao máximo e pensou nas muitas lições de filosofia alquímica da Grande Madre Alquimista e nas cartas do vovô Misha. Cada mensagem sempre continha conceitos importantes, mesmo que dessa vez fosse preciso raciocinar com mais atenção.

Tirou de um dos bolsos o Documento do Dragão Flamejante escrito em papel-de-arroz e o releu com calma. Seus companheiros a observavam com curiosidade e à espera de um sinal.

Nina ergueu os olhos do papel e, olhando para todos, um a um, enviou seu pensamento:

"Etérea me diz para reler o Documento do Dragão. Nele está escrito que a união dos opostos cria o equilíbrio da vida. Lembram-se do Yin e do Yang?"

Os quatro amigos fizeram que sim com a cabeça e Max girou as orelhas em forma de sino.

"Pois bem", continuou Nina, enrolando o documento, "agora precisamos encontrar os opostos."

"Os opostos do quê?", perguntou Cesco, enviando seu pensamento telepático de maneira automática para Nina.

"Não sei. Este é o problema", foi a imediata resposta da menina da Sexta Lua.

"Olhe ao redor. O que extá vendo?", interveio Max, querendo ajudá-la.

"Vejo... vocês, água, as baleias e as andorinhas", respondeu Nina, abrindo os braços.

"Ixxo mexmo. Ox contrárixo extão aqui", Max bancou o misterioso.

"Do que estão falando?", reagiu Roxy sem sequer perceber que todos recebiam seu pensamento.

"Que contrários?", acrescentou Flor, pulando em cima de sua baleia.

"Nóx voamox, nadamox. Atravexxamox ar e água juntox. Não lhex parecem duax coixas contráriax?"

As palavras de Max iluminaram a mente dos jovens.

"Isso aí, é verdade!", pensaram todos juntos.

"Portanto, Ar e Água soam contrários e baleias e andorinhas podem ser animais *opostos*. As baleias vivem na água e as andorinhas, no ar", completou Nina, sorrindo.

Megara agitou sua enorme cauda para demonstrar a Nina que estava certo o que ela dissera. Uma revoada de

CAP. 10 - O poder de Got Malus e o Flatus dos Abismos

andorinhas passou entre os jovens alquimistas e a água do lago de Koranna começou a se encrespar de leve.

"Ixxo mexmo!", aplaudiu Max.

Nina ergueu o Taldom Lux e duas andorinhas pousaram nele. Os demais do grupo ergueram seus cetros e as andorinhas também se acomodaram neles. A menina da Sexta Lua apoiou o Taldom com os dois pequenos pássaros na cabeça de Megara e a Grande Baleia Branca abriu a enorme boca, espirrou mais alto seu esguicho de água e começou a emitir um som estranho.

Quando os quatro amigos fizeram o mesmo gesto de Nina, em um segundo o coro das cinco baleias se espalhou no ar verde e rosa da Floresta de Koranna. Uma alquimia maravilhosa estava se realizando diante dos olhos dos jovens corajosos e Max, sorridente, ficou de pé e ergueu os braços para o alto, onde centenas de andorinhas voavam, livres. Cesco estava imóvel, como seus companheiros. Iria acontecer algo extraordinário: as baleias haviam unido suas vozes num único tom.

O grande acontecimento ali estava, diante dos olhos deles: Xorax os acolhia.

Capítulo 11
O canto das baleias e a Floresta de Koranna

O melodioso canto das baleias espalhou-se como perfume, impregnando tudo. As enormes árvores da Floresta de Koranna que circundavam o lago se iluminaram de repente e a luminosidade era tão intensa que os jovens quase sentiam a força da luz atravessar-lhes a pele. Centenas de andorinhas agruparam-se no céu verde e rosa, criando um círculo enorme em cujo centro se formaram duas palavras chinesas: Yin e Yang. A harmonia dos opostos reinava na atmosfera de Xorax, como Etérea havia pedido. Os jovens alquimistas estavam aturdidos e nada conseguiria desviar a atenção deles daquela cena tão surreal.

Quando as palavras chinesas desapareceram, surgiram, um depois do outro, os nomes dos Quatro Arcanos que haviam libertado os pensamentos das crianças da Terra.

O primeiro foi Atanor: o interior do círculo formado pelas andorinhas se encheu de fogo.

O segundo foi Hauá: o ar denso e transparente agitou o círculo.

O terceiro foi Húmus: um bloco de terra verde-esmeralda flutuou no céu, ao mesmo tempo que as andorinhas permaneciam lado a lado com suas asas abertas, mantendo a forma do círculo mágico.

Por fim apareceu o nome do Quarto Arcano, Shandá, e um manto de água fluorescente permaneceu suspenso no céu xoraxiano.

Estava tudo resolvido. A missão fora cumprida. Os Quatro Arcanos bloqueados pelo maligno Karkon tinham voltado para a Sexta Lua e a Alquimia da Luz havia retomado seu infinito e eterno caminho. Lágrimas de alegria desceram pela face dos cinco amigos e Max dançou em cima de Megara, que movimentou lentamente a imensa cauda.

As baleias continuaram a cantar e, quando as andorinhas romperam o círculo, voando, alegres, uma música suave, mas poderosa, sobrepujou a tudo: finalmente a Oitava Nota soou no Universo Alquímico. Lá adiante, no fundo, onde terminava o lago da floresta, milhares de pequenas luzes acenderam-se, uma após a outra. As baleias começaram a nadar ao ritmo da música, movimentando as grandes caudas para a esquerda e para a direita. Quando chegaram à margem, os cinco jovens alquimistas e Max viram algo extraordinário: as pequenas luzes eram os músicos de Xorax. A enorme orquestra comandada por três maestros tocava a Oitava Nota. O músicos estavam todos concentrados e a poderosa sinfonia envolveu o planeta inteiro. Harpas, violinos, flautas e pianos lá estavam, diante dos olhos incrédulos dos visitantes da Sexta Lua.

Nina olhou para Cesco e sorriu. Ele segurava os óculos com firmeza e, espantado, soltou-os para abrir os braços como se quisesse receber todo o amor transmitido por aquela música maravilhosa. Roxy, abraçada à sua baleia, suspirou profundamente e no rosto de Flor deslizaram lágrimas de felicidade. Dodô bateu palmas, corajoso, pôs-se de pé e se manteve em equilíbrio em cima de seu baleote, que cantava sem parar.

Uma rajada de vento morno acariciou os cabelos de Nina e naquele momento a grande orquestra parou de tocar. Na margem apareceu a figura filiforme, com quase três metros de altura: era Etérea, a Grande Madre Alquimista. Diante dela, suspensos no ar, flutuavam os três cubos mágicos da Oitava Nota. Etérea pegou-os, fitou Nina com seus enormes olhos azuis e iniciou o diálogo telepático.

Bem-vinda, Nina 5523312. Você chegou até nós com seus amigos e este é um dia de imensa alegria. Toda Xorax está em festa e a Floresta de Koranna revelou a você sua passagem secreta,
que vem da Terra ao Universo Alquímico.
Depois da Ilha de Páscoa, do Antigo Egito,
das maravilhas do povo Maia
e do encanto da misteriosa Atlântida, você chegou aqui.
A Sexta Lua está salva.
Os pensamentos das crianças da Terra estão livres.
Você conseguiu conquistar
o bem mais difícil que existe: a liberdade. Venha para perto de mim: tenho um presente importante a lhe dar.

Etérea inclinou a cabeça e Nina se aproximou, temerosa, enquanto seus amigos permaneceram imóveis e em silêncio, observando aquela estranha criatura feita apenas de energia luminosa. Era a primeira vez que se viam diante da Grande Madre Alquimista: sempre a tinham visto no grande monitor do Acqueus Profundis, quando dava seus preciosos conselhos.

Etérea recebeu a trêmula mocinha. O abraço foi intenso. Nina sentiu, apenas, que era envolvida por uma luz amorosa. A Grande Madre Alquimista entregou os três cubos e uma folha de ouro à neta do professor Misha. Depois disse:

*Os três cubos vão tocar a Oitava Nota para você
quando bem o quiser. Agora
diante de nós, diante de todos os xoraxianos
e de seus amigos, leia com a mente o que está escrito
nesta folha de ouro. São as Sete Regras da Paz:
a Paz é o fundamento da liberdade.
Só depois que você as ler diante das crianças
da Terra, todo o Mal por fim se desvanecerá e reinará
a Alquimia da Luz: o Bem Supremo.
As crianças do mundo inteiro, então, serão
as sentinelas da Paz.*

Nina deu alguns passos hesitantes, temerosa, pegou os cubos e guardou-os no bolso. Depois, com delicadeza, pegou a folha de ouro e, voltando-se para os amigos, leu silenciosamente as frases que de imediato chegavam à mente de todos que ali se achavam.

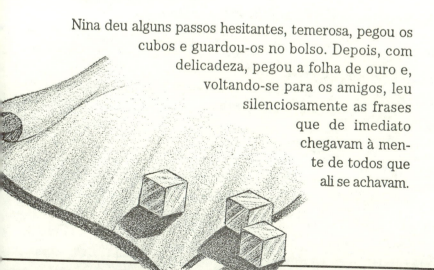

A FOLHA DE OURO DA SEXTA LUA

AS SETE REGRAS DA PAZ

1 – As leis dos homens se basearão no respeito e na fantasia.
2 – Ninguém poderá bloquear as idéias que levam à paz.
3 – As crianças são e sempre serão detentoras da liberdade.
4 – Água, Terra, Fogo e Ar alimentarão a existência humana.
5 – O vento da fantasia nunca mais será aprisionado porque ninguém jamais saberá onde nasce e onde morre o sopro da vida, que desde sempre se expande no Universo.
6 – O Olho Secreto da Atlântida permanecerá aberto, para que o fluxo mágico da Harmonia continue a manter a serenidade.
7 – Andorinhas e Baleias voarão e nadarão pelo Bem da Terra.

A Falsidade não é admitida.
Só há Verdade na Paz.

Nós, habitantes de Xorax, somos o SEMPRE.
Somos o TUDO que elimina o NADA.
Nós somos os detentores da LIBERDADE e da FANTASIA.
Só as crianças da TERRA poderão garantir a Harmonia do Universo. E se o MAL vier a avançar de novo, a Alquimia da Luz estará pronta para combatê-lo outra vez.

Etérea, Grande Madre Alquimista de Xorax

CAP. 11 - O canto das baleias e a Floresta de Koranna

Nina terminou de ler o importante documento sobre a Paz e imediatamente os quatro amigos desceram de suas baleias pisando pela primeira vez o solo da Floresta de Koranna. Com passos leves aproximaram-se de Nina e prosseguiram até ficar perto de Etérea. A Grande Madre Alquimista elevou-se no céu e flutuou gloriosamente no ar. Milhares de xoraxianos surgiram de trás das árvores, emanando uma luz azul e verde. Flor deu a mão a Roxy; Cesco apoiou cada braço nos ombros de Nina e de Dodô. Max saltitou até um grupo de xoraxianos, pedindo-lhes que se aproximassem dos jovens alquimistas.

Quando os seres de luz se encontravam a um passo dos mocinhos, jogaram ao redor as perfumadíssimas pétalas das flores de misyl. Etérea acariciou a meiga cara de Megara e a águia do lago ficou prateada. As baleias cumprimentaram em coro e mergulharam, desaparecendo num instante. As andorinhas se agruparam no céu e voaram para o Mirabilis Fantasio.

Os jovens companheiros olharam ao seu redor, enquanto a luz de um radioso arco-íris se dirigia para Etérea. De cabeça erguida, viram os três sóis e as cinco luas que resplandeciam no céu denso de mistério da Sexta Lua. O espetáculo era excepcional: até então, jamais os venezianos tinham visto lua e sol brilharem no mesmo céu ao mesmo tempo. Nina tinha orgulho de tê-los levado até ali, de ter vivido com eles uma aventura repleta de riscos e perigos. O manto azul-escuro estrelado, a terra verde-esmeralda, as luzes fluorescentes e os sorrisos dos xoraxianos eram a recompensa justa depois de tanto sofrimento e cansaço.

A Grande Madre Alquimista fez um sinal a Nina, que, sem mais temor, a seguiu junto com os amigos.

Os cinco jovens e Max saíram da Floresta de Koranna e entraram no resplandecente planeta alquímico. As colinas de diamantes e esmeraldas, de rubis e goasil, brilhavam por todo lado. Estranhas construções de luz sólida tornavam a paisagem ainda mais encantada.

Cesco tocou num ombro de Nina e, com o pensamento, perguntou-lhe:

"Aonde vamos agora? Vamos ver seu avô Misha?"

"Espero que sim. Não vejo a hora de abraçá-lo", respondeu a mocinha, emocionada.

Bastante feliz, Dodô observava tudo com grande curiosidade, recolhendo pedras preciosas e flores de misyl. Roxy acariciou as plantas de Fustalla, lembrando-se de que fora comendo aquelas folhas que voara para a Torre de Toledo, onde tia Andora estava aprisionada. Flor abriu a boca como se quisesse gritar de contentamento e saiu correndo ao encontro do Esbáquio. O grande pintinho amarelo de Xorax deu dois saltos e rolou pelo chão com a mocinha. Ondula pousou na cabeça de Cesco e o Quásquio correu, oscilando, para Dodô, que segurava a xícara Sália Nana, completamente aturdida pelo que acontecia a seu redor. Tilinto chegou com seu costumeiro barulho e fez cócegas em Nina com suas plumas roxas e azuis.

Etérea flutuava entre os jovens e os animais mágicos, como se brincasse com eles. De repente parou e, erguendo as mãos, produziu um facho de luz vermelha. Os amigos pararam e fecharam os olhos por causa do brilho ofuscante. Quando tornaram a abri-los, tiveram uma grata surpresa: o professor Michajl Mesinskj, Birian Birov e Tadino De Giorgis estavam lá. Luminosos e lindos.

O primeiro a falar telepaticamente foi o vovô Misha, com os olhos azuis brilhantes de tanta emoção.

"Moja Ninotchka, queridos jovens. Venham para perto de mim. Quero abraçá-los, quero agradecer-lhes. Vocês foram muito corajosos e espertos."

Nina atirou-se nos braços do avô. Um calor suave e infinito a envolveu. Cesco e Dodô estenderam as mãos para tocar a longa barba branca do professor, mas sentiram apenas um leve roçar. Perceberam que Misha era todo de luz, que não tinha corpo. Flor olhava para Birian Birov, que lhe piscou um olho. Tadino De Giorgis afagou os cabelos crespos e dourados de Roxy, com um sorriso suave.

"Conseguimos, vovô. Agora você pode voltar para casa, não?"

Com o coração na garganta, Nina esperava tanto por um "sim"!

"Nina, minha querida, você sabe que não posso. Agora minha vida é aqui. Mas não deve chorar por isso", respondeu vovô Misha. "Vocês podem vir a Xorax quando quiserem."

"Nós também seremos feitos de luz?", quis saber Dodô, interessado.

"Não. Espero que isso demore o mais possível para acontecer", disse secamente Tadino De Giorgis, que não esperava esse tipo de pergunta.

"Por quê?", indagaram, curiosas, Roxy e Flor.

"Porque os Alquimistas Bons se transformam em luz apenas quando morrem. E vocês ainda têm uma vida muito longa pela frente."

A resposta de Tadino De Giorgis deixou os jovens sem jeito.

"Mas depois seremos de luz ou não?", insistiu Roxy.

"Daqui a um pouco vamos falar nisso", o vovô Misha, calmo, afagou a barba.

Birian Birov se aproximou de Cesco e apertou-lhe a mão.

"Devo cumprimentá-lo. Você é um alquimista de grandes qualidades. Acho que fará muito progresso nesse caminho."

O mocinho ficou todo contente e voltou-se para Nina, que o fitava, orgulhosa.

Naquele momento, a xícara de Sália Nana, no braço de Dodô, teve um sobressalto e o rapazinho a tranqüilizou.

Tadino De Giorgis, tocando-a de muito leve, começou a falar:

"Você inventará fórmulas alquímicas e mágicas, mas acho que esta xícara será sempre sua amiga, apesar de ela ter sido feita por um ser malvado. O marquês Lores Sibilo Loredan, por sorte, não existe mais, e isso também por seu mérito."

"Nunca imaginamos que LSL se transformava na Serpente de Plumas. Ainda bem, todos os reveses terminaram." E Cesco acrescentou, dando-se ares importantes: "Também demos um jeito no conde Karkon Ca'd'Oro."

"O conde Karkon... Sim... Sim...", disseram Birian Birov e Tadino De Giorgis, fazendo caras esquisitas.

O professor Misha deixou os jovens conversando com os dois grandes alquimistas, pegou a netinha pela mão e se distanciou com ela alguns passos. Queria falar-lhe a sós.

"Venha, Ninotchka, vamos dar um passeio." E ele se dirigiu para o Mirabilis Fantasio. "Veja, lá dentro estudam-se novas fórmulas alquímicas. Agora que os pensamentos das crianças estão livres e os Quatro Arcanos foram desbloqueados, a vida na Sexta Lua e na Terra se tornará menos arriscada."

Os olhos azuis do vovô Misha fitaram os de Nina com uma expressão cheia de amor e gentileza.

"A gente pode visitar o Mirabilis Fantasio?", perguntou ela, esperançosa.

"Não. Absolutamente não! No Mirabilis Fantasio só podem entrar os alquimistas e magos bons transformados em luz. Entende?"

O vovô estava perturbado, mas precisava explicar muito bem a Nina por que ela e os amigos não podiam entrar no grande laboratório xoraxiano.

"Ou seja, quando morrer!", completou a mocinha, sem temor.

"Exato. Só quando morremos e nosso corpo é transformado em luz podemos viver em Xorax e trabalhar no Mirabilis Fantasio", explicou o vovô, com clareza.

"Entendo. Então é por isso que você nunca me disse a *frase final*, aquela que pronunciou quando Karkon o atingiu, na Vila Espásia. Com aquela frase você se transformou em luz e abandonou seu corpo sem vida na Terra. Sabe que estive em seu túmulo, não? Eu sabia que você não estava mesmo morto, mas me impressionava tanto ver sua foto e saber que seu corpo estava ali embaixo..."

Nina falou depressa e apertou a mão de luz do avô, sentindo apenas um levíssimo roçar.

"Você compreendeu tudo, Nina querida. É isso mesmo. Daqui a pouco Etérea vai dizer a você e a seus amigos o conteúdo da *frase final*. Fique sabendo desde já que agora vocês são alquimistas, para todos os efeitos. Se por acaso acontecer alguma coisa com um de vocês, saberão o que dizer no caso de risco de morte iminente."

O professor Misha deu um beijo na testa da netinha e suspirou.

Naquele momento, Nina pronunciou um nome:

"José."

O vovô parou.

"Sim, José. Uma desilusão, não é?"

"É. Imensa", respondeu a neta.

"Lembra-se? Expliquei-lhe isso na Carta sobre o Destino", acrescentou Misha.

"Mas eu não compreendi. Não sabia que José passaria para o lado de Karkon. Agora aprendi, vovô." Nina sacudiu os ombros. "Nunca imaginei que seria traída pelo professor espanhol."

"A traição sempre chega quando e de quem a gente não a espera", comentou o avô.

A mocinha abaixou a cabeça e perguntou:

"O que devo fazer quando voltar a Veneza? Sabe, estou muito cansada e meus amigos também devem estar querendo descansar. Você entende, não?"

"Claro que entendo", assentiu o vovô, "e você vai ver que terá tempo até para brincar, para viver sua jovem vida... Mas você é uma alquimista. Uma excelente alquimista: nunca se esqueça disso."

Nina parou diante do enorme portão do Mirabilis Fantasio e observou o grande brasão, que era idêntico ao Jambir. Era esplêndida a luz sólida das colunas e das paredes do edifício alquímico.

"Eu queria tanto uma coisa", murmurou a jovem alquimista.

CAP. 11 - O canto das baleias e a Floresta de Koranna

"O quê?", indagou o velho professor.

"Estar afinal com mamãe e papai." O rostinho de Nina ficou triste. "Quero morar com eles na Vila Espásia. Acha que isso é possível, vovô?"

"É, sim! Acho até que eles já a estão esperando", o sorriso do vovô Misha tranqüilizou a netinha.

A menina da Sexta Lua ficou muito agitada.

"Eles já estão em Veneza? Então já sabem de tudo... Sabem de Karkon, de tia Andora, do andróide igual a ela... de Carlo e de Ljuba?"

"Calma, calma...", deteve-a o sábio avô, "A situação está sob controle. Antes de voltar para a Terra, você deve assistir a uma importante cerimônia."

"Cerimônia?", perguntou ela, surpresa. "Que cerimônia?"

"A festa organizada para os seus quatro amigos. Será linda, sabe?"

E, assim dizendo, o avô a abraçou com ternura. Nina sentiu todo seu corpo sendo percorrido por suaves descargas elétricas e, maravilhada, olhou para o céu estrelado, as luas e os três sóis. Respirou o ar perfumado de Xorax e teve uma profunda sensação de alegria.

Quando voltou a apoiar os pés no chão, percebeu que os demais tinham chegado. Em seguida, num piscar de olhos, apareceram os xoraxianos, os animais mágicos e Etérea.

Diante do portão do Mirabilis Fantasio, reuniu-se um bando de andorinhas e, um a um, os pequenos pássaros foram pousando nas colunas do grande laboratório alquímico xoraxiano. Vovô Misha ergueu a mão direita, mostrando a todos a estrela vermelha, sinal alquímico que Nina herdara, e apontou o dedo indicador para o portão do Mirabilis Fantasio. Uma luz prateada passou pela estreita abertura e apareceram quatro estranhos objetos suspensos no ar. O portão se fechou imediatamente e ouviu-se um canto melodioso.

O Gugui, pássaro mágico da Sexta Lua, chegou voando suavemente, pegou os quatro objetos com o bico e entregou-os à Etérea. Eram as partes que faltavam aos cetros Taldom dos quatro jovens alquimistas recém-formados. Quatro pequenas cabeças de ouro iguais à do Gugui.

Etérea se aproximou de Dodô, Cesco, Roxy e Flor, que estavam perplexos, e dirigiu-se a eles telepaticamente, em tom meigo:

Fechem os olhos e ergam seus cetros.

Os quatro amigos obedeceram e num instante as quatro cabeças de ouro, voando, encaixaram-se nas extremidades de cada Taldom. Um relâmpago negro e verde fez os cetros estremecerem e, quando os jovens tornaram a abrir os olhos, viram que tinham um Taldom Lux na mão.

Idêntico ao de Nina. Igual ao que cada xoraxiano tinha.

Flor apertou o dela contra o peito, Dodô fitou o seu estarrecido, Cesco girou o que tinha na mão a fim de admirá-lo por todos os lados e Roxy tratou de apertar os olhos de goasyl para ver se o dela disparava.

Etérea a deteve imediatamente.

Não! Não se atira na Sexta Lua! Querida Roxy você precisa aprender a usar este cetro da maneira alquímica. Ele serve para lutar, mas também para criar fórmulas mágicas. Torna as pessoas invisíveis e é útil em muitas circunstâncias.

Roxy enrubesceu, envergonhada, e pediu desculpa. Flor a olhou feio, Dodô permaneceu imóvel e Cesco bufou. Nina, ao lado de Tadino De Giorgis, sorriu e balançou a cabeça.

Àquela altura, o vovô Misha interferiu entregando a Etérea quatro rolos de pergaminhos de cobre atados com fitas azuis. A Grande Madre Alquimista chamou um a um os quatro jovens e lhes entregou os preciosos pergaminhos.

Entrego a vocês seus códigos
pessoais e, em nome do Conselho dos Magos Bons,
nomeio-os Alquimistas da Sexta Lua.
Nestes pergaminhos está escrito um decálogo
que vocês devem respeitar.

*De hoje em diante seus nomes serão
sempre acompanhados por um código:
Cesco 9009111,
Dodô 9009112,
Flor 9009113,
Roxy 9009114.
Leiam juntos os dez princípios
que vocês deverão seguir com o maior rigor.*

Assim que Etérea terminou de citar os dez princípios contidos nos pergaminhos, fez um sinal e chamou primeiro Cesco 9009111, que se ajoelhou e, segurando com força o Taldom Lux, pegou o pergaminho e agradeceu. Etérea colocou uma das mãos sobre a cabeça dele e lhe comunicou a frase final. Cesco ficou imóvel, engoliu seco e semicerrou os olhos. Depois inclinou a cabeça e, recuando, voltou a seu lugar. Então foi a vez de Dodô, 9009112, que de tanta emoção tropeçou num pequeno rubi e acabou caindo de cara no chão diante de Etérea. A mulher de Luz o ajudou a levantar-se e entregou-lhe o pergaminho, comunicando-lhe a secretíssima frase final. Com ar temeroso, Flor 900113, se apresentou enviando beijos a todos que assistiam e, educadamente, sentiu com atenção a voz suave da Grande Madre Alquimista transmitindo-lhe a frase final. A última foi Roxy, 9009114, que logo depois de pegar o pergaminho ergueu o Taldom Lux para o céu estrelado e abriu um enorme sorriso. Ela também, quando ouviu a frase final, tornou-se séria e, com passos leves, voltou para junto dos amigos.

Um de cada vez, os quatro retiraram a fita azul, desenrolaram o pergaminho de cobre e leram com a mente o importante documento:

JURAMENTO DOS ALQUIMISTAS DA SEXTA LUA

1 – Usarei a Alquimia da Luz apenas para o Bem.
2 – Defenderei a liberdade de pensamento de todas as crianças da Terra.
3 – Procurarei fórmulas e encantamentos para a alegria do Universo Alquímico.
4 – Jamais trairei um alquimista de Xorax.
5 – Manterei os segredos da Sexta Lua.
6 – Amarei os animais e as plantas da Terra.
7 – Salvarei o Gugui, o Esbáquio, Ondula, Tilinto e Quásquio em caso de perigo.
8 – Arriscarei minha vida para ajudar meus companheiros alquimistas.
9 – Lutarei contra o Mal da Alquimia das Trevas.
10 – Jamais revelarei a "frase final" a ninguém e a pronunciarei apenas no momento em que tiver certeza de que irei perder a vida.

Agora sabiam. Sabiam tudo. Cesco, Dodô, Flor e Roxy, portanto, haviam passado a integrar o misterioso planeta Xorax. Eram Alquimistas da Sexta Lua.

Milhares de xoraxianos aplaudiram e do céu desceram pétalas de misyl misturadas com pó de estrelas. O Esbáquio e Tilinto dançaram, saltitando, enquanto Ondula voava com as andorinhas e o Quásquio pulava alegremente com a xícara Sália Nana.

Etérea olhou para Nina e a mocinha ergueu seu Taldom em sinal de vitória. A Grande Madre Alquimista girou três vezes sobre si mesma, foi para junto de Nina e entregou-lhe algo de imenso valor que a jovem alquimista pensava que nunca mais iria rever: o Systema Magicum Universi.

O grande Livro Falante voltou para as mãos de Nina, que tremia de emoção.

"Por todos os chocolates do mundo! Você é meu de novo, Livro!", exultou.

Vovô Misha, Tadino De Giorgis e Birian Birov se reuniram ao redor dos cinco jovens e, levando-os para um lado, aproximaram-se de um grupo de pessoas: os andróides xoraxianos.

Brilhantes, de metal prateado, todos com orelhas em formato de sino e olhar meigo, os andróides marcharam ao encontro dos alquimistas. À frente de todos estava ele: Max-10pl. Com orgulho, o simpático amigo de metal apertou as mãos dos recém-diplomados, beijou o rosto de Nina e postou-se ao lado do professor Misha.

"Extex xão ox andróidex da Xexta Lua. Trabalham no Mirabilix Fantaxio e quando vocêx precixarem irão em xua ajuda" — disse Max, telepaticamente, aos jovens alquimistas.

Nina deu-lhe um abraço forte e depois, com ar preocupado, perguntou:

"Mas você vai voltar conosco para a Terra, não?"

"Poxitivo. Não poxxo deixar vocêx xozinhox", foi a resposta de Max.

Nina girou para olhar o vovô Misha, porém não o viu mais. Ele havia desaparecido juntamente com todos os outros. Nem mesmo estavam ali Etérea, os andróides ou os animais mágicos da Sexta Lua. Apenas Gugui se encontrava pousado no solo verde-esmeralda de Xorax. Tinha as quatro asas abertas e, erguendo o bico, cantou. Uma nuvem brilhante envolveu os cinco amigos e Max. De repente ergueu-se uma ventania e Nina compreendeu: era hora de voltar para casa.

CAP. 11 - O canto das baleias e a Floresta de Koranna

Ergueu o Taldom Lux e fez sinal aos outros para que também subissem nas costas do pássaro de ouro.

Gotas de água morna e caudas de cometas se intercalaram com a melodia da Oitava Nota. Como que por encanto, o Gugui levantou vôo carregando os amigos aventureiros através do pulsante Universo Alquímico. A maré gomosa mista de água e ar movimentava estrelas e planetas, galáxias e meteoritos. Relâmpagos de luz azul, rosa e violeta enchiam o céu denso de pequenos focos luminescentes. Os jovens assistiam ao espetáculo mágico e a felicidade tomou conta de seus corações.

A aventura estava por terminar com a visita à Sexta Lua. Precisavam voltar à Veneza e condenar Karkon. As crianças da Terra lá estavam, prontas para iniciar o processo. Confiantes, esperavam pelo regresso dos jovens alquimistas.

Capítulo 12
A sentença das crianças

Andora, o andróide karkoniano, estava sentada no Laboratório K do Edifício Ca'd'Oro esperando, tranqüilamente, a chegada de Vera e Giácomo. Não tinha o menor receio de enfrentar Vladimir, o Enganador, porque sabia perfeitamente o que fazer para detê-lo. Dessa vez ele é que seria o enganado!

De repente, do teto desceu uma luminosidade acinzentada, no interior da qual giravam os corpos dos pais de Nina e do maléfico Vladimir. Assim que a luz desapareceu, Andora se encontrou diante do andróide russo, enquanto Vera e Giácomo ficaram no chão, adormecidos e imóveis.

— Minha querida Andora, como é bom ver você! — cumprimentou-a o loiro Vladimir, agitando o gancho que tinha no lugar da mão direita.

— Também estou contente em revê-lo. Vejo que você trouxe os pais de Nina. A transferência de Moscou para cá foi mais rápida do que se esperava, não? — indagou Andora, erguendo-se da cadeira e mantendo os olhos no gancho, perigosa arma que se preciso espirrava Sangue Falso.

— Exato. Foi o conde que me pediu que os trouxesse — Vladimir olhou ao redor, desconfiado. — Onde ele está?

Andora pegou a garrafa de Vintabro Azul que o andróide russo enviara a Karkon e que ele havia deixado num canto do Laboratório K.

— Venha, Vladimir, eu vou com você. Ele o está esperando numa sala. Quer lhe agradecer também por ter conseguido o Vintabro. Na verdade, não é mais preciso, mas o conde tem consideração por seus esforços.

O plano de Andora era diabólico: usar o precioso líquido alquímico que Vladimir havia encontrado na tundra siberiana para se livrar dele.

Quando chegaram diante da porta da Sala da Voz da Persuasão, a mulher de metal o fez entrar.

Na penumbra, a pele branca de Vladimir brilhou como se fosse de prata. O Enganador percebeu imediatamente que alguma coisa estava errada.

— Não há ninguém! Por que me trouxe aqui? — perguntou, alarmado.

— Você não vai mais causar mal aos outros — gritou Andora.

Abriu a garrafa de Vintabro Azul e espargiu o venenoso líquido rico em enxofre criado por LSL. Justamente como Nina escrevera em seu Primeiro Tratado sobre os Andróides, enxofre era uma substância letal para Vladimir.

Uma fumaça ácida ergueu-se do piso e os mecanismos do robô começaram a se decompor: ganchos e rodas, com as quais seu corpo era construído, se desfaziam rapidamente e seu código alquímico 1542 se dissolveu como água. Os olhos azuis de Vladimir ficaram vermelhos e de sua boca saiu uma espuma negra. Ergueu o braço direito e apontou o gancho para Andora, mas não conseguiu esguichar o Sangue Falso. A fumaça envolveu seu rosto, que se decompôs:

— MALDITAAAA... — conseguiu gritar, enquanto Andora saía rapidamente da sala.

Assim que se viu fora da sala, ela se apoiou de costas para a parede e, respirando com dificuldade, semicerrou os olhos:

"Consegui! Agora não há mais perigo", pensou.

Ouviam-se os urros de Vladimir no edifício inteiro, mas ninguém poderia salvá-lo.

A mulher de metal voltou para o Laboratório

CAP. 12 - A sentença das crianças

K, pegou duas folhas de Sálvia Vivaz e colocou-as sob o nariz de Giácomo e de Vera, que despertaram lentamente. Deitados no chão úmido e com os olhos arregalados, viram o teto de traves marcadas, as paredes negras, e sentiram um odor desagradável. Andora se aproximou e, esperando não assustá-los com seu aspecto, começou:

— Sou uma amiga de Nina. Não sou má. Estou ajudando vocês.

Giácomo ergueu-se de um salto, com a cabeça doendo, surpreendido e, olhando ao redor, indagou:

— Onde estamos?

Vera fez o mesmo e, com os olhos fixos na mulher diante de si, observou:

— Você é um andróide! É parecida com Andora, a irmã de minha mãe Espásia!

— Verdade? Bem... Deve ser por acaso. Sou um andróide criado pelo conde Karkon. Estamos no Edifício Ca'd'Oro, em Veneza. Vou levá-los para a sua filha.

Andora deu os esclarecimentos com rapidez e não queria dar mais nenhuma explicação.

— Fique longe de nós! — ordenou Giácomo, abraçando a esposa.

— Vocês devem ir comigo — disse o andróide. — Vou levá-los para Vila Espásia.

— Que história é essa? Estávamos em Moscou, no Ferk... — murmurou Giácomo. — Como viemos parar aqui?

— É uma longa história e Nina lhes contará tudo — insistiu Andora.

— Nina? Aconteceu alguma coisa com nossa menina? — perguntou Vera com voz trêmula.

— Não, ela está muito bem. Logo irão abraçá-la. Mas precisam confiar em mim. Durante o trajeto vou lhes contar o que aconteceu. Vamos...

E Andora saiu do Laboratório K seguida pelo casal.

— Isso me parece loucura! — Giácomo estava nervoso.

— Espero que não haja alquimia no meio!

— Nina fez alguma coisa errada? — perguntou a mãe, ansiosa.

— Nina fez uma coisa extraordinária. Vocês irão agradecer a ela. Todos nós iremos agradecer a ela — respondeu Andora, caminhando depressa.

O pai de Nina segurou o andróide por um braço, obrigando-o a parar:

— Você fala por enigmas. Não entendo nada. Explique-se

— Sua filha derrotou Karkon. Esta explicação basta? — irritou-se Andora.

Vera olhou para Giácomo e inclinou a cabeça:

— Então ela está com problemas. Usou a alquimia. Eu sabia que não devia deixá-la sozinha.

— Não diga bobagens — interrompeu Andora, seca. — Nina é criança, mas é também uma grande alquimista. O professor Misha deve estar orgulhoso dela. Agora não façam muitas perguntas porque não vão entender, mesmo. Devem apenas saber qual é a realidade, e lhes asseguro que é linda.

Andora abriu o portão do Edifício e encaminhou-se para a Vila Espásia, acompanhada pelos dois céticos.

Eram 16:00 do dia 2 de junho. O fim de Karkon se aproximava.

Nina e seus amigos estavam chegando a Veneza e tudo parecia pronto para a condenação definitiva do Magister Magicum. O vôo feliz entre planetas e estrelas estava prestes a acabar e a viagem dos jovens alquimistas chegava ao fim. O Gugui se lançou entre nuvens e num instante os jovens e Max viram-se no interior de um cone de luz vermelha. Um vento poderoso os empurrou para baixo e um turbilhão de cores os envolveu. O canto do pássaro mágico da Sexta Lua cessou e o grupinho de aventureiros chegou ao chão.

No pavimento do Acqueus Profundis.

CAP. 12 - A sentença das crianças

O primeiro a se levantar, um tanto amarrotado, foi Max-10pl.

— Em caxa! Extamox em caxa! — exultou ele, girando as orelhas com formato de sino.

Roxy abriu os olhos e viu diante de si o trono de vidro. Flor ergueu o Taldom e o apontou para a enorme tela, pronta para reagir a qualquer ataque. Cesco ajustou os óculos e ajudou Nina a se levantar. Enquanto isso, Dodô permaneceu deitado no chão, com os olhos fechados, e disse:

— Es... es... espero não ga... ga... gaguejar mais.

Nem bem acabou de falar, percebeu que não estava mais na Sexta Lua, onde os pensamentos não se atrapalhavam. Todos caíram na risada. O rapazinho de cabelos vermelhos pôs-se de pé e apertando ao peito a xícara Sália Nana exultou:

— E daí? Que... que... quem está li... li... ligando? Agora sou um al... al... alquimista!

A xícara balançou e gritou:

— Até que enfim posso falar! A Sexta Lua é maravilhosa, mas esse negócio de transmissão de pensamento, de telepatia, não é comigo!

Todos caíram na risada e por fim a luz da felicidade brilhou em seus rostos cansados. A força do Bem os unia. Juntos, teriam enfrentado qualquer perigo, qualquer risco: nada jamais os deteria.

Max sentou-se ao computador e verificou se tudo estava em ordem.

— Vocêx devem ir, agora. Xei que têm muito a fazer. Tomem cuidado e xó lhex peço um favor: quando encontrarem minha Andora, digam-lhe que a extou experando.

Nina abriu o portão do Acqueus Profundis, entrou no trólé com os amigos e num instante chegaram diante da escadinha e subiram correndo para o Laboratório da Vila.

Assim que passou pela porta, a menina da Sexta Lua foi colocar o Systema Magicum Universo em seu lugar, na bancada de experiências. Afagou a capa negra e dourada, depois se voltou, rapidamente.

— Precisamos ir agora mesmo ao presídio. Certamente Karkon foi levado para lá...

Mal tinha acabado de falar, o Livro se abriu.

Você sempre se apressa a tudo realizar,
mas este velho Livro precisa escutar.

— Livro! Oh, meu Livro querido! — alegrou-se Nina, aproximando-se da folha líquida. — Não imagina como estou feliz por você ter vindo comigo!

Eu jamais a abandonarei
minha sabedoria sempre lhe darei.
Pense no julgamento em seqüência:
Karkon está perdendo a paciência.

— Ah, sim. A sentença. Ljuba e Carlo já estão livres? — perguntou, temerosa, a menina da Sexta Lua.

Livres finalmente eles serão
quando todos no cárcere cantarão.
Vocês vão sorrir e cantar porque
o Mal não precisam mais enfrentar.

Naquele momento um rumor proveniente da porta chamou a atenção dos jovens alquimistas. O Livro se fechou e todos apontaram seus cetros Taldom, prontos para disparar. A porta se abriu e no umbral apareceu Andora. Sim, o andróide a abrira com a esfera de vidro que Nina lhe entregara quando estavam em Atlântida.

CAP. 12 - A sentença das crianças 315

— Nina! Meus amigos! Vocês chegaram! — alegrou-se a mulher de metal.

— Andora, é bom ver você de novo! — responderam, abaixando os Taldom.

O andróide pegou Nina por uma das mãos e a levou à Sala das Laranjeiras. Diante do quadro de vovó Espásia estavam duas pessoas: Giácomo e Vera.

— Mamãe! Papai! — gritou Nina e correu para eles.

O abraço foi comovente. Mãe, pai e filha ficaram unidos. Beijos, carícias, lágrimas e palavras doces. A família se unia de novo, depois de tantos percalços.

— Como vai, filha? Está tudo bem? — perguntou mamãe.

— Muito bem. Bem, mesmo — respondeu Nina, tirando de um bolso o cubo de prata que os pais lhe tinham dado meses antes.

— Ele lhe deu sorte? — perguntou Vera, enxugando uma lágrima.

— Sim. Muita sorte.

Nina beijou o papai e foi se colocar ao lado dos amigos.

— Agora, diga-nos o que aconteceu. Esta mulher de metal nos contou uma história extravagante. Você nos deve explicações — concluiu Giácomo, sentando-se no divã com almofadas coloridas.

— Será um pouco difícil de explicar... — respondeu Nina, olhando para os amigos. — Vocês sabem que vovô era alquimista e que sigo o caminho dele. O conde Karkon é um mago malvado e precisava ser detido. Meus amigos me ajudaram. Foi uma luta dura, muito dura...

A menina da Sexta Lua não sabia de que outra maneira explicar a aventura que vivera durante o último ano. Mas Vera e Giácomo, cientistas experientes, torceram o nariz. Havia ainda muita coisa envolta em mistério.

— O que este andróide faz aqui em casa? — perguntou papai.

— Bem, ela é uma amiga... — respondeu Nina, sem piscar.

— Amiga? Isso é loucura — rebateu Vera.

— Loucura é não ter fantasia. Isso eu posso lhe garantir, mamãe. Sei muito bem que vocês são cientistas e procuram vida extraterrestre, mas podem crer que aqui na Terra ainda há muita coisa para ser compreendida. A alquimia não é brincadeira, o vovô Misha sempre dizia isso.

Nina falara com um ar muito sério e seus pais ficaram surpresos.

— Agora temos que ir até o presídio. Por favor, acreditem na minha palavra.

CAP. 12 - A sentença das crianças

Nina pegou os pais pelas mãos e foi com eles para o portão da Vila.

Cesco, Dodô, Roxy e Flor suspiraram de alívio e disseram a Andora que Max a esperava lá embaixo, no Acqueus Profundis. A mulher de metal sorriu. Começava uma nova vida para ela. Uma existência repleta de amor e de serenidade com seu adorável andróide xoraxiano.

Eram 18:30 quando uma multidão imensa de crianças se reuniu diante da Prisão do Chumbo. Haviam chegado de todos os cantos do mundo. A Revolução Silenciosa tinha seguido seu curso e agora que os pensamentos estavam livres e as andorinhas tinham tornado a voar, felizes, todas as crianças da Terra estavam prontas para condenar o maléfico conde.

As tias Andora e Carmen lá estavam ainda, sentadas e cansadíssimas. Com elas se encontravam os pais dos quatro jovens, que esperavam, nervosos, a chegada dos filhos. Grupos de jovens estavam na ponte ao lado do presídio, outros haviam ocupado boa parte da margem e outros, ainda, chegavam em barcos e lanchas. Não se ouviam gritos, não havia confusão. Apenas um leve murmúrio percorria o ar e a atmosfera que pairava no local era muito tensa.

Quando os cinco amigos, com Vera e Giácomo, desceram do barco a vapor, a multidão elevou suas vozes num só coro:

— VITÓRIA!

Dodô, Cesco, Flor e Roxy cumprimentaram calorosamente todas as crianças, fazendo-lhes sinais para que ficassem tranqüilas, e correram ao encontro dos pais, que não agüentavam mais tanta ansiedade. Carinhos e abraços, lágrimas e sorrisos duraram alguns minutos enquanto centenas de crianças aplaudiam com entusiasmo.

— Onde vocês estiveram? O que aprontaram? — perguntaram as mães, afagando os rostos dos jovens alquimistas.

O pai de Cesco apoiou as mãos nos ombros do filho e, preocupado, comentou:

— Seu agasalho está todo rasgado e sujo... Sente-se bem, filho?

O rapazinho tirou os óculos e abraçou o pai, garantindo que estava ótimo. Flor e Roxy tomavam sorvetes que a mãe de Dodô havia comprado. Afobadas, explicaram que não tinham tempo no momento para lhes contar tudo que haviam passado. Os pais sentiam que a multidão queria justiça. Queria Karkon!

Nina foi muito festejada por Adônis e Platão; as duas tias espanholas fizeram Vera e Giácomo sentarem-se a seu lado, na base da coluna próxima da água.

Dava para sentir a emoção arrepiando a pele: todos esperavam a abertura do portão da Prisão do Chumbo.

A menina da Sexta Lua ergueu o Taldom Lux e, com voz forte, bradou:

— Abram! Viemos libertar Ljuba e Carlo!

Os pais ficaram em silêncio, estarrecidos: olhavam para os filhos e compreendiam que eles eram especiais.

Por fim, o primeiro e o segundo guarda abriram o portão do presídio e o murmúrio que percorreu a multidão foi mais intenso. Os cinco amigos entraram e, antes que o portão se fechasse às suas costas, Cesco disse em voz alta:

— O fim de Karkon está próximo!

Um retumbante rumor de vozes alegres sacudiu Veneza. As crianças ergueram os braços em sinal de vitória.

Quando Nina entrou no presídio, viu os dez conselheiros vestidos de roxo enfileirados junto de Karkon, Viscíolo, Alvise e Barbessa. O conde se achava sentado em uma poltrona de ferro e, com a cabeça abaixada, mantinha o manto fechado na altura do peito. Não parecia perigoso. Era como se toda sua malvadeza tivesse evaporado.

Os dois gêmeos com o K choravam desconsoladamente e Viscíolo não parava de se lamentar e tocar o tapa-olho.

Os jovens olharam para os inimigos: não tinham imaginado vê-los reduzidos àquelas tristes figuras.

CAP. 12 - A sentença das crianças 319

Mas não sentiram pena. Nem podiam sentir, depois de tudo que haviam sofrido.

Roxy foi a primeira a enfrentar os dez conselheiros, dizendo:

— Saiam da frente. Antes de cuidar desses infelizes, temos que libertar a governanta Ljuba e o jardineiro Carlo.

O Presidente do Tribunal tossiu e, dando um passo à esquerda, abriu caminho para os dois inocentes que se achavam atrás dele. A governanta russa, muito pálida, não conseguia andar direito. Estava com os ombros caídos, os olhos brilhantes e inchados.

— NINA! — disseram com a pouca voz que lhes restava.

A menina da Sexta Lua e seus companheiros os abraçaram com o maior carinho. Dodô pegou um lenço e limpou o rosto da meiga Merengue, que assoou o nariz, chorando sem parar.

Nina a cobriu de beijos e ajudou-a a andar lentamente; Cesco e Dodô ampararam o jardineiro. Quando se encontraram diante de Karkon, Flor ergueu a mão direita, apontou para ele e disse:

— Olhem o conde. Não tem coragem nem sequer para erguer a cabeça.

Carlo cuspiu nele e até Ljuba, andando com dificuldade, criou coragem e disse:

— Verme! Verme nojento!

Àquela altura, o Presidente do Tribunal dirigiu-se à Nina:

— Jovem De Nobili: o conde Karkon, os gêmeos e Viscíolo confessaram. Sem dúvida, são culpados. Mas há coisas que merecem explicação. Eles falaram de magias, encantamentos e outras diabruras. Talvez estejam loucos...

— Prezado senhor Presidente, eles não são loucos! Encarnam o Mal e é justo que paguem pelo que fizeram. — E Nina acrescentou, em tom decidido: — Mas desta vez não serão os senhores a dar a palavra final.

— Como? Quer dizer que não seremos nós, os adultos, que iremos determinar as conseqüências? A justiça tem suas leis e elas têm que ser respeitadas. Há os juízes, os tribunais...

O Presidente foi bruscamente interrompido.

— Nós, crianças, fomos as principais vítimas do ódio e do horror de Karkon e de LSL! — disse a jovem alquimista.

— O prefeito Loris Sibilo Loredan? O que ele tem a ver com esta história? — gritaram os dez conselheiros. — Ele está morto!

— Calem-se! — reagiu Nina. — Vocês são apenas lacaios tolos.

— Como se permite, sua pestinha... — começou o conselheiro mais velho.

— Olhem! Vejam o que o conde e o prefeito fizeram!

Nina tirou de um bolso maior os Apontamentos de Karkon. No precioso documento estava escrito como e quando o conde iniciara seus malefícios. E não havia apenas isso: lá estavam os segredos da Numeromagia, da Mecanogeometria e uma longa lista de fórmulas alquímicas perigosíssimas. O Presidente estendeu a mão para pegar os Apontamentos, mas Nina recuou:

— Não. O senhor não pode ler tudo. Não é permitido.

— E quem não permite? — perguntou o Presidente, cada vez mais surpreendido.

— Eu e meus amigos! O senhor tem que confiar em nós. Além disso, olhe, há outro documento que comprova a maldade do conde Ca'd'Oro.

E, assim dizendo, Nina mostrou também o Caderno Vermelho que Karkon perdera em Atlântida. As últimas maldades e o engano organizado por LSL, a carnificina dos gatos e o segredo da Ilha Clemente se tornaram públicos.

A menina da Sexta Lua folheou umas páginas e deixou o Presidente ler apenas algumas frases. Palavras terríveis que o convenceram da maldade de Karkon e de LSL.

Viscíolo se ajoelhou:

— Por favor, não nos machuque!

Alvise e Barbessa gritaram, chorando, que não queriam ir presos.

— Fal... fal... falsos! Vocês são fal... fal... falsos — disse Dodô, muito sério.

— Basta. Basta, acalmem-se — interferiu o Presidente do Tribunal. — Ouçamos o que Nina tem a dizer.

A mocinha apostou-se diante de Karkon, segurou-lhe o cavanhaque e obrigou-o a erguer a cabeça.

— Prezados senhores, este indivíduo desonesto merece a mais dura condenação. E nós, crianças, é que iremos decidir. Só nós podemos fazê-lo.

Nina olhou o rosto dos conselheiros um a um e não abaixou os olhos.

— Não é possível. Isso seria um absurdo! — redargüiu o Presidente.

Então, Cesco ergueu seu Taldom e declarou:

— Vocês, adultos, não souberam defender a liberdade. Não entenderam nada! Por isso nós é que iremos decidir o fim de Karkon e seus sequazes. Terminou a conversa! Abram o portão: vamos levar Ljuba e Carlo para casa ou vocês querem que continuem aqui, numa cela escura e úmida deste presídio?

O Presidente fez um sinal, os dez conselheiros se agitaram, porém mantiveram-se em silêncio.

Roxy e Flor olharam desafiadoras para os guardas, que no mesmo instante abriram o portão da Prisão do Chumbo.

Aplausos e mil gritos de alegria acolheram os jovens alquimistas, que apoiavam os dois inocentes. Um canto melodioso espalhou-se no ar: eram os presos que cantavam em homenagem à Liberdade. Como dissera o Livro Falante, o coro saudou a governante e o jardineiro. O pai de Dodô e a mãe de Cesco ajudaram Ljuba a entrar no barco a vapor; Vera e Giácomo ajudaram o jardineiro.

Os pais das crianças se dirigiram para Vila Espásia, deixando os filhos com a multidão de crianças.

Nina subiu na base da coluna, tendo ao lado os quatro jovens alquimistas, que agradavam Platão e Adônis, visivelmente eufóricos.

CAP. 12 - A sentença das crianças

— Escutem bem — disse, erguendo a voz, — amanhã à tarde, às 15:00 em ponto, na Praça San Marco, vamos processar o conde Karkon Ca'd'Oro e seus sequazes. Preciso da opinião de vocês para definir a pena. Mandem-me sugestões para Vila Espásia, até a meia-noite. Pensem bem. A condenação não deve ser uma vingança, mas apenas um exemplo. Os adultos vão aprender conosco o que significa fazer justiça.

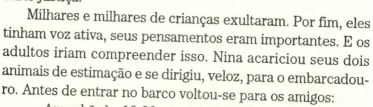

Milhares e milhares de crianças exultaram. Por fim, eles tinham voz ativa, seus pensamentos eram importantes. E os adultos iriam compreender isso. Nina acariciou seus dois animais de estimação e se dirigiu, veloz, para o embarcadouro. Antes de entrar no barco voltou-se para os amigos:

— Amanhã, às 10:00 vão à Vila Espásia. Afinal vamos dormir em nossas camas, esta noite. Temos que estar descansados para proferir a sentença.

Cesco fitou-a com amor e enviou-lhe um beijo; ela retribuiu. Flor e Roxy rindo, maliciosas, cumprimentaram-na agitando o Taldom. Dodô gritou:

— Você é u... u... uma verdadeira a... a... amiga!

Os quatro jovens foram para suas casas.

Naquela noite em Veneza não se ouviu o menor ruído. As milhares de crianças espalhadas por ruas e pracinhas dedicavam-se a escrever suas idéias. Todas procuravam um fim justo para o Magister Magicum.

Quando Nina, Adônis e Platão chegaram à Vila Aspásia, encontraram a casa iluminada.

Vera estava às voltas com forno e fogão, em companhia de Carmen; Giácomo e Andora punham a mesa na Sala do

Canto das Rosas, com o precioso serviço para jantar de porcelana russa. Ljuba e Carlo se achavam comodamente sentados na Sala das Laranjeiras conversando em santa paz e apreciando uma taça de vinho frisante.

Era a primeira vez que Nina via Ljuba descansando.

— Ninotchka querida, assim que estiver melhor, farei seus pratos preferidos — prometeu a meiga Merengue, acariciando o rosto da mocinha.

— Tudo bem, Ljuba. Fique sossegada. Mamãe está cozinhando e tenho certeza de que o jantar será muito bom, também.

— Carlo e eu temos que lhe perguntar uma coisa — disse a governanta.

Nina esperou a pergunta com apreensão.

— Onde está o professor José? — foi Carlo quem perguntou e a o sangue de Nina congelou.

— Bem... O professor José... Ele foi embora. Mas não sei para onde.

A resposta da jovem alquimista não convenceu: Carmen ia abrir a boca, mas Andora lhe fez sinal para se calar. Não podiam dizer que José havia traído Nina.

— Esquisito ele ter ido embora assim! — estranhou Ljuba. — Parecia tão afeiçoado a Nina!

— Ficou nervoso demais. É engraçado, não sinto a menor falta dele — foi o comentário seco da menina da Sexta Lua.

Nina olhou para o pai e sorriu. Giácomo não desconfiara de nada. Vera, que estava na cozinha, escorreu o macarrão, assobiando. Andora e Carmen trataram de mudar de assunto e começaram a falar com Carlo sobre as flores que haviam desabrochado no jardim e que demandavam cuidados depois da longa ausência dele.

Tudo em Vila Espásia parecia ter voltado à normalidade. A menina da Sexta Lua se estendeu no divã e olhou para o retrato da vovó. Seu coração estava agitado. Mais algumas horas e Karkon seria condenado.

— Nina, aonde foi parar aquela mulher de metal? — perguntou Vera, curiosa.

— Não sei — respondeu a mocinha de novo e sem jeito.

— Na minha opinião, ela deve estar com aquele homem esquisito que veio aqui fantasiado de Papai Noel — sugeriu tia Andora, sorrindo. — Vocês se lembram?

Nina fez uma cara engraçada e Carmen abaixou a cabeça.

— É, você tem uns amigos engraçados, Nina. Ainda estou tentando descobrir como sua mãe e eu viemos para Veneza sem perceber — acrescentou Giácomo. — Devem estar nos procurando como doidos, lá no Ferk.

— Vocês não vão voltar para Moscou, vão? — alarmou-se Nina.

— Não. Vamos ficar aqui, como prometemos. Morar nesta Vila é mais aventuroso até do que viajar para o espaço — comentou Vera, olhando para o marido.

A família foi para a mesa e ninguém mais teve coragem de perguntar qualquer coisa a Nina, porque viam que ela estava tensa demais. Aquela era uma noite especial e não apenas pelos acontecimentos nos quais a jovem alquimista pensava.

Antes de irem dormir, Vera e Giácomo beijaram a filha com todo amor possível. Mamãe ia dizer alguma coisa quando soou a campainha da Vila.

Eram exatamente 22:00 do dia 2 de junho. Nina teve um sobressalto. Sua mente foi atravessada por um relâmpago: "22:00 do dia 2 de junho... uma data importante." A mocinha começou a suar frio, Vera olhou para ela e chorou.

— Mamãe... É... Hoje é 22 de junho. Vovô Misha morreu há exatamente um ano!

— Sim, querida... Eu não queria que se lembrasse disso, pois já está bastante agitada por causa da sentença de amanhã — disse Vera, com um fio de voz.

Giácomo suspirou e foi atender à porta. Instintivamente, Nina olhou a estrela na palma da mão: estava vermelha. Não havia perigo. Carmen a abraçou:

— Lembro-me muito bem do que aconteceu há um ano. Estávamos juntas, lá em Madrid. Foi terrível. No dia seguinte você veio para Veneza e desde então tanta coisa aconteceu!

A doce Ljuba caiu no choro e se apoiou num ombro de Carlo. Nina sentiu o sangue se agitar, mas quando seu pai abriu a porta ela se acalmou. Era um grupo de jovens.

— Estes dez pacotes são para Nina De Nobili — disseram antes de ir embora. — É urgente.

A menina da Sexta Lua correu para o pai, que a ajudou a abrir os pacotes: dentro se encontravam milhares de bilhetes escritos pelas crianças.

— Você está cansada, vá dormir. Leia os bilhetes amanhã — tentou convencê-la Giácomo.

Nina sacudiu a cabeça.

— Não! Não posso. Vou ler um a um.

Sentada no tapete do hall de entrada, rodeada por papéis, a jovem alquimista começou o longo trabalho.

Vera, do alto da escadaria em caracol, perguntou à filha:

— Você tem muita saudade do vovô Misha?

— Não, porque ele está no meu coração. Sempre — respondeu Nina, olhando direto para a mãe. — Falo com ele quando quero.

— Ele deve se orgulhar de você, tenho certeza — murmurou Vera.

A menina da Sexta Lua ergueu a mão direita e mostrou o sinal de nascença em forma de estrela.

— Sou uma alquimista — disse. — Herdei todo o Bem do vovô. Por isso Karkon vai pagar caro. Ele odiava o vovô e odeia todos os meus amigos. Odeia todos os alquimistas bons.

CAP. 12 - A sentença das crianças

Giácomo sacudiu a cabeça e pegou Vera pela mão. Carmen ia dizer alguma coisa, mas tia Andora fulminou-a com o olhar.

— Há muita coisa que os pais de Nina não sabem — sussurrou Carmen — e que nós sabemos...

— Calada. Não estrague tudo, minha irmã, agora que as coisas estão correndo bem — disse tia Andora, baixinho.

Ljuba foi para o quarto dela e Carlo saiu da casa depois de dar boa-noite a Nina, que ficou sentada no tapete em meio a montanhas de bilhetes. As crianças do mundo esperavam a sentença. Uma condenação que fizesse justiça também a Nina e sua família pelo assassinato do vovô Misha.

Às 6:30 a menina da Sexta Lua entrou no laboratório da Vila. Sentou-se num banquinho alto e apoiou a mão com a estrela sobre o Systema Magicum Universi. A folha líquida emitiu a costumeira luminosidade verde fluorescente.

— Livro, que conselho você pode me dar? As crianças do mundo querem uma pena severíssima para Karkon; muitos pedem que seja mantido numa cela pelo resto da vida, mas não sei o que fazer.

Nina estava perturbada: sentia uma responsabilidade pesada em seus ombros.

*O conde do Mal precisa pagar
e pela eternidade imóvel deve ficar.
Mas mantê-lo numa cela sem nada fazer
é algo que não deveria jamais acontecer.
Assim que os quatro alquimistas acabem de chegar
todos os bilhetes lidos em mim você deve jogar.
Uma ajuda lhe darei:
a sentença escreverei.*

— Sim, imóvel pela eternidade — exclamou Nina, erguendo-se do banquinho.

Uma intensa luz iluminou-lhe os olhos. Saiu correndo do laboratório, entrou na cozinha, onde encontrou Ljuba e mamãe preparando o café-da-manhã.

A menina pegou dois biscoitos de chocolate e subiu para o seu quarto. Enfiou-se na banheira e ficou de molho na águia tépida por uma hora. Por fim, relaxou. Lembrou-se das maravilhas da Sexta Lua, das baleias e das andorinhas, da grande orquestra, do juramento de seus amigos. Sentiu que era realmente feliz. E com aquela força na alma vestiu-se de cores alegres: calças compridas azul-turquesa, um blusão de lã rosa-fúcsia e por cima uma túnica da mesma cor que as calças. Olhou-se no espelho e sorriu.

Desceu a escadaria em caracol, beijou mamãe e papai, brincou com as tias espanholas e esperou os amigos, dizendo:

— Hoje é 3 de junho, um grande dia!

Às 10:00 em ponto tocaram a campainha. Cesco, Dodô, Flor e Roxy chegaram, com esplêndidos sorrisos. Assim que entraram no laboratório Nina interpelou o Systema Magicum Universi:

— Livro — disse, toda entusiasmada –, estamos todos aqui e trouxemos as caixas com os bilhetes das crianças.

Os bilhetes em mim pode jogar
e não precisa se preocupar.
Os pensamentos livres hão de se somar
e a sentença certa eles irão ditar.

Com energia, os jovens ergueram as caixas e milhares de bilhetes foram engolidos pela folha líquida. A luminosidade no laboratório se tornou vermelha. O caldeirão, que estava no fogo, passou a emitir um ruído irritante. Dodô se agachou junto da Pirâmide de Dentes de Dragão. Flor apoiou-se na parede e Roxy empunhou o Taldom. Imóveis, Cesco e Nina observavam a cena.

Do caldeirão saiu um enorme Tambor Roxo com a estrela vermelha gravada. Ao mesmo tempo, o Livro emitiu um finíssimo Pergaminho Azul.

*O tambor há de soar
a cada vez que o Mal voltar.
Todos o escutarão
e unidos lutarão.
Neste pergaminho você vai encontrar
a condenação severa que deve aplicar.*

O pergaminho pousou na bancada de experiências e o tambor permaneceu suspenso sobre o caldeirão. Os jovens alquimistas ainda se entreolhavam, surpresos, quando o Livro voltou a falar:

*O Vaso da Voz você pode guardar
o monge não vai mais incomodar.
É um troféu de valor desmedido
e como tal deverá ser exibido.
Ponha Pó de Jasmim, como a fórmula manda,
dentro daquela xícara que anda.
Para a Praça vocês devem ir
e lá seus Taldom unir.
Cinco faixas de fogo então se cruzarão
e as estátuas de mármore andarão.*

— As estátuas de mármore andarão? — perguntaram os jovens. — O que isso significa?

A folha líquida se tornou negra e uma chama verde ergueu-se dela até o teto.

*As estátuas da Praça se movimentarão
e uma cerrada neblina criarão.
Só a multidão de crianças irá apreciar
aquela alquimia que não tem par.
Há outra coisa importante que preciso falar,
mas Cesco e Dodô devem de mim se aproximar.*

Os dois alquimistas obedeceram à ordem e, com os ombros bem retos, pararam diante do Systema Magicum Universi.

*O Edifício Ca'd'Oro será seu tesouro.
Com sua força renovadora vocês irão transformar
salas escuras em locais incapazes de ameaçar.
A Alquimia da Luz há de reinar
para quem a Verdade souber amar.
Experiências e fórmulas seguras
iluminarão sua vida futura.
Decorrerá assim sua vida
ao lado das pessoas queridas.*

— Livro, isso é lindo! Obrigado, obrigado!

Os dois jovens saltavam sem conseguir conter a grande alegria. Dodô e Cesco tinham sido escolhidos para um trabalho muito importante.

Apertaram-se as mãos e mostraram o Rubi da Amizade Duradoura em sinal de compromisso.

Ainda tenho o que dizer,
há algo mais a fazer.
Diante de mim, Roxy e Flor
venham, agora, sem temor.

Nina deu um passo para o lado e, curiosas, as duas jovenzinhas se postaram diante do Livro.

Uma corajosa, a outra vive a sonhar,
muito antagônicas vocês são como par.
Juntas a Ilha Clemente farão sarar
levando felicidade àquele lugar.
Se lhes agrada a missão
dêem um sinal ou digam não.

Flor abraçou o Livro e Roxy gritou a plenos pulmões:
— É maravilhoso!
A Ilha Clemente, ex-morada de LSL, iria se tornar um pequeno paraíso repleto de gatos, livros e jovens alquímicos.

Agora, tratem de dar uma boa acalmada
porque confusão não serve para nada.
Mais não posso explicar:
vão e tratem de trabalhar.

A luz no laboratório voltou a ser azul.
Os quatro alquimistas olharam para Nina:
— E você, o que vai fazer?
A menina da Sexta Lua abriu os braços:
— Vou morar aqui. Vila Espásia é a minha casa. E tenho Max, que sempre irá me ajudar. Não se preocupem: não nos perderemos de vista. Aliás, seremos ainda mais unidos sem Karkon.

CAP. 12 - A sentença das crianças

Flor e Roxy beijaram a amiga e pegaram o Tambor Roxo. Dodô procurou entre os vidros o que continha Pó de Jasmim e colocou-o dentro da Sália Nana, que ficou contente por participar da criação de uma nova fórmula alquímica.

Cesco pegou o Vaso da Verdade que continha a Voz da Persuasão, e tinha ficado jogado num canto; Nina segurou com delicadeza o sutil Pergaminho Azul para não rasgá-lo.

— Vamos até o Acqueus Profundis para contar tudo a Max.

E, assim dizendo, Nina pronunciou Quos Bi Los e o alçapão se abriu. A descida pelo subterrâneo foi muito rápida e chegaram de tróle à entrada do laboratório no fundo da laguna. Assim que entraram viram uma cena romântica. Max-10pl estava abraçado com Andora. Diante da parede de vidro, apreciavam a paisagem submarina: algas, peixes e medusas dançavam para eles.

— Olá, turma! O que fazem por aqui? — perguntou o bom andróide.

— Viemos ver se vocês estão bem — respondeu Cesco, decidido.

— Maix do que bem! Extamos felizex.

Max acariciou a cabeça pelada de Andora e piscou-lhe um olho. A mulher de metal voltou-se e sorriu:

— Estão prontos para condenar Karkon?

— Prontíssimos — responderam eles, em coro.

— Então Max e eu podemos ficar aqui. Sossegados — disse Andora. — Já fizemos o bastante, não?

— Sim, é verdade. Vamos deixá-los sossegados. Vocês têm todo o direito — respondeu Nina. — Mas queríamos dizer-lhes que o Systema Magicum Universi nos comunicou coisas muito importantes.

— O quê? — indagou Max, curioso.

Cesco e Dodô contaram que iam cuidar do Edifício Ca'd'Oro e Flor e Roxy da Ilha Clemente.

— Fantáxtico! — exultou o andróide.

Andora os cumprimentou e avisou-os que se precisassem ficaria contente em ajudá-los.

Os cinco alquimistas cumprimentaram calorosamente o casal de metal e saíram do Acqueus Profundis. Faltavam poucas horas para ser dada a sentença. Quando subiram para a Vila, comeram deliciosos petiscos preparados por Carmen e os doces incríveis de Ljuba. Com o Tambor Roxo, o Pergaminho Azul, o Vaso da Voz e a xícara cheia de Pó de Jasmim, saíram acompanhados por Adônis e Platão. Nem Vera nem Giácomo fizeram perguntas. Todos ficaram em silêncio, olhando-os pelas janelas enquanto atravessavam a ponte de ferro da Vila.

Caminhavam marcando passo. Sérios e misteriosos, pois se aproximava o grande evento. Tinham conseguido libertar a Terra do Mal e isto lhes conferia uma força de ânimo imensa.

Faltavam apenas cinco minutos para as 15:00 e a Praça San Marco já estava repleta. Milhares de crianças do mundo estavam sentadas em silêncio quando viram chegar os dez conselheiros vestidos de roxo, tendo à frente o Presidente do Tribunal. Atrás, arrastados pelos guardas, vinham Karkon, Viscíolo, Alvise e Barbessa. Um toque de trombeta rompeu o ar e o Presidente falou:

— Comunico que o mais depressa possível serão realizadas eleições livres para eleger o novo prefeito de Veneza. Os últimos e clamorosos acontecimentos nos fizeram pensar. Entrego os quatro prisioneiros às crianças. A vocês cabe ditar a sentença.

CAP. 12 - A sentença das crianças

O sol resplandecia lá no alto, pombas e andorinhas voavam ao redor da Praça San Marco, criando círculos móveis no céu. As centenas de estátuas que se erguiam no alto dos edifícios da Praça pareciam mais lindas do que nunca. Entre elas, no pedestal no centro da praça, estava o Leão Alado que, com sua juba de mármore e olhar indômito, esperava a condenação justa para o Magister Magicum.

Nina ergueu o Taldom Lux, apontou-o para a Estátua do Leão e discursou:

— Hoje, em Veneza, será decidido o destino do conde Karkon Ca'd'Oro, maléfico mago que enganou a todos. Ele trouxe morte e dor. Com o prefeito Loris Sibilo Loredan, procurou aprisionar o pensamento de nós, crianças. Mas não conseguiu! Fomos mais fortes! Mais inteligentes! A liberdade venceu!

Um reboante rumor rolou pela Praça:

— Vamos condená-los!

— Li os bilhetes de vocês e será feita justiça — declarou Nina.

Cesco, Dodô, Roxy e Flor ergueram seus Taldom e gritaram:

— Sim, vamos condená-los pela eternidade!

Por nenhum instante sequer Karkon ergueu a cabeça: permaneceu fitando o chão da Praça. Viscíolo cobria o rosto com as mãos, Alvise e Barbessa choravam sem parar.

Àquela altura Roxy mostrou o Tambor Roxo e um rufar poderoso fez a Praça tremer:

— Cada vez que este tambor tocar, saberemos que o Mal está de tocaia. Juntos, impediremos que se repita o que aconteceu. A alquimista Flor e eu cuidaremos da Ilha Clemente. Vamos transformá-la num lugar maravilhoso aonde todos vocês poderão ir.

Gritos de alegria sacudiram a Praça e Flor inclinou-se para agradecer.

Roxy colocou o Tambor perto de Viscíolo, que não disse uma palavra sequer. Dodô se aproximou de Alvise e

Barbessa. A garota andróide alisou as tranças e deu um leve sorriso para o alquimista a fim de enternecê-lo, mas ele virou-lhe as costas e, voltando-se para a multidão, gritou:

— Estes dois andro... andro... andróides têm co... co... corações de gato. Mataram e mal... mal... maltrataram. De ho... ho... hoje em diante não vão mais fa... fa... fazer mal a nin... nin... ninguém. O alquimista Cesco e eu trans... trans... transformaremos o Edi... Edi... Edifício Ca'd'Oro. Vai se tor... tor... tornar a Casa dos En... En... Encantamentos do Bem.

A multidão aplaudiu e os dois gêmeos com K se ajoelharam pedindo inutilmente perdão.

Então Nina desenrolou o Pergaminho Azul e leu, em tom decidido:

Nós, crianças do mundo,
reunidas nesta grande praça,
anunciamos que a Liberdade de Pensamento
não está mais em risco.
Jamais alguém poderá
impedir que a fantasia reine soberana.
E por isto

CONDENAMOS
O CONDE KARKON E SEUS
SEGUIDORES
CULPADOS DE HAVER PERSEGUIDO O BEM
USANDO PERFÍDIA E ÓDIO.
AO PRIMEIRO GESTO DE REBELIÃO
OS QUATRO SERÃO
JOGADOS NO NADA,
NAQUELA PARTE DO UNIVERSO
ONDE A VIDA NÃO PODE EXISTIR.

CAP. 12 - A sentença das crianças

Gritos se elevaram na Praça. As crianças se puseram de pé e agitaram as mãos:

— SOMOS LIVRES, SOMOS LIVRES PARA PENSAR!

Cesco se aproximou de Karkon com o Vaso da Voz e gritou na cara dele:

— O monge está preso. Fique segurando este vaso. Toda vez que uma criança o vir, irá lembrar-se do Mal que não mais existe.

Karkon ergueu um pouquinho a cabeça, fitou o rapazinho com seus olhos demoníacos e, pegando o vaso, sussurrou:

— Vocês vão me pagar.

— Não! Você vai pagar! Pagará durante a eternidade — respondeu Cesco, mostrando-lhe o Taldom Lux que rebrilhou ao sol.

Os cinco alquimistas ergueram para o céu os cetros da Sexta Lua e apertaram os olhos de goasil. Os bicos de cada um dos Gugui se abriram simultaneamente disparando línguas de fogo que se uniram no ar. Uma repentina neblina envolveu inteiramente a Praça San Marco: apenas a multidão de crianças viu a força da Alquimia do Bem, porque o acesso à Praça fora proibido aos adultos.

Centenas de estátuas desceram do alto dos prédios e, caminhando pesadamente entre os grupos de crianças, que riam, divertidas, chegaram até Karkon e seus sequazes. O Leão Alado se moveu e voou, batendo as pesadíssimas asas de mármore, indo pousar bem diante do conde.

Um fortíssimo abalo de terremoto fez a Praça tremer. As estátuas ergueram os braços e sopraram na direção dos quatro inimigos maléficos, que tentavam escapar. Mas a força alquímica das estátuas os alcançou e os transformou em pedra. Seus corpos se imobilizaram. Ficaram com os olhos vazios e as bocas entreabertas.

Karkon, Viscíolo, Alvise e Barbessa tinham se transformado em gélido mármore. O conde apertava entre as mãos o vaso que continha a Voz da Persuasão, que também se transformara em pedra. As dobras do manto de Karkon não escondiam seus pés disformes, assim como o rosto de Viscíolo, polido pela pedra, evidenciava o tapa-olho e a boca enorme. Alvise e Barbessa fixaram-se com uma expressão de ódio e sofrimento. Gelados, marmóreos e absolutamente inócuos, os quatro inimigos ali estavam no centro da Praça San Marco, petrificados para a eternidade.

A neblina foi se desvanecendo aos poucos, ao mesmo tempo em que as estátuas venezianas que haviam realizado

CAP. 12 - A sentença das crianças

a pena voltavam para os telhados, cada qual para o seu lugar. O Leão Alado voou de novo para sua histórica coluna e, por fim, pôde ficar tranqüilo.

As crianças, de pé, aplaudiam e cantavam a vitória contra o Mal.

Os cinco alquimistas abaixaram seus Taldom e, abrindo os braços, saltaram de alegria. Dodô riu e colocou a xícara Sália Nana no chão: o Pó de Jasmim se espalhou pelo ar e milhares de minúsculas esferas perfumadas flutuaram entre a multidão. Serpentinas, confetes e balões coloridos invadiram Veneza.

A sentença fora proclamada, aplicada e a festa podia começar.

Nina disse, o mais alto que pôde:

— Prisioneiros da pedra, Karkon e seus seguidores se tornaram as Estátuas do Mal. Esta é a condenação definitiva. E, se por acaso despertarem, o Nada os engolirá em um instante.

A festa ia à loucura, as crianças espalhavam seus cânticos, brincadeiras e danças por Veneza inteira. Enquanto isso, os adultos permaneciam fechados em casa observando, atemorizados, a força da liberdade desencadeada pelos jovens e crianças de todas as partes do planeta.

Havia algodão-doce para todo mundo, assim como balas, chocolates e cones de biju com chantilly. A euforia era total. Grupos de crianças de mãos dadas cantando alegremente formavam rodas ao redor das Estátuas do Mal.

Cesco saiu caminhando entre a multidão, mas não encontrou Nina. Foi abrindo caminho, dando cotoveladas a torto e a direito. A confusão era tanta que, apesar de gritar o nome dela várias vezes, não obteve resposta.

A noite chegou depressa, mas a agitação das crianças por ruas e pracinhas não terminou. Exausto, Cesco foi para Vila Espásia, esperando que pelo menos seus amigos já estivessem lá, mas se enganava.

Dodô estava no Edifício Ca'd'Oro com um grupo de meninos agitados, que não viam a hora de transformar as horríveis e tétricas salas em locais coloridos e alegres. Flor e Roxy tinham pegado um barco e atravessado a laguna, indo aproar na Ilha Clemente para controlar a situação e começar a obra de restauro.

O rapazinho de óculos estava confuso. Entrou no parque da Vila; as árvores e os canteiros se achavam iluminados pela luz que provinha das janelas. Olhou para um lado e viu Nina apoiada na mureta que dava para a laguna. Segurou o Taldom com força, aproximou-se lentamente e abraçou-a, surpreendendo-a. Nina teve um sobressalto, mas sorriu assim que ouviu a voz de Cesco.

Ele olhou para o céu estrelado e disse:

— Foi lindo, lá em cima... Espero que a gente volte logo.

A menina da Sexta Lua abriu muito os olhos e fitou-o com doçura; depois admirou o céu e, com o coração batendo forte, respondeu:

— Nada jamais conseguirá apagar a luz de Xorax. Estamos livres. Os pensamentos de todas as crianças do mundo enchem o espaço, o universo inteiro. Estou feliz por viver.

— Eu também — anuiu Cesco. — Jamais teria imaginado que iria passar por uma experiência tão grande e incrível. Desde que a encontrei, tudo que era impossível se tornou possível. A vida é mesmo muito esquisita...

Nina sorriu de novo, a lua cheia espelhou-se em seus olhos que se tornaram como dois oceanos de turquesa. Olhou a estrela vermelha que tinha na palma da mão direita e murmurou:

— A vida? Sim, a vida é uma história fantástica.

Cesco abraçou-a com força e disse-lhe ao ouvido:

— É... Fantástica como você.

Índice

Cap. 1 – A morte de LSL e o ataúde de Andora	5
Cap. 2 – O desaparecimento de José	34
Cap. 3 – Dois Alquitarôs entre os túmulos	60
Cap. 4 – O carrasco da Prisão do Chumbo e o enigma da Primeira Torre	83
Cap. 5 – Os sete dentes do Dragão Chinês	113
Cap. 6 – Loui Meci Kian e o labirinto de coral	151
Cap. 7 – O traidor e a Agulha Furaengano	182
Cap. 8 – O 600º klerossu e o Poço da Shandá	216
Cap. 9 – A Revolução Silenciosa e os ovos do Quásquio	247
Cap. 10 – O poder de Got Malus e o Flatus dos Abismos	269
Cap. 11 – O canto das baleias e a Floresta de Koranna	290
Cap. 12 – A sentença das crianças	309

A todas as crianças
que voam sobre baleias
e nadam com as andorinhas para a Liberdade:

Agradeço a vocês por terem viajado com Nina
para aqueles lugares que a fantasia oferece
sem nada pedir em troca. Uma alquimia
que, assim desejo, acompanhe-os no futuro,
porque só assim a criatividade
de vocês e os seus pensamentos poderão
tornar o mundo real
melhor do que o que ele já é.

Agradeço a vocês por me terem demonstrado sua
afeição com cartas e e-mails que permitiram a
aproximação de corações fortes e almas sensíveis.

Agradeço-lhes, enfim, porque são vocês que
tornam meus livros fontes de alegria e de esperança.

E, nunca se esqueçam:
É preciso "Voar para Viver".

Moony

Conheça os outros livros da série
A menina da Sexta Lua:

A MENINA DA SEXTA LUA

LIVRO 1

Corajosa e sonhadora, Nina adora observar o céu estrelado e imaginar outras formas de vida em planetas distantes. Ela mora em Madri com duas tias, seu gato vira-lata Platão e o cão Adônis.

Um dia, recebe um pedido de ajuda do avô Misha, filósofo e alquimista russo que reside em Veneza. Depois de ver no espelho a imagem de um homem de feições horripilantes, a menina fica sabendo que o avô morreu em circunstâncias misteriosas. Nina se torna herdeira do palacete de Misha, em Veneza, e de todos os objetos mágicos e o laboratório secreto de alquimia. Mas há muitas coisas que a garota não entende. Por que o Quarto dos Espelhos está trancado? Que é aquele misterioso alfabeto encontrado nos cadernos de Misha? E por que o avô proibiu todo mundo de vê-lo morto? Nina não tem muito tempo para achar as respostas, pois logo descobre que o perverso mago Karkon está atrás do cetro de ouro do avô e de muitas outras coisas.

No centro do mistério está Xorax, a Sexta Lua da galáxia de Alquimídia, onde habitam animais fantásticos e seres feitos de luz. Com a ajuda de quatro amigos e de um livro falante, Nina irá até a Sexta Lua e a ilha de Páscoa.

Em suas mãos, está o segredo de Xorax! Essa bem dosada mistura de fantasia, aventura e mistério é o maior sucesso. Pelos elementos mágicos, pela coloração mística e por seu enredo cheio de surpresas e lances maravilhosos, *A Menina da Sexta Lua* é um livro de aventuras que prenderá a atenção do leitor do início ao fim.

NINA E O MISTÉRIO DA OITAVA NOTA

LIVRO 2

O verão terminou, mas em Veneza ainda se comenta sobre a estátua do Leão Alado, que foi vista por várias pessoas alçando vôo. Realidade ou imaginação?

Um decreto do novo prefeito recrimina todos que ameaçarem mencionar novamente tamanha estupidez: a estátua sempre esteve lá, jamais deixou seu pedestal. Qualquer pessoa que insinuar influência de magia em ocorrências cotidianas da cidade será severamente punida, algemada e enclausurada nas masmorras escuras da Prisão do Chumbo.

Mas Nina de Nobili conhece toda a verdade...

Ela sabe muito bem que o Leão realmente voou: ela estava lá quando tudo aconteceu! Foi exatamente naquela ocasião que enfrentou seu inimigo, o Conde Karkon Ca'd'Oro, que desapareceu nas águas do Lago.

Estaria Karkon realmente morto?

Começa agora uma nova e fascinante aventura da pequena alquimista Nina, que precisará mais uma vez salvar o futuro da Sexta Lua. Com a

ajuda de seus amigos inseparáveis Cesco, Dodô, Flor, Roxy e do andróide Max, Nina ingressará em uma jornada através do tempo até os mistérios do Egito Antigo. Em seu caminho, encontrarão grandes descobertas, perigos e inúmeros encantamentos.

Será que Nina e seus amigos conseguirão derrotar os inimigos da Sexta Lua e retornar sãos e salvos para casa?

NINA E A MALDIÇÃO DA SERPENTE DE PLUMAS

Livro 3

É Natal, toda a família está reunida e Nina finalmente tem a chance de aproveitar as festas de fim de ano com seus pais e os inseparáveis amigos Cesco, Dodô, Flor, Roxy e o andróide Max. Especialmente porque a Voz da Persuasão, que invadia seus sonhos e sussurrava desafios em seu ouvido, parou de perturbar suas noites.

Mas a alegria do feriado é destruída pela maquiavélica união de Loris Sibilo Loredan, o prefeito de Veneza, e o Conde Karkon Ca'd'Oro, arquiinimigo de Nina — que tentam impedir que a pequena alquimista complete sua missão: libertar os dois últimos Arcanos e salvar Xorax. Em mais uma trapaça dessa dupla do mal, o Leão Alado traz perigo para Nina e sua turma e a Voz da Persuasão volta ainda mais insistente. Enquanto isso, Karkon reúne impiedosos andróides — que nada têm da bondade de Max — para ameaçar todos.

Para completar esta aventura, a menina da Sexta Lua descobre um terrível segredo sobre o prefeito e embarca em mais uma viagem através do tempo e do espaço até as ruínas de um templo maia para deter os dois vilões.

Você pode adquirir os títulos da Editora Best*Seller*
por Reembolso Postal e se cadastrar para
receber nossos informativos de lançamentos
e promoções. Entre em contato conosco:

mdireto@record.com.br

Tel.: (21) 2585-2002
Fax.: (21) 2585-2085

*De segunda a sexta-feira,
das 8h30 às 18h.*

Caixa Postal 23.052
Rio de Janeiro, RJ
CEP 20922-970

Válido somente no Brasil.

Este livro foi composto na tipologia Century Light, em corpo 11/14,5,
impresso em papel off-white 80g/m², no Sistema Cameron
da Divisão Gráfica da Distribuidora Record.